繁　星
307

　　地球是不斷轉動的天體，當夜幕低垂，第一
顆星升起，星空就不斷地變化。你是顆亮星，
還沒看到你，是因為你還隱藏在地平線之下。
只要地球旋轉到你的角度，你就會躍上星空，
成為人們仰望的星子⋯⋯

繁星307與夜空合照

外交小尖兵Lisa, Ruby, Rebecca, Peggy

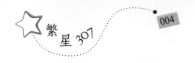

中投區語資班話劇比賽

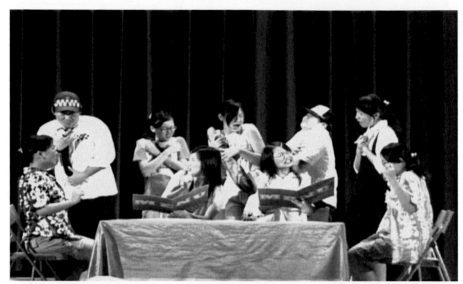

高二盛事——母親節合唱比賽勇奪冠軍

青春活力啦啦隊，技壓群雄

採訪新銳服裝設計師學長

高三苦苓花之旅

觀音廟前吃冰趣

班導・淑敏老師

Sandra這個女子

……

啊

盡在不言中

國文・碧芬老師

就這樣從門裡活蹦了出來

一張弓前　鼓起中央的肚懷

顫抖著　笑了幾聲

30枝箭矢

全發了

數學・月姿老師

星子包圍的

月亮的姿影

是夜空裏

最美麗的幾何學

歷史・靜瑜老師

溫靜地

一方案頭的瑾瑜

縱觀悠遠的歷史

幽幽散發智慧的光華

地理・蕙琳老師

從高空俯視人生的長河

乾坤在經緯之間

快樂的方位一直轉動

GPS牢牢在握

公民・美惠老師

薄脣上輕點的胭脂

鞋跟蹬出的足音

她秀美惠麗地到來

闡釋權利與義務的奧妙

夜空照片

吳仲凡 Jacky

如同一株剛毅的梧桐
挺直於天地間。

樊彥廷 Brody

寫考卷很鳥，
上舞臺很屌。
跟著潮流跑，
307少不了。

徐鈺婷 Amy

兩副眼鏡不離手，
功課作文皆拿手，
跑步跳高難不倒，
為拼考試苦埋首。

蔡欣蓉 Lisa

蓮容溫順和氣生，
六藝皆通笑紅塵。
一針見血欣喜落，
幕前幕後百事成。

蔡沛珊 Betty

耕耘浩垠書海中，
揮筆洋文行如龍。
市集包粽持家計，
五月巧手疾如風。

楊雅馨 Jill

情繫型男與鈔票，
萬夫皆無不興嘆。
甜嘴笑臉非過錯，
楊氏傳統廣流傳。

陳亭蓁 Angel

天堂不留下凡間，
逛街一間換一間，
話題打開笑不停，
台語不通英文行。

洪孟慧 Amy

江湖人稱大頭花，
豪邁爽朗不作假。
社團活動一把抓，
委屈淚兒潸潸下。

林亮穎 Circle

隻手揮髮梳，
雙手琴鍵舞，
亮圈情繫Jay，
心中不忘主。

石綢渝 Judy

外表理性萬事精，
內在溫柔女孩情。
朋友眼中及時雨，
行俠仗義暖人心。

賴玉雯 Eileen

身輕如燕性溫和，
三吋毒舌語驚人，
文靜少話藏活潑
冷面笑匠凍僵人。

莊淑雯 Sherry

開朗孩童吟曖昧，
走調響遍三〇七
蚵仔煎成致命傷，
風趣會計數大方。

星子照片

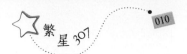
蔡惠嵐 Rita

活潑開朗小姑娘，
溫暖陽光灑心房，
校園還會走迷路，
時而迷糊耍糊塗。

張詠淳 Christine

外表溫馴骨子硬，
看似冷漠火熱心。
說話直接不拐彎
堅持午睡叫不醒。

潘紋憨 Vicky

張目對日，
明察秋毫，
用心感受自然；
率性真誠，
細膩文筆，
最是熱衷文學。

楊佩綺 Peggy

楊門舞后小而美，
玉佩綺羅滿箱櫃，
功成名就刻紅門，
滿量人氣機靈鬼。

洪俏旻 Joanne

執著的幽蘭，
勤耕夢想的山谷。

羅靜雯 Sandy

溫暖入人心房，
大笑天上人間。
吃遍東西南北，
嚐盡春夏秋冬。

陳巧珊 Nancy

沉默寡言的外表，
與書長談。
熱血沸騰的內心，
以書會友。

陳淑茵 Grace

冷漠的外表下，
蘊含著無比的熱情。
傲慢的話語下，
透露著無限關心。

邱香霖 Alice

善解人意高個女，
深深微笑得人心，
天生愛美為女子，
真誠待友付真心。

張文鱸 Rebecca

文思泉湧筆鋒細，
常把睡眠擺第一，
開朗多慮又呆氣，
笑聲之大無人敵。

謝依倫 Ellen

其人率真富正義，
身處其側無壓力，
笑話夠冷不稀奇，
英語標竿得第一。

陳巧芸 Cindy

率性活潑人豪爽，
粗枝大葉好心腸，
白皙臉蛋帶微笑，
多少男生為之狂。

星子照片

何怡安 Ann

漫畫是她的天堂；
寫作是她的致命傷；
上台報告，
聽她連碌砲的串話，
就知她的緊張。

白又文 Fanny

在高中生的世界裡，
他是個兒童，
人雖小志氣高，
心善良人緣好。

吳汶蓁 Wendy

憂鬱的花圃，
長出一袜向日葵，
在轉動的角度裡，
尋覓快樂的契機。

蔡妙娥 Ireen

畫漫畫的巧貓，
管衛生的兇貓，
不午覺的勁貓，
卿卿喵的妙貓。

楊孟曈 Ruby

時而正經八百，
時而玩笑大開。
執掌班務明快，
好比微軟總裁。

林欣慧 Tina

精小能幹義氣高，
拔刀相助人緣好。
條理分明巧報告，
班導身邊不能少。

夜愈黑

星愈亮

僅將此書獻給繁星般的307

序

獻給我的星星們：

　　要抓到最明確、最美麗的意象來呈現這三年我最心心念念的班級，我一直等待，不敢匆促下筆，直到三月中紫色苦苓綻放的春天午後，窗外小葉欖仁一片清新的綠。鈺婷通過繁星計畫在台上感謝同學三年的扶持和體諒，我終於抓到最能形容在我心目中307的語彙……。

　　你們是我的星星。為了你們，我願作襯背的夜空，我願愈黑愈暗，好讓我鍾愛的星星們，更清楚自己的亮度並盡情展露光華。

　　在指考百日倒數的日子裡，傳來鈺婷和欣蓉的好消息，她們成為清中第一批最亮眼的準大學生。拍照、採訪、上報，多令人稱羨！對照還在努力的28位同學，台前的光彩和隱藏的等待是落差相當大的心情。那天我說鈺婷和欣蓉成了繁星真令人高興，但是請別忘了，在我心裡，307不只這兩顆繁星而已。307的每個同學都是我的星星，只是鈺婷和欣蓉最早升起。你們知道嗎？地球是不斷轉動的天體，當夜幕低垂，第一顆星升起，星空就不斷地變化。你們是顆亮星，還沒看到你們，是因為你們還隱藏在地平線之下。只要地球旋轉到你們的角度，你們就會躍上星空，成為人們仰望的星子。相信我，你們的時刻會到來。因為你們一直是這麼努力的發光、發亮；因為你們背後的星空有我，有貴芬老師、月姿老師、靜瑜老師、蕙琳老師和美惠老師，還有你們的爸媽用愛和祝福織成黝暗的天毯，托住每一個星星。

　　所以耐心地等候你們的時刻吧！307的星星會一一躍上夜空，而我在綠氈上準備好仰望的姿態，要看著你們一一就定位，搬演星空的故事，一整夜不眠……。

　　請記得，你們永遠是我最鍾愛的星星。

Sandra於2007的春夜

I'm Not A Star

Sail out on the ocean of life
Of love and of wisdom
Be generous to the giving sun
And be modest towards the beams of
  the moon
Be calm admist the pull of the tides
And be friends with, and be dear to
  the stars
Do not compete with them
For they make us shine from above

See, I'm not a star
I'm just me
That is all I want to be
You are a star
That I believe
"Cause I can feel you
In me..."

Figures why
I had to let you go
You are so far away
I wonder if I will ever see you
  again
Give me a sign, my friend
That you are still here
Inside of me this time
Setting me free, guiding light

A little boy once said,
"Star, you're much too far !
I can never touch you, never know
  what you are."
The brightest star then answered
"Boy, I'm in your heart.
Cause you can always feel me
We will never part ! "

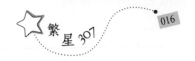

我並非星辰

揚帆在生命的海上
愛與智慧的海上
寬待從不吝於付出的太陽
對月光回以謙卑
冷靜　在浪潮的推拉之間
珍愛星子
勿存與之競爭之心
因為我們因它們的高掛而得以
發亮

看吧！我不是星星
我只是我
我只想這樣
你才是星子
那顆我一直仰賴的明星
因為我可以感覺到你
在我心裡

想清楚　為什麼
我必須讓你遠走
你如此遙遠
我甚至不確定是否還能再見到你
給我一點暗示　我的朋友
讓我知道你一直都在我心裡
此時此刻
引導我的光啊　讓我自由去吧

曾有個小男孩曾問：
「星星　你太遙不可及了」
「我根本摸不到你
也永遠不懂你」
那顆最明亮的星回答：
「孩子　我就在你心裡」
「因為你隨時可以感覺得到我」
「我們永不分離」

contents

序 …………014

星子的文采 …………019

星子的軌跡 …………095

星子的夢 …………209

夜空的叮嚀 …………219

夜空的祝福 …………277

星子的文采

前言 ★

最真實的「存在」

曾貴芬

　　兩年不算短吧！更何況是三年！高一的時候，集搞笑、認真、坦率、自律於一班的107，是最沒有課業壓力的時光，我常常在課堂上強忍大笑的神經。畢竟我是老師，負責課程進度的推展，不能縱容我自己陷入太瘋狂的歡樂之中！雖然爆笑是高一課堂不時上演的劇碼，阿雀、阿花、阿菊等主角常常自顧自的high，然而爆笑之下仍有刻苦奮發、時時惕勵自我之輩，這類人物有的偶爾融入搞笑劇中擔任配角，有的始終如觀眾一般瞇著微彎的眼睛看戲，最高段的莫過於完全投入備考狀態中的奮鬥之士，心中永遠有倒數9百多天的危機，一刻也不敢用於玩樂。現在我回想起來那年107的組合，真是天才呀！

　　高一升高二的暑假，第一屆語資班重組，107部分人馬選擇自然組作為往後發展的基礎，所以來了十多位新同學，這樣的新組合對語資班這個頭銜來說是更名符其實，我滿心歡喜的接受這樣結果。這樣一來過去在課程推展上的困境也得以解除，全班的調性一致，可以很放心的把想給予同學的觀念或額外的課程加入國文的教學裡。

　　淑敏老師很重視閱讀分享及文字的表達功夫，在他的帶領下207建立了良好的閱讀習慣，常常可以看到同學們在課程較輕鬆的時刻人手一書，閱讀的廣度、深度就在這一年慢慢有些成效了。雖然文字的表達技巧仍有待努力，但是透過文字書寫而出的觀點與思想則是令人欣喜的！這證明了207的同學們不是只有考試成績的表現而已，他們最珍貴的表現

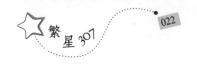

在於內心的思維，他們是活躍的吸收生活周遭可以學習的事理，而知識的分享、視野的開拓、情感的交流等透過閱讀而產生的化學作用，一次又一次激盪年少青春的心靈。這種心靈的滋長我認為是最為珍貴的，讓我這位國文老師深感幸福，因為這有助於教學的對話，舉凡文學性的感動及生活上的細膩情思、還有大自然四季遞嬗的觸發都可以成為課堂中的話題，在這一班上課不是只有解釋、翻譯、作者、題解，更多的是充滿美感的觸動。尤其當他們的眼神告訴我他們正在思考時，我為他們感到光彩，因為他們的腦子是活絡的，他們的心是敏感的。

雖然稱為語資班，但大部分的同學都是基於對英文的熱愛而選擇在這班級就讀，因此班上的活動以英文學習為重心，所以同學們中文的寫作能力並不一致，有幾位在文字的掌控上已經熟練而自成一格，有些僅止於通順達意，然而就如同前面所述可貴的是文字裡的思考，我看重的是他們當下書寫文章時的心靈活動。所以我以這樣的方式挑選同學們的作品，透過一篇篇文章呈現同學們的觀點與思考。當這些文章集結之後，我再次的閱讀，我很高興看到了同學們在過去兩年來的思緒痕跡，這些心思就這樣以文字保存了下來，今年更進一步以書冊的方式裱褙每一份當下的心靈波動起伏。

當鉛字與油墨輸出每一個文字時，也輸出了307每一位同學曾經走過的點點滴滴，還有每一顆活躍的心靈。一個字是一個思考，一段話是一份悸動，一篇文章是一次的心靈辯證，而一本全班共同完成的書則是最真實的「存在」！

格物致知──小論文

蘇軾的人生態度

吳仲凡

壹、前言：

　　為何要做此研究呢？因為蘇軾不但是在中國古代文壇上鶴立雞群、獨樹一格，更擁有著高人一等的生活智慧；我的好奇心就是由此而出的：他對人生的定義與真正的豁達胸懷究竟到達如何的境界？又是從何而來？他何以能面對著多次的貶謫流離之困苦而吟嘯徐行？所以，最好的解答方法就是研究他的人生態度，以祈能進一步的接近他的生命境界，學得在逆境中如何自處！本來我是想去我家旁的圖書館查詢資料，但迫於時間有限，所以就決定找網路的資料，因而我的這篇論文就是大部分取材自網路資訊，而由我把它匯整為集大成。

貳、正文：

　　〈取材自──王文龍 · 從東坡詞看蘇軾的人生思考 www.booker.com.cn〉，我不是考古或歷史學家，所以由歷史作切入討論稍嫌困難；若是由東坡詞中的那種「人生詠嘆調」及蘇軾的「飲食觀」，還有一次在長江湖畔對有人闡述人生的定義，就可看出蘇軾持續不斷的人生思考，且是前無古人後無來者的！以下我將把這三種主題作深入討論：

一、從東坡詞看蘇軾的人生思考：

1.蘇軾在非常年少時【26歲】便入仕朝廷了，也於此經歷了他生命中的宦海浮沉。其早年積極進取，充滿儒家入世思想；但在屢遭政治迫害

和挫折後，故而興起逃避紅塵、避世的想法，在他的詞中表露心跡：「搔首賦歸歟，自覺功名懶更疏」，使早期追求的功名立業，似已冰消熔解。但在朝廷「放歸」途中，又想到功業未完的憾恨：「老去君恩未報，空回首，彈鋏悲歌」。於是其百感交集，提出心得：「何日功成名遂了，還鄉」。這使人聯想起一句雋永名言：「人類生活的真正價值存在於不斷探究和查問他自身存在狀況的審查中，存在於這種對人類生活的批判中。」（〈德〉恩斯特・卡西爾《人論》）值得細細品味。

2. 理想與現實：所謂現實總是難盡人意。在朝廷時煩冗的案牘文書與調動使他心焦力瘁：「長恨此生非我有，何時忘卻營營」。有時理想幻滅：「宦遊處，青山白浪，萬重千迭」；也曾自嘲：「三入承明，四至九卿，問書生，何辱何榮」；也曾迷惑：「梧桐葉上三更雨，驚破夢魂無覓處」。這種迷惘無助如何解決？蘇軾曰：「淡化功名意識，守著『用舍由時，行藏在我』」。他抱定的正是一股樂天知命、隨機應變的人生哲學。

3. 宇宙與人生：這是個沉重的帶有根本性的討論。賞味一些軾之詩詞：「此生此夜不長好，明月明年何處看」。這種對於人生短促的感慨及憂慮，在《赤壁賦》中他卻提出獨到的達觀詮釋：「自其不變者而觀之，則物與我接無盡也」。充分表現出他對生活、對人生的熱愛！特立獨行、生死不計、嘻笑怒罵、直抒胸臆，這就是我們的蘇軾—中國古代大師級的文學巨匠；同時也是一位罕見的具有獨立人格的知識份子。

4. 對現實人生的熱愛：這兒來看其詞中所表露的積極光明面。《水調歌頭・明月幾時有》及屬此部分之千古名作。其他尚有：「誰道人生無再少，門前流水尚能西，休將白髮唱黃雞」，更能知曉他積極進取的態度與奮發樂觀之精神。還有「殷勤昨夜三更雨，又得浮生一日涼」，逆境中仍品出生活甘美，同樣顯示了詞人活在當下的熱情。

5.在順境中的淡泊：他曾告誡自己說：「居士，居士，莫忘小橋流水」，在《八聲甘州‧寄參廖子》也表白自己：「誰似東坡老，白首忘機」，蘇軾這種在順境中淡泊自處的品格千古難見！

6.在逆境中的從容：這是詞人身處逆境時僅一笑置之的瀟灑氣度。，著實顯露出「行到水窮處，坐看雲起時」的悠然胸襟，作於黃州時期的《定風波‧莫聽穿林打葉聲》便是顯例，其中：「莫聽穿林打葉聲，何妨吟嘯且徐行。竹杖芒鞋輕勝馬，誰怕？一簑煙雨任平生」沒錯！蘇軾這一生最撼動人心的一就是面對政治誣陷、面對文字獄的那種不屈、豁達的人生態度！毫無疑問，蘇軾對整體人生的空幻、悔悟、淡漠，求超脫而未能，使蘇軾出儒家而入佛老，談世事而作玄想。抒發在詩文上的，更呈現一種樸實無華、平淡自然的情致韻味呢！這種在逆境中仍能保有自己天性般的「獨立意識」與「豁達情懷」之特質，讓他能超脫世俗、羽化而仙；更可貴的是，他擁有一顆隨喜的心。

7.面對境遇變化時的通達：此乃指一種生活態度，也是一種思維方法。舉個著例，蘇軾謫居黃州時，仿效陶淵名躬耕東坡，內心於此更進一步地感到充實與安定，便譜出了一段段既寧靜又賦生機的詩詞：「昨夜東坡春雨足，烏鵲喜，報新晴」。晚年左遷海南，九死一生，但他描寫優美春景的筆力仍然灌注著豐盈的活水：「春牛春杖，無限春風來海上。便丐春工，染得桃紅似肉紅」。此詞亦暗示著蘇軾確實做到了「此心安處是無鄉」。

二、蘇軾的飲食觀：尤其飲食觀可推敲出他的人生態度，分為優雅、善良、儉素三方面來談：

1.優雅的人生觀：東坡對於飲食，有其優雅的一面，他曾經開過一個菜單，內容大略是：「蒸同州全羔、香草杏仁酪、清蒸童子鵝、吳興松江鱠；飽餐之後，用廬山玉簾泉的泉水，煮曾坑極品茶。稍待一會，

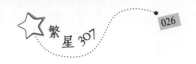

然後脫去外衣，舒舒服服的躺著，再叫人朗讀【赤壁前後賦】，那就相當滿足幸福了。」由此菜單看來，東坡和一般只顧口腹之欲的人大不相同，東坡本身是一位詞人，自然就生有一種優雅美學的風度，只要環境資源充足、條件許可，且不違反世俗倫理，東坡對任合事都想要追求美的境界，而且是既美妙，又簡單淳樸，充分的享受凡夫俗子的生活。樂觀積極、總是看到事物雅趣的一面，為人至此，夫復何求？

2. 善良的人生觀：其實東坡在黃州時，對於「殺生」已有相當約束。東坡的母親原來就禁止在家殺豬牛。而在他自己身繫大獄期間，他曾用「夢繞雲山心似鹿，魂飛湯火命如雞」來描述自己待獄的痛苦，其後一句顯現出他已超越自個兒的困苦，反而將心比心地設想牲畜被烹煮之苦，因此東坡力求簡素，曾為此寫了【戒殺詩】送給好友陳慥：「我哀籃中蛤，閉口護殘汁；又哀網中魚，開口吐微濕⋯⋯」其中對小小的蛤、魚都寄予萬分同情，東坡的好心腸自是不言而喻了！

3. 簡素的人生觀：東坡對於飲食其實可以十分簡素。舉個小例子就可「領悟」了：哲宗紹聖年間，他和弟弟蘇轍在被貶的途中相遇，稍作休息，馬上就要趕路了。路邊有賣湯餅的攤販，兄弟倆就買了一些準備一起吃。可能是東西實在太難吃了，也可能是過於勞累，更可能是兩人生離在即，蘇轍看了一下，真的吃不下，就放下筷子，嘆起氣來。這邊廂，東坡可已經吃個乾淨了，而且淡淡地對弟弟說：「老弟，現在是被貶落難的時候，你就將就些，難道還想要慢慢品味咀嚼嗎？」說著就邊笑邊站起來。後來秦關聽到之後，替東坡先生解釋說：「蘇學士生性恬淡，他就算是飲酒，也只要有點像酒的液體就可以了！不會計較酒的品質！」隨遇而安、知足知貧，懷抱著這樣的人生態度，讓他不管是身處蠻夷，或是在皇宮朝廷為官，都能問心無愧、無入而不自得。相較於只兀自哀嘆眼前難堪處境的老弟蘇轍，老哥蘇軾就顯得豁達大度的多了；他的儉素並不流於寒酸傖俗或小器吝嗇；相反

的，這是一種歷經人生風風雨雨所淬鍊出的人生大道。因此，一個人的價值觀不應跟著時代潮流或利益所趨而浮沉；應學學東坡簡素的人生觀；東坡不管自己境遇多麼貧困難熬，他始終仍是以「窮則變，變則通，通則久」。一以貫之其生命！

大抵，東坡的飲食態度即是他的人生態度，他一生出入佛道，達時追求兼善天下，窮時亦能獨善其身。早期進取時有儒者之濟世胸臆，晚年貶謫時仍能發覺道者自存的方法；飲食上，若條件許可，則多講究，不許可，亦能隨緣達觀。在其飽足之時，仍不忘知足以自律。

三、人生短暫的哀與解：蘇軾有篇【前赤壁賦】，是其著名文章：

　　在一個月白風清的秋夜，蘇軾與友人於赤壁之下泛舟。蘇軾敲著船邊唱起歌來，友人吹簫和應。但簫聲卻異常哀怨。蘇軾不禁問道：「為甚麼吹得這樣呢？」這一問引起他們對人生短暫的一番對答。蘇軾的友人想起三國時代的曹操：當年他攻破荊州，奪取江陵，順著長江東下，戰船首尾相接長達千里，軍旗遮蔽天空，真是一世之雄了，但現今又在哪裡呢？那位友人不禁對人生的短暫感到哀嘆，羨慕長江的無窮無盡。因而藉簫聲把內心的哀傷抒發出來。蘇軾怎樣化解友人的哀傷呢？他指出：如果從「變」方面著眼，則事物不斷地變化；如果從「不變」方面著眼，則事物於某一瞬間存在過，便總在那一瞬間存在，即使千萬年之後，仍是如此。

　　事實上，那位友人的著眼點是在於人生不能夠恆常維持與存在，蘇軾友人心理是想：人縱使生前擁有豐功偉業或榮華富貴，能顯赫一時並為人所知，但生命一但盡了，我們不就什麼都失去了，所有一切目標的追求不就通通成了一場笑話嗎？然而，蘇軾提出的觀點是建立在「時間縱軸線」上的，比如說蘇軾與友人在距今遙遠的宋代存在過，便一在永在，看看，至今我們的國文教科書、課外文言讀本，不都同樣記載著蘇

軾的生平事蹟嗎？所以其認為：人存在過就是存在過，是不可抹滅的事實！我們人類生前所追求的一切，都有其價值，是無窮無盡的。這能否化解對人生的哀傷呢？據原文所載，那位友人高興的笑了！

補充：1.詩題：予以事繫御史臺獄，獄吏稍見侵，自度不能堪，死獄中，不得一別子由，故作二詩授獄卒梁成，以遺子由，二首：其二

詩文：

> 柏臺霜氣夜淒淒，風動琅璫月向低。
> 夢繞雲山心似鹿，魂驚湯火命如雞。
> 眼中犀角真吾子，身後牛衣愧老妻。
> 百歲神游定何處，桐鄉知葬浙江西。

2.赤壁賦（前）

壬戌之秋，七月既望，蘇子與客泛舟游于赤壁之下。清風徐來，水波不興。舉酒屬客，誦明月之詩，歌窈窕之章。少焉，月出于東山之上，徘徊于斗牛之間。白露橫江，水光接天。縱一葦之所如，凌萬頃之茫然。浩浩乎如馮虛御風，而不知其所止；飄飄乎如遺世獨立，羽化而登仙。于是飲酒樂甚，扣舷而歌之。歌曰：「桂棹兮蘭槳，擊空明兮溯流光。渺渺兮予懷，望美人兮天一方。」客有吹洞簫者，倚歌而和之，其聲嗚嗚然：如怨如慕，如泣如訴；余音裊裊，不絕如縷；舞幽壑之潛蛟，泣孤舟之嫠婦。

V蘇子愀然，正襟危坐，而問客曰：「何為其然也？」客曰：「月明星稀，烏鵲南飛，此非曹孟德之詩乎？西望夏口，東望武昌。山川相繆，郁乎蒼蒼；此非孟德之困于周郎者乎？方其破荊州，下江陵，順流而東也，舳艫千里，旌旗蔽空，釃酒臨江，橫槊賦詩；固一世之雄也，而今安在哉？況吾與子，漁樵于江渚之上，侶魚蝦而友麋鹿，駕一葉之扁舟，舉匏樽以相屬；寄蜉蝣與天地，渺滄海之一粟。哀吾生之須臾，羨長江之無窮；挾飛仙以遨游，抱明月而長終；知不可乎驟得，托遺響于

悲風。」蘇子曰：「客亦知夫水與月乎？逝者如斯，而未嘗往也；盈虛者如彼，而卒莫消長也。蓋將自其變者而觀之，而天地曾不能一瞬；自其不變者而觀之，則物于我皆無盡也。而又何羨乎？且夫天地之間，物各有主。苟非吾之所有，雖一毫而莫取。惟江上之清風，與山間之明月，耳得之而為聲，目遇之而成色。取之無禁，用之不竭。是造物者之無盡藏也，而吾與子之所共適。」

　　客喜而笑，洗盞更酌，肴核既盡，杯盤狼藉。相與枕藉乎舟中，不知東方之既白。

蘇軾　前赤壁賦真跡

參、結論：

　　我覺得蘇軾不僅是一位俊秀傑出的千古文才，更是一位能將生命的通達光輝絢爛至極致的哲人。我曾讀過一句話：「穠肥辛甘非真味，真味只是淡。神奇卓異非至人，至人只是常。」，最懂得生命意義的人，往往也就是最認真活在當下、安於樸實無奇的人；而蘇軾的人生真理，我想，就隱藏在這幾句之中了。是什麼樣的原因使他淡泊名利，在逆境中也顯得從容自若？是什麼樣的原因，導引他走向圓融和通達？原因可能是他對道家及佛家的通曉，但我想最重要的原因－即是詞人心中那份淳厚的「真、善、美」理想，為了追求這一切事物美的天地；而這也正是他之所以能超脫功利，留傳萬世善名的原因了！

　　但是，我也發現一些問題：蘇軾在前赤壁賦中所提出的解決對人生短暫的哀與解的方法，它真能讓我們完全解除對人生短暫所趕到的哀傷與惶惑嗎？還是說，這份哀傷只是藉由【不變說】來減輕的？我想，我們除了在生前感受著這份哀傷以外，應該更積極的完成自己的人生夢想，把每一天都當做最後一天來活著，那麼，這份最初的哀傷，可能會成為我們進步的最大動力！

星子的文采

肆、參考書目或網站：

1.〈王文龍‧從東坡詞看蘇軾的人生思考www.booker.com.cn〉

2.（蘇軾飲食觀cls.admin.yzu.edu.tw）

3.（人生初探【6】www.npc.efu.hk）

紅樓夢人物介紹整理

蔡沛珊

壹、前言

  《紅樓夢》不僅是家喻戶曉的言情小說，更是中國少數被世界公認的名著，因此，研究《紅樓夢》成為一門國際性的學問——紅學。《紅樓夢》的悲劇結構，突破了傳統大團圓的結局，成為一部探討人性和人生本質的偉大小說。作者對於人物描寫刻畫成熟入微，塑造了一批性格鮮明的人物形象，這是《紅樓夢》的一大成功之處，如黛玉的孤高、湘雲的豪爽、鳳姐的潑辣等等，皆讓讀者留下深刻的印象。閱讀《紅樓夢》，使讀者很容易的就從書中人物的身上看到家人、朋友或是自己的影子，進而對現實人生有了更深刻的觀察與體悟。在《紅樓夢》中，這種獨特又豐富的人物形象，散發出無比的魅力，吸引了眾多讀者的目光。你是否像寶玉一樣叛逆乖張？是否像黛玉一樣聰明伶俐、才華橫溢？亦或是如寶釵般的大方從容？由於對紅樓人物的好奇，所以想藉此機會來做深入的研究，其中，對於賈寶玉、林黛玉、薛寶釵三人的戀情頗感興趣，因此，我收集了許多網站及書本資料，對這三位書中的靈魂人物做進一步的探討，希望與大家一同分享我的整理成果。

貳、正文

一、性格特質：

1.賈寶玉

  《紅樓夢》裡的男主角，別號絳洞花主，後改怡紅公子。原籍金陵，榮國公之後，父名政，母王氏。寶玉從小就倍受寵愛也倍受期許，雖自幼生長在珠圍翠繞、錦衣玉食的環境之中，被賈府的老祖宗視為掌上明珠，在他面前早已鋪就了一條榮宗耀祖的人生道路，但他對於

這種生活安排深感厭惡，一直與家長們的安排對抗。在賈母等人的寵縱下，不但逃開了嚴父賈政的管束，還得以生活在束縛相對鬆弛的大觀園中，因而更滋長了他叛逆的個性。寶玉嚮往自由的生活，他是個對功名毫無興趣，成天喜歡跟女孩子玩樂的「富貴閒人」。他曾說「女兒是水做的骨肉，男人是泥做的骨肉。我見了女兒便清爽，見了男子便覺濁臭逼人。」他大膽地否定男尊女卑的封建觀念，同情被污辱、被損害的女子。從寶玉的思想情感到言行舉止，皆顯示出他是一個輕視功名利祿、重感情、重性靈，也反對男尊女卑觀念的性情中人。

2.林黛玉

　　《紅樓夢》裡的女主角，金陵十二釵之一。字顰卿，別號瀟湘妃子，原籍姑蘇，賈母的外孫女，林如海和賈敏之女，與賈寶玉為姑表兄妹。自幼父母雙亡，寄居賈府，體弱多病。孤苦伶仃的處境，使她比一般人更加敏感多愁、孤高自許，然而聰明伶俐、幽默風趣、才華橫溢的詩人氣質，卻是她性格的主流。自幼任性，故無標準的閨範教養，有時會心直口快地指斥周圍的不合理、不公正，因而被人看作刻薄、小性兒、不會做人。雖然和寶玉彼此性靈相通，但是外在環境的限制，本身個性的弱點，在在造成了以全部生命追求理想愛情。追求一份知心的黛玉，始終陷在痛苦憂鬱之中，而寶玉被逼另娶寶釵，積多愁善感，終其一生為悲劇人物。

3.薛寶釵

　　金陵十二釵之一，號蘅蕪君，原籍金陵，父早卒，母王氏，與賈寶玉為姨表姊弟。薛寶釵出生於「珍珠如土金如鐵」的皇商家庭，為待選入宮而進京。她的行為舉止總是溫婉內斂、大方從容，平時「罕言寡語，安分隨時」。雖美麗端莊，但城府極深，是現實功利主義的擁護者。雖然「任是無情也動人」，卻少了黛玉的天真浪漫。以「女子無才便是德」的貞靜為主，積封建社會婦人美德於一身。她對於寶玉有著真實的

感情，對於未來的婚姻也有著期待，可惜，雖然她終於在與黛玉的競爭中勝出，但她得到的只是有名無實的婚姻。寶玉的出家把她甩進了「守活寡」的深淵，而作為典型「淑女」，她也心甘情願地恪守婦道，把自己美好的人生埋葬在空洞的婚姻中。

二、三角戀情

　　傳說太古時代，天神女媧煉石補天，將唯一剩下沒有用到的石頭，棄置在大荒山的山腳下。這塊靈石建西方靈河畔有一株仙草十分地可愛，便日日以甘露灌溉，這株仙草才得以承受雨露滋養和天地精華。木石之盟是寶玉和黛玉純潔愛情的象徵。絳珠仙草感於神瑛侍者灌溉之恩，追隨其歷劫紅塵，用一生眼淚作為報償。到了塵世，侍者和仙草化身為寶玉和黛玉，二人的愛情是在長期的相處相之中形成，並因彼此知己而日益加深。

　　黛玉的風露清愁能使寶玉自傷濁物的靈魂清醒昇華，而內在的性格認知，反世俗的追求自適自得，正與寶玉相同，認知線路既能相合，自然相互吸引，引為知己。

　　金玉良緣是世人眼中理想婚姻的代表，從家族利益來看，寶玉與寶釵的結合是最佳的選擇，再加上寶釵又有金鎖與寶玉的通靈玉相配，使得二人的姻緣似乎真稱得上金玉良緣。

　　寶黛之間不同凡俗、真摯純淨的感情，處處映襯出所謂金玉之說的庸俗勢利，可是，在世人看來，木石之盟一錢不值，金玉之說反而佔有舉足輕重的位置。這種世俗眼光帶給寶黛很大的壓力。寶黛之戀，經歷眾多摩擦疑忌而終能肯定知己之情，達到了彼此信任、心靈契合，但金玉良緣的陰影已經一步步向他們逼近了。

　　釵黛雙姝，一時瑜亮，但在其後長輩觀察選擇的過程中，黛玉卻逐漸落在下風，外在原因——體弱多病、多愁善感的她比不上福相宜男的

薛寶釵；加上黛玉內在性別缺失的影響，是她自己的崖岸自高，斬斷了所有的外援。

　　寶黛悲劇，終在鳳姐李代桃僵的卑劣計策下推至高潮，淒苦的絳珠，終在寶玉與寶釵完婚，鼓樂喧天之際，帶著咽恨，孤零零地魂歸離恨之天。木石之盟經受不住現實的摧殘走向了毀滅。在失去了自己的摯愛後，寶玉仍然無法接受家長們安排的婚姻，他經過一段痛苦煎熬，終於懸崖撒手出家為僧，所謂金玉良緣至此也成了一場幻夢。

三、其重要性

　　書中第一主角賈寶玉，是作者筆下創造的一個夢幻人生的體悟者。曹雪芹用非常細膩的筆法，先讓賈寶玉享盡榮華富貴。其次，再讓賈寶玉歷盡情關，寶玉是一個多情種子，是個泛愛主義者，不論是丫頭或侍妾，他「皆以能一盡心為榮」，他更犯有同性戀的罪行，所以警幻仙子早就宣判他為「古今第一淫人」。而最後，是讓寶玉勘破世情。作者借賈寶玉來現身說法，告訴世人榮華富貴，興衰際遇都是夢幻，而寶玉的一切情愛糾纏、邪跡惡行，便是他現身說法的過程，一個活的風月寶鑑。黛玉的死徹底宣告了寶玉愛情理想的破滅，於是賈寶玉大澈大悟，演出了「懸岩撒手」的出家結局。賈寶玉是以個人去反抗家族、反抗社會，他熱愛生活而又悲觀厭世，努力反抗卻又找不到出路。他的一生都染上了濃郁的悲觀色彩。

　　林黛玉是一位具有悲劇性格的薄命佳人。她聰明美麗，多愁善感，孤標傲世，卻又纖弱多病，活像一朵在秋風中不勝哀愁而搖搖的教的宗法社會裡。她這個孤苦伶仃的弱女子，來到賈府，寄人籬下，身不由己，雖有賈母的愛撫慰藉和賈寶玉的情投意合，但前途未卜，人生渺茫，精神上有沉重壓力。「情、才、愁」三字可做黛玉誄詞，既重情而又有才，必然多愁痛苦，黛玉的稟賦性格如此，體弱多病，戀愛得不到歸宿，孤苦

無依，終至於殉身理想與性格，葬花詞中的一句「質本潔來還潔去」，可以充作她自己的銘文。曹雪芹把黛玉比作芙蓉，《紅樓夢》第六十三回，「壽怡紅群芳開夜宴」，寫眾人抽花名籤子行令。黛玉抽到的就是一枝芙蓉，題著「風露清愁」四字，並繫著一句舊詩「莫怨東風當自嗟。」唐人詠芙蓉詩曰：「水面芙蓉秋已衰，繁條倒是著花時。平時露低彎紅臉，似有朝開暮落悲。」以芙蓉比黛玉，是再恰當不過的了。

　　薛寶釵是金陵四大家族之一，擁有「珍珠如土金如鐵」的薛家的名門閨秀。賈府上下對她另眼看待，就因為她有百萬家財作為堅強後盾。毫無疑問，她像牡丹一樣，可以歸之於貴婦人的行列。薛寶釵的性格特點是：外表冷漠，內心熾熱。她《柳絮詞》的結句：「好風頻借力，送我上青雲！」真是一副雄心勃勃的樣子。此外，薛寶釵肌膚豐腴，容貌端莊，白嫩的圓臉，水靈靈的大眼睛，豐滿的身材，根據作者曹雪芹的暗示，她很像楊貴妃。第二十七回回目：「滴翠亭楊妃戲彩蝶，埋香冢飛燕泣殘紅」，就明確地把寶釵和黛玉比作楊玉環和趙飛燕。而寶釵努力做人，終失其真，屬於她的現實性行，本與寶玉的理想人生殊途，勉強結合，始終未能有精神契合、貌合神離的生活，對處心積慮的寶釵來說，結果所得，仍是鏡花水月的空寥。

參、結論

　　紅樓夢中的頑石與寶玉是作者精心設計的重要道具，小說的故事就是通過石頭幻形入世引出的。頑石與寶玉穿插出現，貫穿全書，帶有隱寓意味，耐人尋味，無才不堪補天的頑石與紅塵中迷失靈性的寶玉，都蘊涵著豐富而複雜的象徵意義。

　　在賈家，寶玉被看成「不肖的孽障」、「混世魔王」，只有青梅竹馬的黛玉是她的知己，也正是與黛玉純潔的愛情鼓勵他在反叛的道路上越走越遠。黛玉與寶釵一樣兼備了美貌與才學，兩人的差別主要是在於黛玉不甘於受制於社群人際的約束，而寶釵卻完全按照封建婦道所要求

的溫良賢淑來塑造自己。黛玉在賈家得到性情刁鑽難以應付的不良印象，而寶釵的城府之深，幾乎是到了完全沒有喜怒哀樂的地步。

　　賈府的家長們並不看好病弱無依的黛玉，經過一番比較，最終選擇了豐腴、待人處世面面俱到的寶釵作寶玉的妻子，心碎、絕望的黛玉，淒涼地走向她生命的終點。曹雪芹總是會隨處留伏筆：每次寶玉跟黛玉最開心時，寶釵總會不經意的闖入。寶釵很無辜，正像她最後竟然跟寶玉成婚也是很無辜的，但這正是紅樓夢的悲劇精神關鍵處：悲劇不是發生於邪惡之人的刻意毀壞，而是無法抗拒的命運。

　　我在做這篇研究報告時，發現了一些蠻不錯的網站，像《紅樓夢》、《醉迷紅樓》……等等，也向老師借了一本《古典小說名著析評》來參考。在蒐集資料的過程中，我覺得收穫良多，除了這次的研究報告內容外，對於《紅樓夢》這部小說，有了更深一層的了解。《紅樓夢》恰如一齣曲折精采，內涵深刻的人生大戲，透過賈府的衰敗，說明了富貴如浮雲、世事無常的道理；從寶玉、黛玉、寶釵的愛情悲劇，也讓人體悟到情愛兩空、精神生活的虛幻，我想，「人生如夢」，就是《紅樓夢》所要表達的主要思想吧！

肆、參考資料

1.書籍：《古典小說名著評析》

2.網站：

《紅樓夢》http://www.chiculture.net/0420/html/a00/0420a00.html#

《醉迷紅樓》http://www.redchamber.prohosting.com/redchamber/main/main page.html

《中華文化天地～古典小說賞析》

http://edu.ocac.gov.tw/culture/chinese/cul_chculture/vod12html/vod12_10.htm

大觀園之研究──各別院之主人及名稱由來

楊孟晴

大觀園之平面圖

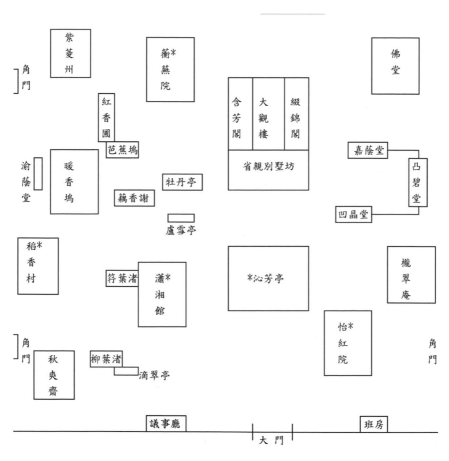

◎有標號*的為其中較重要的別院，也是本研究中主要介紹的各重點。

前言

　　大觀園,是紅樓夢這整本書中很重要的一環,經由大觀園,可以透視賈府的內部狀況,以及隱藏在賈府背後的所有心酸血淚,它暗喻著賈府的興盛,賈府的奢侈,以及賈府的衰敗,因此,沒有仔細看過紅樓夢的我,打算藉由這次的機會,了解紅樓夢的整個大致故事,以及大觀園各院主人及命名過程。

正文

一、緣起

　　因為賈家的大小姐賈元春,被晉封為鳳藻宮尚書,加封賢德妃,聖上批准返鄉省親,賈府上下,特地為了這件事,建造一個極盡奢華,美輪美奐的大園子,來歡迎元妃回鄉。

二、各院名稱由來

　　賈政為了試探賈寶玉,而要他替園子內的各個別院起名字,在過程中,寶玉每提一個名字,賈政都免不了給他一頓責罵,但在元妃省親之時,各院上的匾額用的卻都是寶玉所提的名字,從這裡看的出來,賈政其實對兒子的表現十分滿意,只不過在外人面前,還是硬給寶玉吃鱉。

　　瀟湘館:

　　『裡面數楹修舍,有千百竿翠遮映,入門便是曲折遊廊,階下石子漫成甬路。後院則是有大朱梨花兼著芭蕉。又有兩間小小退步。後院牆下;忽開一隙,得泉一派,開溝僅尺許,灌入牆內,繞階緣屋至前院,盤旋竹下而出,』這是書中對瀟湘館的描寫,其他客人提出了『淇水遺風』『睢園雅跡』但是都被賈政以『俗』字帶過,眾人請寶玉來試試,賈政卻百般刁難,後賈寶玉講出了『有鳳來儀』,眾人都說妙,但賈政卻不甚滿意的冷嘲熱諷了一番。後元妃省親,進了這個大園子,選了幾處比較喜歡的地方賜了名,將『有鳳來儀』改成了『瀟湘館』。

怡紅院：

書裡面提到，怡紅院內種滿了芭蕉和海棠，那海棠『其勢若傘，綠垂翠縷，葩吐丹砂』，賈政說：「這是外國特有品種，聽說源自女兒國，叫做『女兒棠』，但是關於女兒國的故事，大多是假的，不足為信。」有人提『崇光泛彩』，但寶玉覺得有點可惜，他認為「『處蕉、棠兩植，其意暗蓄『紅』、『綠』二字在內。若只說蕉，則棠無著落；若只說棠，蕉亦無著落。固有蕉無棠不可，有棠無蕉更不可。』因此提了『紅香綠玉』作為名字，但賈政還是搖了搖頭說不好。後來元妃省親將這處改為『怡紅院』。

蘅蕪院：

一進這房子，就能聞到一股香味，那是『杜若蘅蕪』的香味，除了這個，裡面還重了薜荔藤蘿、茝蘭、清葛、金簦草、玉蕗藤、紫芸、青芷……等，有人說『蘭風蕙露』，眾人討論了一會兒，又吟了幾首詩，賈政看寶玉站在一旁不說話，於是問他覺得怎麼樣？寶玉想了想提了『蘅芷清芬』，被賈政批了個豈有此理。後元妃省親，賜名為『蘅蕪院』。

稻香村：

依據書上說的，稻香村的四周種的是杏花，庭院還有一畦一畦的蔬菜、瓜果，整座院子，就是一片農村景象，賈政來到這裡，喜歡的不得了，其他人為這裡取了杏花村作為名字，賈政還特別叮嚀這地方不可掛太華麗的東西，還要養些鵝、鴨、雞……等，但不等賈政說完，寶玉卻又有新點子，他答道：「村名若用『杏花』二字，則俗陋不堪了。又有古人云：『柴門臨水稻花香』，何不就用『稻香村』？」眾人聽了連連稱讚不絕，但賈政還是不給面子的罵了他一頓。

沁芳亭：

沁芳亭是一個通往外湖的水閘，賈政一行人從這裡經過，來到這座大橋前，看到水如同晶簾一般奔入，便問賈寶玉：「此閘何名？」，

賈寶玉想了想說：「次乃沁芳泉之正源，就名『沁方閘』。」賈政道：「胡說！偏不用『沁芳』二字。

其他像是「大觀樓」、「綴錦閣」、「含芳閣」、「蓼風軒」、「藕香榭」、「紫菱洲」、「荇葉渚」等名，都是元妃省親時所賜名的。

三、各院主人

賈寶玉→怡紅院，別號『絳洞花主』

林黛玉→瀟湘館，別號『瀟湘妃子』

薛寶釵→蘅蕪院，別號『蘅蕪君』

迎春→紫菱洲，別號『菱洲』

探春→秋爽齋，別號『蕉下客』

惜春→藕香榭，別號『藕榭』

李紈→稻香村，別號『稻香老農』

四、其中趣事

◎劉姥姥進大觀園

在紅樓夢這整本書中，最靈活的人物就該屬劉姥姥了，相信大家不管在書上、電視上，都看過這一段經典名著，也對他特別的印象深刻。

劉姥姥，一個農村的窮寡婦，因為自己沒有兒子，所以依靠女婿王狗兒過活，後因為生活窮困潦倒，已無任何錢可以生活，剛好其女婿狗兒是賈府王夫人之遠親，因次藉著親戚關係進入賈府尋求經濟援助，當劉姥姥見到王熙鳳，向他提起了要求，王熙鳳因為一時的好心，給了劉姥姥二十兩，奠下了日後巧姐兒幸運逃過一難的因。

劉姥姥總共進過賈府三次，而逛大觀園是第二次，在這一次當中，眾人把劉姥姥當作女清客一樣消遣、逗弄，但劉姥姥深知若要從賈府中得到援助，就必須博得賈母的好感，因此，他配合鴛鴦、王熙鳳，裝出一付什麼都不懂的樣子，又故意做一些粗俗、笨拙的動作，來討賈母歡心。

在整個故事中，劉姥姥扮演一個極重要的腳色，他以貧民身分進入榮國府，看到所有奢侈的一面，用自身樸實淳厚的特質，來對比大觀園內的華麗仕女，映照出兩個生活環境的極大差別。

◎史湘雲醉臥芍藥園

話說那天，正逢寶玉生日，剛好寶琴也是同一天，就在一番送禮、慶祝過後，大伙兒玩起了行酒令，最後湘雲醉得一踏糊塗，到了外頭圖個涼快，但是卻不知不覺的睡著了，只見湘雲臥於山石僻處的一個石凳子上，香夢沉酣，四面芍藥花飛了一身，滿頭臉衣襟上皆是紅花散亂，手中的扇子在地上，也半被落花埋了，一群蜂蝶鬧嚷嚷的圍著她，又用鮫帕包了一包芍藥花瓣枕著頭，讓人看了，又是愛，又是笑。

◎占花名

在紅樓夢中，每個女人都有象徵他的一種花，曹雪芹巧妙的利用這次占花名的機會，暗喻了每個女人所象徵的植物，以及他接下來的命運，寶釵抽到的是牡丹，上頭題著『艷冠群芳』，探春抽到的則是杏花，上頭題著『瑤池仙品』，後又注：得此籤者，必得貴婿，大家恭賀一杯，共同飲一杯！李紈抽到的是梅花，一樣題了四個字『霜曉寒姿』，湘雲則是海棠『香夢沉酣』，麝月抽到了茶蘼花，題著『韶華勝極』，香菱擲了一根並蒂花，題著『聯春繞瑞』，黛玉取了一枝，上頭刻的是芙蓉，也題了句『風露清愁』，襲人則是抽到了桃花，題著『武陵別景』。

所有的花名，四字成語，都有其奧妙之處，若仔細去領略，就可以看的出來，這些與他們的個性、命運、都有些許關聯。

結論

大觀園，為了元妃省親，賈府極盡奢華努力鋪張的大園子，他代表了賈府富貴、權力的象徵，在賈府最鼎盛的時期，他是最美的時候，張燈結綵、百花齊放，但到了最後，隨著元妃以及史太君的去世，勝極一時的大觀園，就像是龍捲風摧殘過後的地方，立刻變的殘破不堪，日復

一日，越來越荒廢，到最後，就像賈府的子弟一樣，死的死，出家的出家，各各都一夕之間家破人亡。

但大觀園也是所有歷史背景上重要的一環，裡面雖然用盡奢華，但還是記載了許多有關食物、醫療、建築、禮節、服飾，以及其他重要的訊息，他的內部內容大約都是曹雪芹的生平所見，也就是說，其實整個紅樓夢的故事，基本上就是他年輕時後的生活見聞，只不過他用文章，透過一個大家族，以回憶、寫實、擬化的方式寫成一本含著他所有心酸血淚的經典名著。

大觀園中，人物的腳色也是很重要的部分，如果沒有這群兒女們在這大觀園裡，那麼這園子也就變得黯然無色。縱然是富麗堂皇，但沒有這些可愛的腳色，也顯得無味。我個人最喜歡的是林黛玉，因為我覺得他夠真，雖然有時候愛耍脾氣、嬌蠻了點，但他與寶玉的心靈契合，真的很令人羨慕，他的別號是瀟湘妃子，竹子一直以來，代表的就是高亮的節操，再加上湘妃竹的故事，淒美又動人，我從這裡深刻感受到寶黛之間的深情。

其實紅樓夢這本書，我還沒有完完全全把他看完，其中一些奧秘也還沒有領悟到，每一章都有每一章的驚奇，不仔細看，還看不出作者偷偷放在裡面的伏筆，難怪會有一堆人去研究紅學，如果想要深入的了解、探索曹雪芹真正想要表達，真正想要告訴大家的訊息，勢必是要好好的、一而再再而三的細細品嘗這本曠世巨作，花心思解讀曹雪芹的用心良苦，並幫他把他努力了半輩子的成果好好的流傳下去。

參考資料

*龍藤文化高級中學國文第二冊
*貴芬老師上課講解的過程、筆記與講義
*醉迷紅樓 http://www.redchamber.prohosting.com/redchamber/main/mainpage.html
*紅樓夢網路教學研究資料中心 http://cls.admin.yzu.edu.tw/hlm/HOME.HTM

江南三大名樓──黃鶴樓、岳陽樓、滕王閣

徐鈺婷

壹、前言

　　有幸拜讀范仲淹的〈岳陽樓記〉，文中集美景大成，令人感覺極為壯闊美麗，且文章辭采宏麗，音節和諧，高度融合敘事，寫景，議論，抒情於一體，頗具特色，故希望藉由此機會透過課外書籍、網路來深入了解江南三大名樓的各別特色。

　　因此，我以歷史為主軸，細談各樓之差異，並且以建築探討其景觀佈置，再輔佐以對聯題詩，重溫古時之風。以下分為江南三大名樓和三大分析架：

一、江南三大名樓：湖北黃鶴樓

　　　　湖南岳陽樓

　　　　江西滕王閣

二、三大架構：歷史

　　　　建築藝術

　　　　對聯題詩

貳、正文

一、歷史：

1.黃鶴樓：最初建於三國時代孫吳黃武二年（西元223年），是一座用於軍事瞭望和指揮用的崗樓，【三國演義】中孫權和劉備曾會面於此樓，後經各代修葺逐漸成為登林遊憩、吟詩作畫的勝地。

　　原樓毀於明朝嘉靖末年，穆宗隆慶五年（西元1571年）都御史劉愨予以重建，後來卻又被流寇張獻忠所毀。清順治十三年上官鉉重建，到康熙年間又毀於洪水；太平天國之亂，黃鶴樓再遭焚燬。同治七年總督

李瀚章重建而恢復舊觀，西元1884年9月22日又接二連三遭逢水患、祝融之災，其後民國曾在原址再建一磚質樓閣，然而建築的架構已大不如昔，面貌亦非古時之樣。現在的黃鶴樓是1981年重建（已歷經18次重建）。

2. 岳陽樓：最初建於三國時代孫吳（西元220年前後），是一座攻據城門的衛兵修憩和瞭望的譙樓（亦為軍事用途）。

　　東吳大將魯肅在岳陽操練水兵，將其改建為閱軍樓。唐開元四年〈西元716年〉，中書令張說謫守岳陽，對此樓再次進行了擴建，名南樓〈岳陽樓〉。

　　宋慶歷四年〈西元1004年〉，滕子京謫守巴陵郡，重修岳陽樓，並請范仲淹作《岳陽樓記》。

　　在迄今為止的1700多年中，岳陽樓歷盡滄桑，幾經水淹、火燔、雷擊、兵災，但屢毀屢修，古樓之貌代代相襲，始終保持良好。

3. 滕王閣：最初建於唐永徽四年〈西元653年〉，唐太宗李世民之弟滕王李元嬰任洪州都督時營建，閣以其封號命名。

　　貞觀十三年（西元639年）六月李元嬰受封為滕王，後遷洪洲（南昌）任都督，據說唯一的建樹就是在西元653年於城西贛江之濱建起此樓臺。

　　然而滕王閣卻飽經滄桑歷史上屢毀屢建到達28次之多，世所罕見。

　　但重建後的滕王閣，無論是高度或面積均遠勝於歷代四閣，同時也大大超過了黃鶴樓和岳陽樓，仍居三大名樓之首。

二、建築藝術：

1. 黃鶴樓：現在的黃鶴樓矗立於黃鵠山上，樓高50.8公尺，是依照清代所建古樓的樣式，卻又高出相近一倍，且為避免祝融再度的肆虐，改採鋼筋混凝土的建材，但在外觀、內貌和結構上，仍保持故有的民族建築風格，層層飛檐，金碧輝煌。

黃鶴樓的設計是五層內九層「九五至尊」。

　　王羲之的「鵝」的真蹟、李白所題「壯觀」、崔顥的浮雕及詩句等相關名作皆展示於此樓。其內有更有許多中國式的庭園樓閣，並呈現歷代與此樓相關的典故與碑文。其中以崔顥的相關作品最引人駐足圍觀。

2. 岳陽樓：現在的岳陽樓矗立於洞庭湖東岸，岳陽市西門城牆上，主樓高十九米，是「四柱」、「三層、飛簷、純木」建築。

　　整體建築以中間的四根楠木大柱從地到頂，承荷大部份重力，再用十二根金柱作為內圍，支撐二樓，外圍繞以二十根簷柱，飛簷與屋頂用傘型架傳載負荷，而三樓用「如意斗拱」、層疊相襯，拱托樓頂。

　　最富奇特的是：全樓無一磚石，全用木料構成。飛簷、樓頂均蓋黃色琉璃筒瓦，飛簷尖端飾以龍鳳，昂首翹尾即慾騰飛。其三樓樓頂外貌酷似古代將軍頭盔，俗稱盔頂，為我國古代建築中所罕見。

3. 滕王閣：現在的的滕王閣矗立於南昌城西，樓高57.5米，是以滕王閣為主題的藝術殿堂，每一層都有一個主題，亦都與閣有關。

　　在第一層正廳有一表現王勃創作《滕王閣序》的大型漢白玉浮雕《時來風送滕王閣》，巧妙地將滕王閣的動人傳說與歷史事實融為一體。第二層正廳是23.90×2.55米的大型工筆重彩丙衡壁畫《人傑圖》，繪有自秦至明的80位領風騷的江西歷代名人。這與第四層表現江西山川精華的《地靈圖》，堪稱雙璧，令人歎觀止。第五層是憑欄騁最佳處。

　　進入廳堂，迎面是蘇東坡手書的千古名篇《滕王閣序》。《滕王閣序》中最著名的兩句是「落霞與孤鶩齊飛，秋水共長天一色」。

　　這已作為主閣正門的巨聯。

　　暮秋之後，都陽湖區將有成千上萬只侯鳥飛臨，那將構成一幅活生生的「落霞與孤鶩齊飛，秋水共長天一色」圖，成為滕王閣的一大勝景。

三、對聯題詩：

1.黃鶴樓——一笛梅花落遠天：

A. 崔顥（黃鶴樓）：昔人已乘黃鶴去，此地空餘黃鶴樓。

　　黃鶴一去不復返，白雲千載空悠悠。
　　晴川歷歷漢陽樹，芳草萋萋鸚鵡洲。
　　日暮鄉關何處是？煙波江上使人愁。

　　→這首詩是崔顥根據傳說（注1）而得的靈感

B. 李白（題北謝碑詩）：一為遷客去長沙，西望長安不見家。

　　黃鶴樓中吹玉笛，江城五月落梅花（注2）。

　　→描寫黃鶴樓凌空高瞻之景象。

C. 李聯芳所賣的（黃鶴樓）長聯：

　　數千年勝蹟曠世傳來，看鳳凰孤岫，鸚鵡芳洲，
　　黃鵠漁磯，晴川傑閣，好個春花秋月，
　　只落得剩水殘山。極目古今愁，
　　是何時崔顥題詩，青蓮擱筆。
　　一萬里長江幾人淘盡，望漢口斜陽，洞庭遠漲，
　　瀟湘夜雨，雲夢朝霞，許多酒興詩情，
　　僅留下蒼煙晚照。放懷天地窄，
　　都付與笛聲縹緲，鶴影蹁躚。

　　→將武漢三鎮風光俱納聯中，氣勢磅礴，令人讀後可想像黃鶴樓古昔
　　　之勝況。

2.岳陽樓——遙望洞庭山水翠

A. 劉禹錫〈望洞庭〉：湖光秋月兩相和，潭面無風鏡未磨。

　　遙望洞庭山水翠，白銀盤裡一青螺。

　　→寫洞庭湖的秋色夜景，給人以美的享受。

全詩純然寫景^(注3)，既有描寫的細緻，又有比喻的生動，讀來饒有趣味。

B.杜甫〈登岳陽樓〉：昔聞洞庭水，今上岳陽樓。

吳楚東南坼，乾坤日夜浮。
親朋無一字，老病有孤舟。
戎馬關山北，憑軒涕泗流。

→詩人到了暮年，在岳陽樓上倚欄觀景，心中還念念不忘國家的安危，人民的苦難，不覺潸然涕出淚下。由個人的哀傷到對國家的憂，這一轉折轉得非常自憤而有力量。統觀全詩，表現了一個愛國愛人民的偉大詩人的偉大胸懷。

3.滕王閣──秋水共長天一色

A.王勃＜滕王閣序＞：虹銷雨霽，彩徹區明。

落霞與孤鶩齊飛，秋水共長天一色。
漁舟唱晚，響窮彭蠡之濱；
雁陣驚寒，聲斷衡陽之浦。
天高地迴，覺宇宙之無窮；
興極悲來，識盈虛之有數。

（注1）：相傳有辛氏在山頭賣酒，有個道士來喝酒，辛氏見道士不俗而不收一文一錢。道士臨行之前取橘皮畫鶴於牆壁之上，拍手招引，鶴即展翅飛舞；辛氏因此致富。十年過後道士又來，彷復自天乘雲飛下，鶴亦翔舞而下，道士於是跨鶴飛升離去。辛氏為紀念此一神蹟遂建樓誌之。

（注2）：落梅花，樂府曲名

（注3）：譯：洞庭湖的水光與秋月交相融和，水面波平浪靜就好像銅鏡未磨。遠遠望去洞庭湖山水一片翠綠，恰似白銀盤子托著青青的田螺。

參、結論

翻閱了無數的資料，發現江南三大名樓各有春秋，其中最讓我最著迷的是建築藝術和文學藝品。室外，黃色琉璃瓦的飛簷飾以龍鳳，昂首

翹尾即慾騰飛，欲是鼓勵我振翅高飛，擁抱文學的天空；室內，古人大手如椽的文章，更是深烙在我心，使枯槁心靈潤成一片芬芳。

　　唯一多令我有所感慨之處，乃江南三大名樓歷代皆經嚴重破壞。然上天賜予環周美景，彌補一大憾事。而我更有深刻體悟，三大名樓是人們重要的文化資產，因此，我們應該好好珍惜並保護現有的遺跡。這是我們和古人穿越時空的相遇，滿懷著對名樓的澎湃的意念和舊有的回憶，假使錯過了，那不是人生一大憾事？

　　我常浪漫得作夢，夢見我漫步在名樓裡，品評磚磚瓦瓦獨特的文人氣息，微風輕輕地一彿，三大名樓便瀰漫於霧中，而風伴著浪漫絲絲地注入我心──這是我十八歲的夢。

肆、參考資料

一、古文觀止　三民出版
二、中國時報　吳三方〈黃鶴樓見九五至尊〉
三、中央日報　楚客〈漫話黃鶴樓的歷代滄桑〉
四、江南第一樓　http://www.ymjh.kh.edu.tw/chinese/first.htm
五、世界旅遊網（大紀元）　http://www.epochtimes.com/bt/5/2/4/n803767.htm
六、岳陽樓　http://www.chinacoms.com/living/jd/hunan/yyl.htm
七、滕王閣　http://gov.online.jx.cn/ql/fwc/thg/twg.htm
八、三維全景虛擬遊覽

叮噹絕響——詩

悼 英魂

潘紋慈

動亂　欲碎的時代
造就了曠世奇才
學萬人敵的志向
及一身傲骨
任誰也無法阻礙

雄心萬丈
破釜沉舟　誓不還
燒殺劫掠
再給他篡上霸王的位置
笑傲天下
封官進爵　好個江湖俠氣
把贏來的土地
不加思索地
白白分送給了別人
想他　怎對得起江東父老

好一個力拔山河　氣蓋世
好一個豪氣干雲
卻讓小小亭長登上君王寶座
這道是　拜了把的
怎忍心鳥盡弓藏
兄弟的情義
忘得一乾二淨

從巨鹿之戰到垓下
正值氣焰貫天
一曲鄉歌
唱斷了經年累月闢築的天子夢
落的撫騅自嘆的悲涼
烏江畔　水猶寒
一世英豪
終扯不下顏面
含恨自刎……
笑他有兩對眼
卻怎麼也給糊塗了
人道把這英雄給說成了狗熊
燒了三月的阿房宮的火
想也燒不盡他滿腔的怒吼
坑殺多名秦兵
不及人把一世英魂坑進了臭名
葬身九尺黃土
埋不了他稱霸的雄心

要說　怎說　任他們說
愛評　想論　隨人去
天道恢恢　人到茫茫
史記上的慧眼
會記上那們一筆的……

破浪

蔡惠嵐

平靜的海，
陽光以溫暖相隨，
平穩安祥，
霎時，
天地變了臉，
以烏黑的姿態　倨傲的口氣，
掀起波濤　敵人般襲捲而來，
阻滯不前，
沒有了羅盤的指引，
沒有陽光的照耀，
它，
迷失了方向，
但英勇的戰士，
仍屹立不搖，
踏著破浪緩緩前進，
衝破層層包圍，
最後，
他抽出他的長劍，
奮力地向天空劃上一刀，
終於，
發現了新大陸。

歲末有感五首

白又文

炮竹佳節響，農村作物豐；
舉家歡喜樂，閑逸度寒冬。

何怡安

凜凜孤寂夜，唯聞風雨聲，
怨君輕許諾，獨守院門空。

劉詠淳

殘月雲霄掛，繁星點夜空；
旅人嘆此景，孤獨過寒冬。

陳巧珊

昨夜狂風怒，今朝旭日東。
敢情何未謝？唯有劍蘭紅。

潘紋慈

銀樹立江東，寒蟲鳴歲終；
家家添黍酒，古道一孤翁。

筆落風情——短文寫作

姓名的故事

名字的故事

潘紋慈

不管是何種生物，都必然的被冠上了名；打從娘胎出生，經不了多久，便被賦予了名字，是遺憾也好，是高興也罷；喜的是大家用神聖的態度來為我許下了名，悲的是這場命運靈魂的決定權並不在我。

我懷著無奈的態度，因為我的名字，我壓根兒不喜歡；從小就喜歡擅改自己的名字，羨慕別人的；曾經問過媽媽我的名字從何而來，竟然為神明所取，上至爸爸，下至堂兄姊妹，無一不是，除了姊姊的名字因為神明取得不好聽，因此爸爸為她重新命名，而媽媽的是阿公看了天上的白雲，便取名素雲—印象中的回答—未免太賦有詩味了，樸素中竟隱藏著不凡。

我既不是靈媒，也不是乩童，理所當然的無法明曉神的想法，但身為一個有思想的人，必然會有屬於它的言論，推想我的名字，紋字本身帶有繁雜路線之意——花紋、紋路；慈字具有憐憫、慈愛之指—慈悲、仁慈；由此推想，神賜給我的人格，應是希望我懷有一顆善良、關懷之心，但為什麼又要賦予紋字呢？實在難以解答，是要我以仁愛行天下，事蹟足以構成一幅美麗的花紋嗎？大概如此吧！

配合著紋字，當然不管在個性、感覺上也就多樣化了，容易情緒化、多愁善感，不喜歡重複同一件事情；雖然?字看來缺點甚多，但我認為因為有它，才讓我想一直更新自己，有一點完美的意味，但我又不喜歡追求完美；也許在矛盾之間，自然就能在其中領悟出些許道理了。

　　我一直希望能為自己命名，我很嚮往古人，即使身處現在，但能今古夾雜，這也不失為不好，該現代就現代，該古就古，發思古之幽情，陶然於胸；從小就非常喜歡看古裝劇，也常看爸爸寫書法，翻爸爸的古書，或許就於其中有了古人的心。憶起兒時，小學老師曾叫我們為自己取了一個字，不過含意不大，便捨棄了，但能就耿耿於懷，到了國中突然感覺來到，我知道要取什麼了，號也隨之出現，字與號是能代表我的一種感覺，是不具象的。

　　我並不是聞雞起舞、隨俗附和，字與號我不曾向人提起，只與友人略為提及，於此提出，倒覺得羞慚，但為文者不吐不快。

　　我字樂一，號行水。樂一象徵我能夠永遠是處於音樂下的心情，當下的寧靜；一，唯一，只有此種感覺，不變，我無法具體描述，就好比一顆充滿熱血的心淌在陽光揮灑的花海，如暴雨前來的幽寂；行水也是配合著我的感覺，我有如御水行一葉扁舟，翩翩然，安適而快哉！流水恣意，隨心縱放。我把我嚮往的感覺命為我的名，與其說是我的名，不如說是我的座右銘，人如其名，人如其名，希望果真人如其名。

　　在我很小的時候，便皈依了佛教，因此也有了法號—德慈，又與仁德慈悲扯了干係，不禁暗生疑慮，難道果真是上天安排注定我將以慈行天下，但我之渺小，我不敢妄想，能會有如此偉大的胸懷，或許就當作目標吧！以此努力，也為好事一樁，只是這是否巧合，未定算，我不敢定論。

　　我想名字或許真的代表一個人的靈魂吧！名字與我的人格，似乎有著密不可分的關係，因為紋字的牽引，慈字影響，使我人格複雜化，但對於慈字在我的性格上，我倒很難感受；我並不喜歡人家直呼我的全名，好像某種東西被抽了一下，應是敬重的感覺，但有時又像輕蔑。

　　不管如何，縱使名字決定了一生之命運，但也不必太於傷悲，人未死，大權仍操之在手，重要的是心境，要了解自己的心當下的感受、觸動，方能有所行動。不要因名字而定命，而是創造出屬於自己的名字的人格。

我的姓名哲學

徐鈺婷

　　一個名字代表一個靈魂，她源自對家族血統的傳承、父母的期待、親友的祝福。但終其無非祈求上天因為「美名」而多給予保護和加持。「平安快樂」是原則。「男的勇猛，女的嬌柔」是理想。

　　「徐」ㄒㄩˊ。余習切，魚韻。安行也。
　　徐氏源自福建惠安。我的祖先為求生存，冒險闖蕩黑水溝。

　　打從脫離母體孕育，呱呱墜地。「徐」便是上天賦予我的新血脈，我將是龐大宗族的一小葉。或許為得傳承，阿公總拉著訴說往日回首，我驚然得看著一個承受歲月無情雕刻的老人，盡情的說著我們即將「共有的記憶」。啊！黑水溝你是何等得嗜人，吞噬我熱血奔騰的族人！荒土上的番民啊！你們是何等的強悍，我祖的滴滴鮮血早已澆灌這蠻荒之地！而我那無畏命運的先民又是何等的勇猛，只求有口飯吃。番薯、芋頭都是「黃金」……

　　記憶就像一串琉璃風鈴，微風拂過叮叮噹噹輕扣心房。人的姓名中我曾恨透唯有姓氏是最具「不變更性」，即便出生名門望族，「姓」就似一生的編碼畫分人與人間的關係。然而年歲增長，我竟認為那是唯一和先祖血脈相成的「光榮」標誌。我不姓「吳」不姓「蔡」更不姓「陳」。我姓「徐」，安行而為，為所無為。就如同孔子・太極拳：「無為無所不為，中庸可行、可能、可至、可果為聖者能之。」徐氏宗族意念早已深深注入我的寸體寸膚。

　　「鈺」ㄩˋ。魚局切，音玉，沃韻。寶也，堅金也。

　　自小我即為自是，老仗勢著阿公的疼愛，胡作非為。宛如紅樓夢的賈寶玉百般受人呵護，但卻不失耀人的光芒。母親曾說：「我如同一塊美玉，但須細心琢磨。」甫至八歲，為了擁有更美的姿態，我便被送往舞

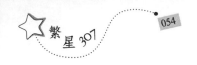
蹈班習民俗舞蹈和芭雷。縱使小腳疼痛和身軀疲憊不時侵蝕我的意志，但我切身明瞭「完美演出」的根基源自辛勤的汗水。即便為了奪得日本國際兒童美術大獎的殊榮，我願意從零開始學習，不分假日直奔美術班習畫。英語會話、書法、作文更是琢磨我的能力，以爆發更大的潛力。我多方學習，不只學得才藝更學得讓自己更耐磨。讓自己隨時保持彈性，磨出我的光亮、我的色彩。我是堅玉、我是寶。

「婷」ㄊㄧㄥˊ。題形切，音庭，青韻。美好貌。

「婷」自古以來多形容事物美好，如陳師道曾云：「冉冉稍頭綠，婷婷花下人。」亦稱讚女子娉婷有禮。推想父母給予得其後原意，必定希冀我日後所面對的人生能有個「美好的開始、完美的謝幕」。

人生是一單程的車票，不能喊「卡」重新來過亦不成暫停倒轉。所以我常告訴自己不能永遠馳騁在舊有的框框，要創新為自己的生命多添加一道彩虹，並豐富自己的靈魂，以美化我的人生。

「徐鈺婷」我的姓和名。

眾人穿越時空給予的祝福，透過我的名和字深深得扣入心弦。從我的姓名我明瞭那優美和殷切的期盼，我以姓「徐」名「鈺婷」為榮。

我名叫「徐鈺婷」……

名字的故事

陳淑茵

以「名」為開端，導引出一條條生命長河，流過悲傷痛苦，走過歡欣喜悅。時而湍急，時而緩穩，上頭乘載的是艘裝滿愛與期待的大船，載浮於千變萬化之中。

我，姓陳名淑茵，八百年前曾和輔佐鄭氏父子的陳永華及奠下台灣經濟奇蹟的根基—陳誠，同為一家人。「淑」有著美好及認為好而效

法的意義，「茵」則為墊褥。那到底「淑茵」是「美好的靠墊」，還是「效法靠墊」的意思呢？我想這就見仁見智了吧！但，我想這兩者皆表達出：希望我能學習「墊背精神」，在他人疲憊不堪時，為他們提供最好的依靠，成為他們最重要的精神支柱，讓他們皆能在我身上找到重新出發的動力。

其中我最喜歡「茵」這個字，在我的主觀意識裡，它代表著「沉穩」與「智慧」。如何成為他人生命的依靠？如何扮演這個角色？在在都顯示出其重要性，這也是現今我最缺乏的部分。

其實，我認為姓名只是長輩們對後生晚輩的期許祝福，說的更直接一點，它不過是我們在人事間的代號，更無關乎成功、財富、健康。許多人花了大把鈔票，就為了請大師來取個更具「成功性」的名字，但生命中一切事物皆操之在己，即使遭遇困境，其背後也一定有其意義，努力找出事件背後的意義，歡喜接受，總比那摸不著邊際的迷信更實際吧！

鳥語隨想

在水一方的白鷺鷥

> 牠們只能無奈的尋找下一個能讓自己停留久點兒的落點
> 遠離人群……
> 這曾經是牠覓食的天堂
> 「白鷺鷥，車畚箕……」的景象將不復見……

林欣慧

在台灣鄉村，白鷺鷥的普遍性應該僅次於麻雀吧！每當農田收割、翻土，鷺鷥鳥在田裡撿食害蟲，扮演農民耕作的好夥伴，大家對牠的印象似乎停留在「牛背上悠閒的掠食者」。曾幾何時，鷺鷥鳥已悄悄地轉換牠在農村的角色。

　　偶然參觀一場「鷺鷥鳥在台灣」的攝影展，幾個鏡頭改變了我對鷺鷥鳥的印象。其中一張照片攝於台灣南部某魚塭中央，夕陽餘暉下，水車正快速的運轉著，那力道之強、速度之快，濺起的水花佈滿整張照片的版面，聚集在水車附近的魚群不時被擠出水面。這時，一隻神情專注、眼露兇光，伸長頸子與雙腳，高展雙翅，十字弓般的鷺鷥鳥向魚群俯衝而下，為了生存，鷺鷥鳥抱著被水車擊中之危險，也要一飽飢餓已久的胃。那畫面給人一種勢在必得的感覺，原來鷺鷥鳥也有不溫馴的一面。

　　「鷺鷥鳥是農田中的益鳥」，這句話不再是恆常不變的名言，尤其當鷺鷥鳥與農民的利益相衝突時！攝影展中，有張作品的註解說明著，台灣某處的農民為了不讓林地被列為鷺鷥鳥保育區，不惜將林地上鷺鷥鳥賴以維生的樹叢砍除。照片上雪白的鷺鷥鳥一字排開棲息在油綠的灌木叢頂，看似生機盎然，但在牠們前方更大片的灌木叢卻早已被砍除，枝葉枯黃掉落殆盡，與僅存的樹叢成強烈對比。在農民眼裡，或許這種行為是對自己生計來源的維護，但對鷺鷥鳥群而言，又何嘗不是種對生存空間的剝奪，牠們只能無奈的尋找下一個能讓自己停留久點兒的落點──遠離人群。漸漸的，與農人習以為伴的鷺鷥鳥會消失在這純樸的農村，消失在這牠昔日賴以維生的地方，即使這曾經是牠覓食的天堂，「白鷺鷥，車畚箕……」的景象將不復見，甚至以後大家對鷺鷥鳥的印象，只能來自「爸爸小時候，我們家旁邊的田裡都會有成群的白鷺鷥……」

　　農民為了因應不斷改變的大環境，不得不在農地上做改變，或許是休耕，或許是改作，亦或是農地改建，但這種種變化卻都威脅著鷺鷥鳥群的生存空間。鷺鷥鳥與農民們正進行一場拉据戰，為了生存，鷺鷥鳥一改以往溫順的形象，不再是漫步田間、優雅的掠食者。

電線桿上的麻雀

……他有可貴的自由，消遙的日子，令身在樊籠的人類羨慕不已

邱香霖

電線桿上的常客，不外乎是那頻繁又平凡的麻雀。晴空萬里下引著嗓子啁啾歌唱著，也不會有路人為之吸引，比起那籠中的鸚鵡，的確是少了一分幽默。平淡的生活，庸庸碌碌的過一生，沒有刻骨銘心的故事，沒有柔美燦爛的愛情，沒有目標，沒有奇蹟，牠們究竟擁有些什麼呢？

「生命誠可貴，愛情價更高；若為自由故，兩者皆可拋。」或許因為平凡才能自由，看那鮮豔亮麗的籠中鳥，備受呵護與關懷，如同溫室中的花朵，禁不起起風吹雨打！麻雀擁有牠一生悠閒的歲月，不管春光明媚亦或是夏日炎炎，甚至是西風颯颯、北風怒吼，他都可以毫無羈絆的去體驗生命的每個歷程，雖然不會有觀眾的喝采，但是他卻有難得可貴的自由，消遙的日子，令身在樊籠的人類羨慕不已阿！

……沒有亮麗的裝飾，沒有如雷的掌聲，但，我盡情展現我自己

張文繻

我所擁有的不是廣闊的天空，也不是寬闊的海洋；我所經歷的不是奇危的冒險，也不是豁出生命的上山下海。我沒有鮮麗的羽毛，也沒有如大鷹般宏偉有力的翅膀；但是我有自己的舞台——在三層樓高的細長黑線上，沒有亮麗的裝飾，沒有如雷的掌聲，但，我盡情的展現我自己。

然而人類總是不領情，嫌我們的吱吱喳喳的太過吵雜；或許對他我們更有吸引力吧！儘管如此，我仍安慰自己說：「沒關係，因為有白雲會欣賞我的歌聲，太陽也會做我最好的燈光師。」

我所努力的只是：盡自己的所有譜出那最精采的生命之歌，我所擁有的只是：那街頭巷弄中最安靜的一角。一切是如此的簡單，卻那麼的令我滿足。

　　……即使渺小，也能夠以自己的步伐原則，走出屬於自己的軌跡

潘紋慈

　　似乎是與世界脫節，在旁人眼光看來，是多麼的不被矚目，而牠的眼神總是充滿著孤傲，對外物是如此不屑一顧。

　　說牠平凡，卻又再平凡之中多了那一點兒自信又樸實，實在的用自己的腳步，踏出牠一生的節奏，樂於又甘於平淡中的自在悠閒。

　　我真渴望上天賜與我擁有它的身軀及智慧。人太龐大了，以致於世界小到快無容身之處；人的智慧情感太紊亂了，因而隨時隨地忙碌煩惱；希望我能夠無時地在從容的電線桿上來回穿梭，看那一堆無知的形影在街上竄走，一方面享受陽光的沐浴，我殷切的祈求。

　　不需要有著驚人之舉，也不必要跟上時間的軌道，即使渺小，也能夠以自己的步伐原則，走出屬於自己的軌跡—與眾不同的……

籠子裡的鸚鵡

　　　我決定要掙脫出這個令人窒息的鳥籠，迎向自由

羅靜雯

　　我是一隻有著鮮豔羽毛且能模擬人聲的鸚鵡，人類喜歡我，將我買回家，給我一個堅固無比的家，供應我豐足的食物，其他鳥兒看在眼裡羨慕不已，可說是集三千寵愛於一身。但是我卻一點也不快樂，有許多鳥兒或許會說我不知足，不懂得珍惜眼現今人稱羨的生活，可試想，沒有自由就沒有快樂，不是嗎？只有物質的生活而沒有精神的解放就不算是健全的人生啊！況且這種沒有挑戰、期待的生活是不會讓自己有所進步的！

我一直很羨慕那些可以自由飛翔的鳥兒們，但羨慕是沒有意義的，因此，我決定要掙脫出這個令人窒息的鳥籠，迎向自由——就在下午主人打開鳥籠放飼料時。

　　　即便得不到任何的穀糧及讚美，我也不想說出任何有違背良心的言語

莊淑雯

　　夜裡，剛下班的主人還未褪去那沾滿塵埃的外衣，就開始逗弄起那和我長得神似的鸚鵡，一句句「主人你辛苦了」、「你好呀」……的話語惹得主人笑開懷，同時他盤子裡的食物也如泉水般源源不息。而我的不發一語換來的卻是那睥睨的眼神及餓著肚子的下場。

　　厭倦了這種只做表面工夫及虛偽的事情，記得每當我們倆獨處時，他嘴裡所說得、罵得都是主人那尖嘴猴腮的面孔，但一眨眼卻又阿諛奉承了起來。還有那極為膚淺的主人，每當對你提出一些諫言時你總是對它嗤之以鼻不當一回事，等到真正發生問題時你卻反過來指責我，說我狗嘴裡吐不出象牙來，為了懲罰我的出言不遜更是狠狠的給我餓了三天。

　　你知不知道關在籠裡的我們雖有豐足的食物及蔽蔭的場所，但我們所渴望的不是這種看似舒適卻沒有任何自由可言的生活，而且憑什麼要我們遵照你們人類的思考模式。沒錯！說話的能力也許是我們的天賦，但你們卻沒有任何的權力來命令我們說任何的言語。如果可以選擇的話，我情願當隻沒有任何言語能力的鸚鵡，即便得不到任何的穀糧及讚美，我也不想說出任何有違背良心的言語。

　　　我看見了——湛藍的天空

蔡沛珊

　　「Good morning」，又是一個美麗的早晨，我向主人問好，主人摸摸我的頭，餵我吃食物，接下來便是慣例的小主人與我的會話課程，他

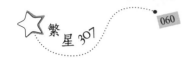

一句、我一句，玩得不亦樂乎。一切是如此的美好，直到有一天，我覺得很疲累，忽然開始厭倦在籠子裡的歲月，我好想到外頭呼吸新鮮的空氣，看看外面的世界，雖然我餐餐都享受上等的飼料，但又因我鮮豔的羽毛、能模仿人聲，主人便將我當成供人欣賞的展示品、向人炫燿的戰利品。

日復一日，我變得很不快樂，主人從不曾想過，在我光鮮亮麗的外表下，隱含了無盡的悲傷，我嚮往麻雀的自由、老鷹的自在飛翔，我拼命掙扎著，想跳脫這個籠子，漸漸地，美麗的羽毛一片片的脫落，我，奄奄一息……在夢中，我看見了……湛藍的天空。

對手

佩綺

人生猶如一個競技場，每個人都在這個站場上尋求一席的生存空間。「弱肉強食」似乎是個不變的定理。時時刻刻我們都可能面臨強大的衝擊、無懈可擊的對手，唯有充實自己，站穩自計的腳步，才能使你「愈挫愈勇」。

人類的起源曾面臨了無限的阻礙。恐龍原是稱霸地球的生物，但因他無法抵擋急速的氣候變化而絕滅了，存活的是當時最不起眼的哺乳類。十九世紀的黑死病，奪走歐洲不少的人命，但因醫學的進步而抑止了。在競技的舞台上不有永遠的強者，也沒有永遠的弱者。唯有精益求精的智者才可長存。

有人說世上沒有永遠的朋友，也許這一刻他笑容可掬，但哪知道，下一秒他便拿把刀在背後捅你。不過如有狼性的競爭，不但促使彼此的進步，亦能迸出美麗的激盪。

在人生的路上，我們會遇到無數的對手，有時能使我們向前推進，

有時使我們停滯不前，有時使我們跌落痛苦的深淵，但每個人遇到最大的對手便是自己。唯有克服自己，戰勝自己，才能在這場上，打下一場漂亮的仗。

蔡妙卿

　　第一次上小學，第一次的月考，我高興地衝進媽媽的懷抱，手裡晃著那張「第三名」的獎狀，心裡的得意只有我懂。我喜歡看見媽媽彎彎的眼睛，所以，從那時起，我開始和同學比成績，看自己是否贏他們？是否能拿到獎狀？他們，都成了我的對手，包括我的朋友。

　　這樣的日子我持續到國二，我使自己站在班上的頂端，即使我知道外頭有人比我強，但又何妨？我只在乎眼前。在班上能和我敵對的永遠只有那幾個，我還可以將成績拉開到差距二十幾分。我沉醉在將對手打敗的感覺，尤其是打的他們落花流水，我的對手始終不會是我的對手。

　　這份驕傲一直到我國三時，我才驚覺，原來我一直活在自己的世界，就像井底之蛙一樣，以為天只有井口大，其實不然，天，大得很！而我以為對手只有這幾個，現在卻有一堆，名次在班上也退到十幾名。一開始，我覺得好難過，因為這不是我要的，我討厭這種和別人比成績的感覺，不管怎麼比，他們都比我高分，我總是贏不了他們……

　　我低落的心情直到聽了主任的一句話才開始好轉：「不要以為這次模擬考考好了，就在那邊高興。對手不在這裡啦，比你們強的有上千人、上萬人！」是啊，我比什麼呢？我漸漸了解自己以前有多麼可笑，即使如此，我依然感謝打敗我的人，因為有他們，我才會成長。而如今，我也了解自己有幾兩重，我不需要一直和人比較，我只要做好自己的本分、盡自己的所能，以對得起自己為首要。我的對手就是那個驕傲的我，我不能讓那個驕傲的我來反駁真正的我。因為真正的我是對得起自己，而不是驕傲的我只對得起別人。

對手，可以讓人向前，也可以讓人喪失信心。我選擇的對手是可以讓我向前的那個從前驕傲的我，我不會給予任何機會！他是我永遠的對手！

讓歷史發光發熱的人

石緗渝

數千年以來的歷史，有人名留青史，令大家景仰萬分；也有人遺臭萬年，令人唾棄不已。而真正在這如此綿延的歷史裡，讓歷史發光，為歷史添上一筆輝煌的紀錄，莫過於是唐朝詩人——李白。

「詩仙」、「詩俠」都是人們為他那灑脫自若的人格品行所賜予的稱呼。「眾鳥高飛盡，孤雲獨去閒。相看兩不厭，只有敬亭山。」此詩便是李白懷才不遇而產生孤寂時，在大自然中尋找安慰的生活寫照，雖然在此詩中那些看似簡單的字詞，卻充分表現出詩人情感與自然景物相互結合而創造出難以言喻卻相得益彰的「寂靜」氣息；「舉杯邀明月，對影成三人。」、「天生我才必有用，千金散盡還復來。」……諸如此類有名的詩句，想必應該令大多數人印象深刻。但是或許有人會認為李白應該跟普通詩人一樣，哪裡會影響歷史並使其發光發亮呢？

「歷史」就是過往發生過的事。而一提到歷史總是令人不禁想到自古以來朝代的替換、偉人的英雄事蹟……等，幾乎都是較嚴肅莊重的話題，甚至連唐太宗也這麼說歷史：「夫以銅為鏡，可以正衣冠；以古為鏡，可以知興替；以人為鏡，可以明得失。」由此可知，大多數的歷史，都是較為嚴謹的。但李白的出現雖不至於影響整個歷史的變動，但他卻彷彿像調味劑般—為這道歷史添色不少。他的泰然、他的瀟灑、他的才華洋溢及他對大自然和生命的熱愛，無疑的，確實將「歷史」點綴了幾分生氣，至今，幾乎無人不知，無人不曉李白的大名。而這正是因為李

白他的浪漫不羈，他的處世觀的悠然率真，才使的多數人印象深刻。要不然，「詩仙」、「詩俠」的美稱不就正代表人們對他的肯定嗎？

　　所以，誰說讓歷史發光發亮的人一定得做出一番轟轟烈烈的事蹟，才能使大眾記憶深刻？而我卻認為，能為歷史添上一份生氣的人才算的上「讓歷史發光的人」。大事業誰都會做，但不一定會扣人心弦吧？

賴玉雯

　　蘇軾曾云：「江山如畫，一時多少英雄豪傑。」回想當初那些風雲人物，今已作古，但他們留予我們的精神、成就卻是永恆不變的存在現今的社會中。有了他們，才能造就這多年以來輝煌的歷史，他們無怨無悔的奉獻、犧牲，才有了今日的社會。

　　偉人何其多！吾輩最佩服的乃是胡適，他勇於在中國千年以來的舊社會中，提倡所謂的「白話文運動」，此乃一般人所不敢為。

　　胡適，字適之，他主張使用「白話」作為文學語言改革的基礎，是中國新文學運動的精神人物，亦是新詩的老祖宗，他批評舊社會的禮教，也因此受當時人所撻伐，他不相信捷徑，不相信權威，他只相信：要怎麼收穫，先怎麼栽、有幾分證據，說幾分話、努力不會白費、容忍比自由更重要，他為他的思想、文學、自由……等而奮鬥、努力不懈，即使旁人異樣的眼光，他仍不曾放棄，撇開他的成就不說，他的精神已根深蒂固的植入我們每個人的心中了，即便他已作古，但他的精神卻永不滅，更何況，至今，我們尚在使用著他努力而來的成就──白話文。

　　中國幾千年的歷史，人才輩出，先不以成敗論英雄，這些佼佼者的精神，至今仍舊影響著我們，胡適── 一位令人引以為傲的偉人，他不屈不撓的精神、高深的理想締造出那輝煌的成果，不免也讓我們興起「有為者亦若是」的雄心壯志，我們不僅要珍惜偉人成就，更要效法其精神。

NEVER LAND

陳淑茵

　　風雪中趕路的行路人，任憑風吹雨打，仍不改其一貫的步調，繼續痀瘻著身子，一路向北，問：「你的目的地在哪？」答：「永無災難的天堂。」霎時間，雪霽天晴，天射下萬丈光茫，行路人傻住了，雙腿忍不住跪下了，雙眼注滿了歡欣的淚水，口中不斷呼喊著：「感謝上帝！感謝上帝！」

　　民國三十四年十月二十五號，歷經了日統五十年、八年抗戰的台灣人盼望這天的來臨，可說是盼得眼珠子都快掉下來了。家家戶戶張燈結彩，一時之間台灣就像顆紅色炸彈，向全世界宣布：我們自由了！

　　就在行路人仍沈浸於歡喜的同時，天空再度被烏雲淹沒，有如千萬隻烏鴉集體過境，驟起的狂風宛如猛獸嘶吼。眼前的景色讓行路人再次的傻眼，承受不住千萬頓失望、驚訝的雙腿跪下了，口中呢喃著：「怎麼會這樣！怎麼會這樣！」

　　民國三十四年二十五日，滿懷歡喜的台灣人猶如被潑了盆冷水，看不見睽違已久祖國的懷抱，得到的卻是再一次殖民式的欺凌、剝削。送走了日本總督，來了行政公署長，換湯不換藥的統治，讓台灣人流淚、失望，存恨在心。

　　行路人瘋狂地咆哮：「為什麼？為什麼給了我希望，又將它帶走？」不耐其煩的上帝派出雷神鎮壓，怒火中燒的行路人，決定起身反抗，展開一場腥風血雨。Who Wins？Who knows？

　　民國三十六年二月二十七日，寧靜的台北街頭。呼！不安湧上了每個人的心頭。終於點燃了這引信，引爆了所有不滿的情緒，大肆渲泄心中的怨恨、不平，這樣的行為終被冠上「叛亂」的罪名，官方軍隊掃平了來自各方聲音，暫時的平和卻用更大的傷痕換得。這一切，值得嗎？

這一切造就了現今雙敗的場面，在先來與後到之間切割出難以填平的鴻溝。雖然先後都有有心人致力於填補的工作，但一到選舉期間，便有更多人極力於開挖的工作。明明都是血同源的中國人，相煎何太急！

清中夜貓生

楊佩綺

滴答～滴答～嗶～！現在是晚上十點鐘！您所收聽的是大千電台99.1～……。寂靜的夜晚，DJ的聲音特別清晰，倚靠牆邊，向窗外眺望，只見星在天邊閃爍，鄉村夜晚的寧靜，沉澱的我一天疲憊的心情。為自己泡杯香醇的牛奶，享受夜的自在。

在寂靜無聲的夜晚，我總喜歡一個人在房間裡播放著溫和的音樂，以最符合人體工學的姿勢讀著雜誌、欣賞著照片或拿出昔日朋友送的卡片、禮物回味一番。心血來潮的時，我總把衣櫃中的衣服通通搬出來，為自己搭配、打扮，病患想我是伸展台上的model。有些時候則是站在鏡子前面自戀。

寧靜的夜晚也不總是那般的寧靜！在我房間的角落有台塵封已久的電子琴（我想我大概有五個世紀沒碰過它了。）最近對它又產生興趣，所以無聊的時候就會去Do Re Mi一下，也幫夜點綴了一番。我想應該有位夜晚增添一丁點的活潑吧！

除此之外，我還喜歡在夜晚沉思，其實就是發呆！在夜深人靜時望著天花板想事情，是件很棒的是，此時沒有吵雜的喇叭聲，也沒有炎熱的陽光，與陶淵明詩句中的「結廬在人境，而無車馬喧。」有相同的境界。

當沉重的眼皮，再也支撐不了千斤、萬斤的疲累時，就是告別「夜生活」的時刻了，關上電燈，闔上雙眼，境空腦袋，養足體力，準備迎接新的挑戰。

貧女新作

貧女　秦韜玉

　　　蓬門未識綺羅香，擬託良媒自亦傷。
　　　誰愛風流高格調？共憐時世儉梳粧。
　　　敢將十指誇針巧，不把雙眉鬥畫長。
　　　苦恨年年壓金線，為他人作嫁衣裳。

潘紋慈

　　望著件件的新嫁裳出神，想著何時才會從遠方跑來一匹白馬，著上自己新成的嫁衣。

　　我只是一個貧家女，不認識也不敢奢望有滿身綺羅的時候，我只是每天做我例行的工作，我沒有錢也不敢畫上濃妝，與人爭鬥眉長。

　　我有著纖巧的手指，可以做一件件美麗的衣裳，只恨年年新衣落入他家，而我卻還像一隻孤鳥，天天向外拍翅遠望，哪時才能有一匹俊馬。

　　無奈生在柴門家，不比小姐帝王家，雖說那些小姐富貴榮華集身，但卻不識針線，空有華美的裝飾，但是有誰識得我這一身的才華呀！我盼望有那麼一天，喜愛內涵不重外表的郎君出現。

親愛的，謝謝你點亮我的夜

林亮穎

　　最近，讀了蘇軾寫的「前赤壁賦」，文中蘇軾因洞簫客的感慨悲傷而抒發出一段豁達之論，這段話不僅安慰了洞簫客也讓自己的心境有了轉變，因此在文章末段寫出「不知東方之既白」來表悟道之喜，我也因而勾起了一段在我心中深藏的回憶。

在國三分班的那一年，我和我的麻吉各分到不同班級，因教室距離較遠，所以漸漸的我們不再一起談天說地，漸漸的，我們的想法也愈來愈遠了。在國二時我們共同認定了一個的「敵人」，在升上國三後，這位「敵人」卻成為我的「朋友」。麻吉對我說：「你變了！你不再是我所認識的朋友了！」我生氣的對她說：「我沒變！而是你變得讓我快不認識妳到底是誰！」她傷心的說：「原來『她』可以讓你改變那麼多！」在結束這一段不愉快的對話後，我們就像是兩條平行線一般，不管旁人如何「用力」想使我們復合，平行線永遠是平行線，走了多遠終究不會有交集的一天。但是，有一天她打了電話給我，我們聊了好久好久好久……我們不斷地互相道歉，也互相訴說著這些日子的煎熬，最後，我們還抱著電話大哭呢！我知道我還是她所認識的「林亮穎」，而她也依然是我「最麻吉」的朋友。經過了整夜的「促膝長談」後，讓我領悟了朋友在我生命中占了多少份量，也了解古人所謂的「知己難求」，難道我不應該好好珍惜這份友誼嗎？悟道後，才發現有異想不到的輕鬆和快樂！

　　親愛的，你的真心與關懷讓我生命又有了重心。你及時的一通電話，拉回我們冰凍已久的友誼。在沒有妳相伴的日子，如同黑夜般漫長無止盡，是你又點亮我的夜空，我們找回昔日熟悉的語言與笑聲。我讀著書桌上的赤壁賦，思緒也從記憶裡飄回，我為主客間的開懷暢飲而陶醉，更幻想著有一天你我再相聚時，我一定會大聲對妳說：「親愛的，謝謝妳為我點亮了夜空！！」

天光雲影──繽紛集

不繫乾坤繫流年

徐鈺婷

鵝黃的鳳凰花釀著七月學子歡愉之蜜和哀愁之酸。歡，泳向下個驚喜之漩渦！即便未知，卻充滿新鮮，而讓人躍躍欲試……這都是不得不的心願。愁，驪歌悄然昇起……三年的涓涓滴滴刻蝕於堅實的心，滴滴刻刻竟也完成一道漂亮弧形，難化的愁滲著不捨填補那道陰憂的痕。

而我呢？能擁抱如何的未來？是乘雲飛翔？亦是低空飛過？屢猜屢忖，終不獲其解，於是，我決定不再猜想忖度，只想正向未來，鳥瞰世界，希冀腳邊繫著三年豐醇的流年……我飄飄然地湧向曾經漫遊的文學之河，似想追朔上游湍急，中流潺潺，下游浩大投奔萬江之海。

　　上游湍急──氣勢澎湃之我。

三年前我進入特殊教育班，也就是所謂的「語文資優」。然，我總認為不管是自我的文學鑑賞或是基礎的文法修辭都太過單薄，我一度懷疑我不屬那縹緲的天堂－－於是擎著天地般的勇氣企圖打開獨美的文學之門。猶記，是個陽光灑落的午後。我以古文觀止為聖典、自我為祭品，祈求國文老師的神諭。神諭大致如下：一年級：檀弓選、蘇軾之文、歐陽修之文……，二年級：柳宗元、宋人之文……，三年級：史記、左傳。三年的流年繫住的是和古人相遇的激盪……。

和古人相遇的激盪，激盪著中國六千年「禮教」之美。杜蕢一針見血的「亡君之疾」，融著對自我越分的失當，伴著晉平公的大度能容、知錯能改；趙文子和張老的善頌善禱；申生之愚孝「君安驪姬，是我傷

公之心」，之忠「吾君老矣，子少，國家多難」，而懇求狐突「出而圖吾君」；我內心澎湃不已！中國的史傳之純厚，透過文字流傳至今，回望身為炎黃子孫的我不免深思，是否含有如此敦厚之人格？

依照神諭，我該向蘇軾致敬。「竹杖草鞋輕勝馬，誰怕？一蓑煙雨任平生！」蘇子瀟灑地吟哦半個中國，他灑脫地情愫久久在我內心盤旋。我總愛讀頌「餔糟啜醨，皆可以醉；果蔬草木，皆可以飽。推此類也，吾安往而不樂？」以模仿東坡居士超然的氣息。瀟灑如蘇子，即使身處憂暗絕谷，他不過仰頭一望，內心的清明依舊，藍天無限。莘莘學子總愛喃喃：「寄蜉蝣於天地，渺滄海之一粟。」蘇軾長吁一嘆，竟也激起無限驚奇！穿越古之洪流，如此瀟灑地有幾人？我愛蘇軾──我愛蘇軾風雅超俗──我愛蘇軾風雅超俗的人生智慧。

史傳的敦厚、蘇軾的瀟灑，使潛藏於內心的文學因子瞬間爆發！即便我錯過和歐陽修的相遇，內心氣勢猶如鵬鳥般意氣風發，更重要的是我決定放下「神諭」！放棄不安，重拾自信，另尋孕育靈魂的精神感召！

中流潺潺──清新如水之我

放下「神諭」，我迷上印度詩人泰戈爾──漂鳥集。我愛意寓深長的詩，泰戈爾擅長輕描淡寫，訴說對世界的期許與警示，當然詩中亦有對己身生活之淡寫。而當我面對現實中社會紛擾，諸如：美國近年遭受的九一一恐怖攻擊和英國倫敦地下鐵連環爆炸案。我不免低頭沈思，我所能擁有的「入世」之氣度？

或許我該嚮往塵土，嚮往著那份即便在惡劣環境仍不忘以朵朵鮮花回報人間的「感恩之心」。或許我該學習小草之寬容，受人鄙棄的小草啊！你的步履雖小，卻擁有整個世界，而可敬的你卻不吝於分享大地，讓萬物在其上安然薪火相傳。或許我該向鳥兒汲取記憶，享受著單純靈魂，打破把魚兒抓入空中，乃是一項善行的迷思。也或許，我該珍惜沿途的美景──凌空激盪的水花與清靈之風回響詩與人的共鳴──縱使四

季遞嬗，月有圓缺，不都是另番滋味？

我鍾愛詩給我的清靈之氣，於是我放下「神諭」，我望見好山好水好風景！

下游浩大——投奔萬江之海

夜闌人靜，深巷寒犬，吠聲如豹。我總愛沏一壺茶，希冀這忙裡偷閒的時刻，乾枯的靈魂能如杯中的茶葉潤成片片芬芳，心便飄飄然地隨著熱煙裊裊上升……我迷迷濛濛地再度穿越時空，驚見智慧的源泉。

我望見戰國三閭大夫屈原幽幽走過，他心繫楚國社稷，然楚懷王客死敵國，寵妾鄭袖勾結小人，上官大夫陷害忠良，一次次地重傷他的愛國之心。心之憂之切竟激不起世間的共鳴，於是，倚江獨嘆「舉世皆濁我獨清，眾人皆醉我獨醒」。失意之餘灑酒一地，挺立一枝蕭瑟的筆，以八問八答訴說憂國憂民之情懷，吶喊著「蟬翼為重，千鈞為輕；黃鐘毀棄，瓦釜雷鳴」。幽幽淒淒的靈魂，憔悴的瞳孔，選擇了沉沉江水，縱身一躍，淨了湘水，淨了內心悲慨之情，卻淨不了世俗的混沌。滾滾江濤順流奔騰，屢屢翻滾我心深處的感動，回響著先民的歌唱！

生命的齒輪悄悄地轉過十八載，幼小的雛鳥也蛻變成雄赳的鵬鳥，文學是我的血液流貫整個身軀和左右翅翼，史傳予我敦厚、蘇軾予我瀟灑，泰戈爾予我清靈之氣，屈原予我堅忍挺立，更潛移默化造就我的思考和行動！依舊是陽光灑落的午後，陽光輕輕地烙拓整個心，我飛向陽光，留著記憶，留著光。

不再流浪

徐鈺婷

放肆的晚風呼呼地在我耳邊狂語，我穿著厚重的大衣，蹬著新潮的高跟鞋，以完全洋化的的姿態輕叩家鄉的夜晚。我嗅著迷漫在空氣中獨

特的海鹽味，內心澎湃著無限濃愁的思念，踩踏在沉睡已久的紅磚上，任隨著星子引領著我，彷彿一隻疲憊的小傳急需母港溫軟的擁抱，這種渴望源自內心最深沉的吶喊。千百年前的遊子總愛喃喃：「羈鳥念舊林，池魚思故淵」以排遣鄉愁，而我這個渡過太平洋返回故土的遊子，更是點滴在心頭啊！

　　風颯颯木蕭蕭，家鄉故有的氣味隨風飄進鼻息之間，入肺腑而迅速凝成洶湧的思愁。鹹溼的海風是家鄉特有的輕柔，點點帆影是遊子遠走的哀愁。當年的我懷抱著「學若未成誓不還」的懷抱，展開雙翅勇闖離家多達半個地球的英國，無非希望能開闢屬於自己的天空。在異鄉，映入眼簾的是群群乳牛在草原上優雅地吃著嫩草，象徵和平的牛鈴聲聲叩人心房，一艘艘載有價值菲淺的洋貨商艦更是令人震撼，但誰又知享盡異國風情的遊子，舉頭看著高掛夜空卻平凡無奇的月亮，竟會引起無限思念撼動著心渦，月光下，我飄飄然地產生幻覺，似回到家鄉，。熟悉的雞鴨狗叫聲聲盈耳，鄉土的一切在人們眼中或許鄙俗，但誰知堂堂的劍橋學士竟是靠這群雞鴨地來來去去才得以平步青雲？市集吵鬧的叫賣聲雖令人煩心，但誰又知這是家鄉人糊口的吶喊？在家鄉的港灣不曾停泊華美的大商艦，只有結構簡單的小漁船載著廉價的漁貨乘風破浪，或許小船裡遍滿著魚腥味，但誰又知那是我親愛的鄉民奮鬥的汗水？啊！「想的故園今夜月，幾人相憶在江樓。」我需要回巢，尋找活命的氧氣。

　　暖黃的路燈伴隨著我歸鄉的腳步，我步履蹣跚地走進那條時光流轉的小巷。路旁的滑梯、鞦韆陪伴我多少童年歲月，歡樂、悲傷、自信和熱情一一編織在我內心最純真的園地哩，在潛意識中那是我在家鄉最真實的紀錄片，即便兒時的童玩在黑暗的籠罩中相形孤寂，但卻是遊子試圖尋找回憶最好的記號。

　　沉沉死寂的夜，繁星輕輕舞著屬於黑夜的不安和悸動，遠方飄來陣陣的曇花香，一種執著又美麗的花，只為深歸的遊子綻放。深巷盡頭，

花團錦簇的那端是我的巢、我的家！朵朵綻放的曇花彷彿是家人對我殷勤的盼望，我滿心難以抑制的感動，快步奔向那處永為我敞開的家門，一盞盞暖暖的燈瞬間為我開啟，溫馨幸福的空氣包圍我憔悴的身軀。我感到我將要溶化了，溶於這簡單的幸福中！

窗外夜風依舊蕭蕭，吹來的不再是寒冷，而是家中溫暖的氣息……。

當夜風捲起庭院的落葉在原地打轉了幾回，我知道幾年來的孤寂正悄然落下，隨著風的尾巴逝去，我的心也不再流浪。

迷惘、重生、飛翔

徐鈺婷

陽光普照的校園處處充滿生機，片片的翠綠閃爍著光的風采，杜鵑以各式嬌豔的姿態彩繪著地的樣貌，唧唧蟲聲點綴著春的降臨，然而，我卻是一隻無力的囚鳥，束縛於神聖殿堂中，縱橫的窗櫺隔絕我與世界的連接，深褐的桌椅排排地道盡濃重的苦楚，墨綠的黑板竟是唯一和我招手的綠洲。

憶起兩年前，我以篤定的心選擇「升學」一途，我總認為在「人」的世界中無非是透過不同的挑戰來創造自我價值，換取最大的成就感，所以我汲汲營營地以強勢的姿態，攻佔一切關於課業上的領土。在不知覺的侷限裡，享受著恣意的優越感，然而內心卻囤積著難以消化的空虛和疲憊，日復一日，我開始迷惘，這麼多的挑戰，這麼多的困難，讓我充滿色彩，但拿走「勝利光環」之後，我是否會像失去太陽滋養的大地，冰凍三尺，了無生機？不再擁有「勝利光環」的加持，我到底還有多少勇氣再創自我價值？我的生活節奏是否會像吊鐘般失去發條而停止擺盪？

每天的單選多重證明計算填空申論組合一張成績日曆，這是我拼死拼命想要的生活嗎？是也，那為什麼我會倍感孤寂，像折翼的鳥兒不管

飛往何方，終究墜落；否也，那我的位置，天地間屬於我的位置又在何方？……內心的天平在這兩難間已失平衡，而我也明瞭在強顏振作的美麗裡，存在著一波波魅異的慘厲和淒涼。無奈也無解，任由思緒的紛亂湧動，淚水與哀愁侵入我每一顆氣餒的細胞，逐漸綑綁我的靈魂，我想掙脫，甩開這充滿低氣壓的沙漠，尋找我的彩虹！

「城市裡疲倦的文明人喜歡回歸原始，原始的生活可以得到片刻的休息……來吧！上山回你的棲息地——大自然！」一張健行的文宣意外地躺在案頭，引起我的注意，文宣上柔和的色度襯托美麗的景觀照片，「好美！」這是我的第一直覺，「棲息地？」更亮了我的視覺感觀，頓時，內心的思緒如驚濤駭浪般奔出：許多事，自己不曾親自走一趟，就會遺落許多真相。囚鳥，飛吧！帶著簡單的心飛向「棲息地」吧！

行走於遙遙似無止盡的路途中，斗大的汗珠從皮下組織狂湧而出，傾斜的陡坡快拉斷腳部的知覺，心臟的強力壓縮，砰砰然地在一呼一吸間。多麼渴望嚮導的一聲「休息」！多麼渴望隨行的人能為自己調整步伐！我拖著無力的身軀，緩慢前進，乍然，望見不遠方高聳矗立的懸崖，油然而生的恐懼占據我心，思緒如波濤翻湧，捲起千百個不願意，正當視線悄悄地搜索回程路線，「孩子！你還在等待什麼呢？」不知何時嚮導竟出現在我的身旁，或許他看到一顆脆弱的心急需救援。我笑而不答，他說：「懸崖使你怯步嗎？是否還再給自己千百個理由去抗拒它？機會不會等待你的到來，它會主動扣住你的心弦，只是以不同的形態、面貌來展現。有則小故事與你分享：『從前有一個年輕人每天忙於工作，完全忽略周遭的美景和變化，一個人攔住他，問：「年輕人，你在忙什麼？」年輕人冷冷地回答：「別煩我！我在找尋機會。」過了二十年，年輕人成了中年人，他依舊不改初衷盲目趕路，另有一個人攔住他，問：「你在忙什麼？」中年人同樣以找尋機會謝絕任何聲音從他耳邊響起。又過了二十年，中年人已變成兩眼昏花、白髮蒼蒼的老人，他

仍然步履蹣跚地日夜兼道，同樣一個人問他：「老人，你還在找尋你的機會嗎？」老人猛然一驚，原來他朝思慕想的機會之神，其實一直在他的身邊。如果不是他的固執，不是他的盲目，哪怕他心中的鐘聲已再度響起！」所以，孩子，拿出你最大的勇氣，給足自己最大的信心，不要向『恐懼』妥協，因為機會就在你身邊！」我隨口應諾著，思緒隨風飄到很遠很遠……我似乎就是故事中的年輕人，一直都忙碌著，而且忙得好辛苦！但是，「放下」談何容易！「克服」又談何容易！一路走來，加深的恐懼如影隨形，逼得我只有忙碌周旋，勇氣何在？信念何在？原來我一直追逐一個虛無縹緲的痕跡，到頭來卻換得一身的疲憊與迷惘，機會可能就在我忙著向前瞻望的同時溜走了！「加油！快上來！」嚮導的呼喚，把我從思緒深處拉回，望著眾人堅毅的腳步一抬一起，點點的黑影早已綴滿陡斜的峭壁，我不要成為孤鳥被遺落在大地……

　　碎石滾滾墜落，鳥兒以螺旋的姿態翱翔在我旁，顫抖的手早已發軟，卻盡可能攀住任何一個活命的契機。曾幾何時，一塊塊粗糙無比的巨石竟成了墊腳石好讓我直達雲霄？慶幸自己有足夠的勇氣攀登高峰，卻不時心生畏懼偷瞄腳下的大地，但……「墜落天使」卻不時在我腦海忽隱忽現，或許不到三秒即以八字型的姿態殞落，或許遍地碎骨將是我的人生最終代表作，或許……「啊！」我高分貝的尖叫如同匕首切開了天與地，我緊閉雙眼不敢目視突如其來下墜的畫面……乍時，一隻強而有力的手攫住了我，我抬著仰角近似九十度的頭，看著那黝黑的臉竟以漂亮的弧度發光發亮，「喔！我的聖母瑪莉亞！」我內心感激的吶喊。要不是嚮導驚敏的注意和即時的扶持，方才一切的「或許」早已變成真實。冰涼的氣流在腳邊竄動，巨鷹從旁呼嘯而過，花兒美麗的純潔被斑斑血漬染成了鮮紅。不爭氣的淚水挫敗著內心的執著，撲簌簌的雙眼早已看不見前方的旅程，淌血的雙腳滾燙地無法動彈，絕望與悲傷佔據嚇破膽。「挑戰自我最高信念，拿出最強悍的勇氣，抗拒你的障礙！」嚮導大聲

疾呼震撼我內心的灰色地帶。是啊！如果無法像蠶蟲般破繭而出，哪有「成蟲的快哉」、「蝴蝶的精采」？咬著牙，拒絕哭泣，拒絕害怕，在一呼一間堅定自我意識：「我一定可以征服高峰！」

　　苦盡甘來的心終獲喘息，痛苦過後「快哉」的歡呼，無非是一種成長和歷練。當我切身體會那鼓自潛意識爆發的強烈毅力，我開始體悟到在人生的旅途中我已模糊多少焦點、搪塞多少藉口掩飾自己的障礙。憶起作家吳若權曾為「挑戰」做了這般解釋：「所有的痛、所有的苦，對於積極成長的人來說，一定都有不凡的意義。」而當我決定付諸行動，尋找內心最虔誠的召喚，原先痛苦難以消化的事，也會逐漸轉換成我想要的結果。「毅力」是驅策一切「信念」的動力。

　　漫步在綠茵山徑，兩側高過天際的樹木隨風搖曳，綠葉的沙沙聲是大地的顫抖和心跳，陽光透過翠葉一閃一爍，美的出奇！美的溫暖人心！剎那間，我停下腳步，從鼻間呼出氣息，緩緩地契合生命的呼吸，從一切的節奏中得到「最初」的感覺。我雀躍地仰望天空，閉上雙眼任憑陽光親吻我的臉頰，為我注入充沛的活力，我……活了起來，心靈的色彩頓時祥和澄清。

　　山間突然攏聚雲霧，令人措手不及的下了一場雨，打濕了眼前的一切，但是雨後，洗盡了空氣中的雜塵，也沖淨了內心的烏煙瘴氣，一切肩上的壓力隨著腳步而滲入土中，輕鬆自在不言而喻！步入羊腸小徑，黑白相間的碎石明亮動人，朵朵的花兒在陽光下顯得嬌羞美麗，草兒以嫩綠的顏色破土而出，展現生命光彩。相形之下，我一直強迫「超越」本能，但忙於「超越」之際卻備感艱難和阻擋，原來「太過急躁」使我常深陷泥淖、落入漩渦。是的，萬物的成長循序漸進，自有定律，繁亂草率地一味「超越」，得到的是更慌亂的情感，失去的卻是本質最初的信念。我得放慢生活節奏，反省自我，調整步伐，來挖掘內心最大的潛能。

　　我終於明白，我是如何固執地居住在內心的孤島，橫躺在那塊伸向孤寂的半島上，在自限的囚籠中享受著微弱的優越和成就，自以為佔有天空、海洋和萬物，更荒謬的認為那裡會存在我的位置和節奏，然而……那裡什麼都沒有。有的只是加深的恐懼和疲憊，握住的只是短暫的光芒，卻無法洞燭人生的迷惘！黃粱夢有云：「寵辱之道、窮達之運、得辱之理、生死之情，皆剎那而已。」不就是最有力的生命真相？那麼，在這瞬息萬變的世間，我該緩步而行，用心看看旅程的美景！

　　我找到「重生」的意涵，「重生」象徵新生亦充滿挑戰，即便這是一條充滿荊棘的道路，沒有捷徑只有信念，我也要以最虔誠的信仰繼續探索這憾動的世界。在一切的抉擇間，聆聽自我旋律，讓陽光賜與我翅膀，以最真誠的心打開心中的潘朵拉，就像在世界的中心吶喊：「I am the king of the world！」

暗相思

楊孟晴

　　黃昏嗎？夜來香緩緩闔上素淨的花瓣，半露出嬌柔的睡顏，身子輕柔的左右搖擺，可翻來覆去，睡意不增反減。納悶了好一會兒，輕輕將花瓣舒展開來，伸伸懶腰。四周是一片黑壓壓的，閉上雙眼等待下夜裡揚起的微風，他記得那種聲音，有力卻不失溫柔，輕撫著她的臉龐。

　　好久好久，聲音並沒有出現。失望透了，為什麼會聽不見？她好想念那些低沉悅耳的符號，不知道怎麼了，心裡有一小部分酸酸的，鹹鹹的。真的不來了，帶著淚，她漸漸走入夢鄉。

　　「媽媽！」稚嫩的童音吵醒了她。「看那！夜來香上的珠珠好美阿！」小女孩驕傲的向一旁的少婦展示著手上的盆栽。「真的耶！妹妹真厲害，發現露珠了呢！」少婦摸摸小女孩的頭，像是呵護珍寶一樣的

輕柔。相視而笑之下，沒有人注意到，那並不是露水，而是一顆晶瑩的淚珠，一顆含著相思的暗香淚。

　　一面落地窗，收納所有天空，雕花木櫃上的一盆夜來香凝視遠方。是什麼樣的心情？是怎麼樣的思緒？忘不了溫柔的碰觸，丟不掉細心的呵護。那一陣風，什麼時候才會來？理不清是悲是憂，思念化成片片落葉，踩碎了，也補不回。

　　「你在煩惱些什麼？」身旁的三色菫慵懶的歪著頭。「我……你都沒什麼煩惱的嗎？」看著三色菫無所謂的笑容，好奇的問出口。「有什麼好煩惱的？每天有人幫我澆水、施肥、還有這麼棒的陽光，我不知道該煩惱什麼！」打個呵欠，揉揉雙眼。「到是你，這麼努力的想些什麼而令你如此悶悶不樂？」三色菫挑挑眉，揚起一抹微笑。「我？我在等待一陣風，可是……她卻一直都沒出現。」三色菫盯著她好一會兒。「也許你睡覺的時候她來過了？」轉過身，不再搭理她。

　　從此以後，夜來香不再睡覺，全心全意，等待那陣風。日復一日，她始終相信風還是會來，始終不放棄忘掉那些輕柔的耳語。思念越來越深，信念也越來越重，千千萬萬的念頭支持著她，給予她等下去的勇氣，她只知道，她想念，不顧一切的想念著那些期待。

　　好累，不睡的夜來香。長久的堅持，換來身心的疲憊。潔白的花衣，沾上秋天的氣息。窗外的黃，喚醒了濃濃的哀愁，她知道，已經沒有多少時間了。不後悔，不會後悔，她決定，要用生命的全部來等待那陣風。

　　日子對她來說越來越漫長，她已經沒辦法挺直腰身，享受陽光，白皚皚的大地和她的花瓣互相輝映。昨天的刺骨還猶記在心，但她的勇氣和信念都告訴她，無論如何，不能放棄。金亮的細絲穿透她的身體，溫暖的給她安慰。小鳥站上枝頭，小三色菫才剛冒出頭。玻璃上的霧氣散去，藍色的天空一望無際。

　　少婦拿著掃帚，拍拍窗簾，順手打開了一扇窗戶。

「妳好嗎？我一直在外面看著你。」夜來香笑了。「我知道，你一定……」花瓣落下，淚珠也隨之撒進泥土。

疼痛

楊孟晴

　　疼痛是人一生中很重要的一部分，我們從疼痛中孕育，也從疼痛中解脫，更從疼痛中得到許多。也許有些人認為疼痛只不過是皮肉傷，但就我來看，痛不單單只是像它字面上一樣的簡單。

　　因為跌倒，學會了在不平或濕滑的路上行走時要更加小心，因為咬到舌頭，那生不如死的疼痛教你吃飯時不敢在狼吞虎嚥，因為抽筋，讓你知道運動前的暖身操可以幫你避掉痛不欲生的折磨，因為那痛徹心扉的分娩，使你更加珍視得來不易的生命。

　　從小，我就怕痛，我寧願吃好幾個禮拜的藥，也不肯痛快的讓醫生扎上一針。爸媽想處罰我，只要用鉛筆打手背，我就疼得哇哇叫。記得學腳踏車的那段日子記得學腳踏車的那段日子，每天都監腳踏吃出去，回來再附帶幾個傷口。這對當時的我來說，那些痛，足以要了我的命，但是我告訴自己：「絕不白疼。」為了騎腳踏車，跌了這麼多次，如果到最後沒學成，多對不起自己！於是疼痛成了我學騎腳踏車的動力來源。

　　我們都因為疼痛，學到了一些應用在生活上的知識。因為疼痛，下定決心去做某些事，也因為疼痛，了解到生命的意義。它會留下傷口，但也會癒合，也許你會忘記她曾經傷在哪哩，但你絕對忘不了它帶給你的刻骨銘心。

　　有一種痛，他看不到傷痛，卻能夠讓你難受不已，癒合的好壞，只能看時間和個人，那就是—心痛。心痛是一種情緒，失去摯愛，或者遺失寶貴的東西，都會有心痛的感覺。疼痛不會消失，除非能找到痊癒的方法，這種痛，很特別，也讓人不敢恭維。

疼痛扮演了一個非常大的角色，不管是生理或心理，它都佔了很大的一部分。它是種警告，是種學習，是種激勵，更是種體悟。而怎麼從中學習、了解，則是一門高深的學問，我們不只要從失敗中記取教訓，更要從疼痛中吸取智慧。

靜

石緗渝

當夜晚悄悄的趕走了夕陽，星月相互在偌大的天空中相互映照著，此時的我，總喜歡獨自一個人在家中的窗台上，倚著椅子並啜飲著一杯熱騰騰的杯中物，在無人打擾的情況下看著書。這是我常做的事，「獨」自一人靜謐的看書。對我來說，在這樣的情境下，我總是能恣肆的享受夜晚所帶給我的一切，不論是蟲鳴也好，風聲也罷，只要我沉浸於只有我和夜晚的世界中，我的心情總能不自覺的沉澱下來，好像逃開了世俗的紛亂，或許，多數人對「靜」的想法只是在安靜的環境中默默的坐著自己的事，而我卻有些許不同。對於我來說，我不需要太安靜的環境，但是我卻需要「獨」的自由，因為只要我能夠置身於「獨」中，那麼我的心總能沉浸下來，進而去享受現代社會中那些忙碌的人所不能擁有的「靜」，我喜歡享受「靜」的這份感覺。

隨想

林欣慧

瞬息萬變的一天

今天真是太奇妙了，忍不住想把它寫下來……又下雨了。

原來一早深厚的雲層與徐徐的微風只是這天「春天的體驗」之序幕。打從國中地理學來一句「春天後母面」，從來沒真正體驗過這句

話，一直以來，我只認同「風和日麗」當春天的代言人，直到今天，我對它徹底改觀了！

　　早上升旗時，是今天放學前唯一免撐傘的時段，因為這一天下來的雷雨秀是刻不容緩的，即便有中場休息時間，也只是那須臾的幾秒，讓我這觀眾看得是目瞪口呆，嘖嘖稱奇。因為夠吸引人的，往往是速度夠快，聲響夠大，最突如其來的！

　　上午數學課時的一場雨滴秀，開始了我對這一天天空的觀察（因為坐窗邊，外頭下雨，總是第一個知道，這樣關窗才會快！）。這一大片一大片的雨，彷彿背後有推進器般，伴隨著節拍器──風，唰─唰─唰─的往地面打來，這股氣勢，彷彿要往地球核心俯衝去般強烈，樓頂、層層樹葉、地表皆為雨的樂器，撥弦、敲鑼、擊鼓，組合出或許連貝多芬都俯首稱臣的交響樂，真令人?之讚嘆！不禁讓我想起琵琶行并序中「大弦嘈嘈如急雨，小弦切切如私語」，白居易說它是琵琶的粗弦、細弦彈奏出喧響繁急，輕細柔和，我說它是大雨束、小雨絲在空中的重奏。又「嘈嘈切切錯雜彈，大珠小珠落玉盤」形容琵琶弦之交錯彈奏，樂音就像大小珠子落在玉盤上所發出的清脆聲響，但我說它是大小雨滴看似交錯紛雜，卻又井然有序的落在這泥地上而發出砰然聲響。遲到的鼓手─雷，在指揮─閃電的引導下，從容的加入這場春天「響」宴，在不怎麼整齊的節拍下，卻又有那麼一點和諧！

　　除了大小雨滴、雷、閃電等聲光效果外，視覺的感受也很重要！往走廊外的山頭望去，特快道路近在咫尺，同時，空中佈滿髮線般的雨絲，這時遠山與特快道路就像是一幅由綠絲線、灰絲線交織而成的布畫，細緻綿密。隨著雨勢加大，遠方的景色像被打上馬賽克般，愈來愈模糊，卻也展現其朦朧美的一面。濃密的霧氣中，遠山不見了，道路不見了，眼前所見只剩以灰色布當底的「雨絲畫」。

從景色顯而易見的雨景到朦朧的雨霧一片，這瞬息的變化真令我嘆為觀止，驚奇萬分，唯有這種時候，才讓我覺得背著沉重的書包爬上弘道五樓上課是幸福的，因為「能夠站在高處，視野總是比別人來得寬廣。」

夢想

吳汶甄

正所謂：「人因夢想而偉大」、「有夢最美、築夢踏實」。

每個人都有自己的夢想，而我當然也不例外囉！我的夢想隨著我的思想有所增長、成熟而改變。在我就讀幼稚園的時候，我的夢想是：「我要當歌星！」，多麼單純可愛的心願。那時候的我認為可以站在舞台上高歌是很偉大的，其他的事情有專人打點，大明星不用煩惱瑣事。到了國小，這個夢想並沒有改變，甚至還會模仿電視上的明星，偷用媽媽的化妝品，穿上自認為最時尚的服裝，然後一腳踏上大桌，幻想自己是伸展台上的歌者，擺好最酷的姿勢，緩緩拿出最心愛的道具—玩具麥克風，一扭腰、一轉身、一擺頭，就這樣跟著錄影帶又唱又跳，樂在其中！後來年歲漸增，也多領悟了人情世事，明白當一位藝人的壓力之大，為了要在觀眾挑剔的眼神中佔有一席之地，需要勤奮地練習讓自己不斷地進步、突破，殘酷舞台、現實人生，藝人的辛酸多少人能體會呀！後來我多了一個想法：如果演戲呢？於是我常常自言自語唸一些台詞，咀嚼劇中的那種語調、情緒，是否能讓別人即使沒有看到你的表情，光是聽你的聲音就能明白你當時想要表達的情感？國二時曾參加學校舉辦的「英文話劇比賽」，當我在不斷的練習中求進步，每排練完一次，老師就糾正一次，用心體會每句台詞的感覺，認真詮釋自己所扮演的角色。比賽完後等待成績的揭曉，那種心情很複雜，雖然自己肯定自己的表現，卻又害怕不受他人肯定，那天，我們班同學跑回來大喊說：

「我們班沒有得名,但是汝甄獲得全二年級個人表現第二名。」我high爆了,對我來說,那是一次很不一樣的經驗,更是一種肯定。〈評審老師當中還有外籍老師呢!〉於是我才明白,這就是我的興趣,我可以樂在其中,但未來如果我真的把表演當成職業呢?我明白當一個藝人沒有隱私權,一切都得攤開在別人的放大鏡下,這樣的我,真的還會快樂嗎?即使我在做的是一件我樂在其中的事。我覺得可以把〝它〞當作一個興趣,但不要以它為目標,應該去找尋一個更適合自己的天地。

現在,在我的學習過程中,一直探索可以引發自己興趣的東西,而且思考是否能擴展成多方面。其實「夢想」是沒有侷限在「專業」,它也可以說是更深入的一個願望,多方面的。我有很多想達成的願望。從簡單的快快樂樂且充實的過生活,到希望家人都可以和諧的相處、平平安安的願望,還有希望我能有很多陪著我尋找彼此夢想的朋友,能一路互相扶持。而對愛情充滿幻想的我,心中也充滿著許多的期待,未來能有一個屬於自己的家。

我的夢想呢?在成長中,隨著各個階段的成長,想法也一直在改變。直到現在,我相信「它」仍在我的前方等著我……

尋找‧自由

陳亭蓁

循著既定的模式,追求自己的夢想。似乎只有高等學歷才能較輕易的達到自己的理想,但也不是那樣的簡單。每天的生活一成不變,上課、補習、讀書、考試……,這些已成了生活中不可缺少的一部分。就像一隻被關在籠子裡的小鳥,天天等著主人來餵食,奮力地想要逃脫出籠子的束縛,卻永遠有數百根細小鐵絲圍繞著它,讓它想飛也飛不遠,想逃也逃不開。話說我們是有智慧的人類,擁有比動物還大的腦容量,但似

乎也被一些無形的壓力給牽絆住了。那是我們怎樣也解不開的結……但我們有權利選擇去鬆開它，選擇一個較自由的生活。

自由的定義廣泛，有些是形式上的有些是心靈上的，對於不同的人也會有不同的見解，有人會認為「家」是他最能放鬆、最能得到自由的地方，而有些人則認為跟朋友在一起，他最自由、最快樂。學校的約束、父母的管教、老師的叮嚀……這些都只是形式上的束縛，脫離這些束縛固然是得到自由，卻只是形式上的自由。心靈的自由卻是需要自己慢慢去找尋，或許是抽個空到山上走走，聞聞大自然的味道、聽聽山林間的天賴之音、看看樹叢間活蹦亂跳的昆蟲……享受一個純屬於自己的森林浴。抑或是在忙碌的空檔跑進一家充滿人文氣息的咖啡廳，喝喝香醇濃厚的咖啡、看看書、翻翻雜誌，沉浸在自己幻想的世界裡，暫時忘記外界的紛紛擾擾。

每個人都會嚷嚷著說：「我要自由！」但並非每個人都會付諸實行去追求自己想要的自由。還是有人依舊過著不自由的生活！唯有真正去尋找，才知道自己所渴望的自由在何處。就像「傷心咖啡店之歌」的主角們一樣，自由對他們來說有股無比強大的吸引力，不停的探索，直到找到自己所想要的答案便不顧一切，勇敢的去追。

現在，就是現在。應當是展開翅膀翱翔在藍藍天空的時候了，踏出冒險的第一步，無價的自由就在不遠處等你。

草

陳巧芸

處在世界各地，在田野中，在山坡中，甚至在偏僻，久無人經的荒野，馬路邊，逐漸由石縫中蹦出的雜草，就這樣默默無名，偷偷摸摸地出生了。

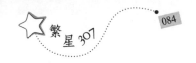
　是的，它是一株不起眼的雜草，沒有大王椰子樹的高大，沒有榕樹來的紮實，也沒有豔麗的花朵，足以使人賞心悅目。颱風下雨，摧枝枯葉滿街上，即使是高大的椰子樹來個硬碰硬，毫不留情的巨風卻咻的一聲，將它變成一棵禿頭的大王椰子樹，老榕樹兒此時來個和藹的笑容，想取悅巨風，它的紮實卻也變成個斷肢殘臂的老人，嬌羞羞的花兒，向巨風撒嬌，巨風只揮了一揮手臂，花瓣灑落一地，化成一株似棒棒糖的模樣。唯獨雜草煥發著它堅韌的生命力，即使它的出生是平凡無奇，如此的不受人所矚目，卻擁有椰子樹所沒有的謙虛，榕樹所沒有的堅韌，花兒所沒有的勇敢，它秉持著它嬌柔得身軀，即使狂風暴雨，打雷閃電，它都毫無畏懼地向惡勢力挑戰，使出它的絕招「以柔克剛」，當巨風肆虐，它只是低著頭，不和巨風正面對抗，身體隨著風向搖曳著，將傷害減低，反觀高壯的樹木，態度過於剛強，雖然能抵禦一時的巨風，卻因為超過彈性限度而斷枝，雜草擁有如此強勁的生命力，才能在不同惡劣的環境下萌芽，綻放它生命的光采。

　在百科全書，絕不出現雜草的專刊；在路上甚至有人為它貢獻一泡尿；在花園裡，百花爭艷比美，卻不會有人願意種一盆雜草，只覺得會煞風景；在田野中，它更是勢必會被剷除，它是如此地不受重視，不受仰慕，不受到人類所尊重，如此地委屈，只嚮往晉代陶淵明的不幕名利，恬適淡泊。草，它是一株如此卑賤的雜草，謙虛而不自傲，勇敢而不膽怯，用它的恆心和毅力，不斷地擴大自己的族群範圍，強勁的生命，真的是「野火燒不盡，春風吹又生」之寫照，雜草的絕招「以柔克剛」──人生又何嘗不是如此，個性剛強耿直的人，往往為了爭取利益，而使用強烈的態度抵抗，雖然一時之間，大家能順從他的意見，但一旦反對勢力激起，他便會被傷害得遍體鱗傷，反而處事圓融，懂得以退為進的人，才能讓大家心服口服，使傷害消失。

草，它毫不起眼，但它擁有無窮的生命力，發揮自我的才能，主張「天生我材必有用」，別只是讚嘆它旺盛的生命力，我們要咀嚼它其中的精華，了解生命的意涵，進而盡其所能，開創有意義的人生。

秋天就這樣開始了

陳巧芸

「碰！碰！碰！……」仔細聆聽，是誰的腳步聲，如此巨大的聲響，逐漸逼近，隨著風兒的陪伴，一路走來，就像個魔術師，將大地染成一片黃褐色，落葉繽紛，替街道增加了許多色彩，也替清道夫增加了許多麻煩，秋天就這樣悄悄地開始了！

秋，夾雜著春天的洋溢，夏天的炎熱，在這忽冷忽熱的季節裡，最適合讀書了。此時，走到樹下，踩著乾枯的樹葉，稀稀疏疏，抬頭望著天空，千變萬化的雲兒，讓人把煩憂擾人的事，全拋到九霄雲外，古人所說的「秋高氣爽」，大概就是這情況了。坐下來，倚靠著樹幹，翻開書來看，悠閒地咀嚼書中的精華，讀累了，又可以閉上雙目躺在枯黃的草皮上，享受著黃昏的秋陽，以及帶著涼意的秋風。「銀燭秋光冷畫屏，輕羅小扇撲流螢，天階夜色涼如水，做看牽牛織女星。」此為杜牧的秋夕，秋天的夜晚，皎潔的月光壟罩著大地，白銀色的光輝，照進我的窗前，秋蟬的鳴叫，螢火蟲的夜遊，為寧靜的秋夜增添了詩情畫意。每逢中秋節，秋夜更顯得熱鬧了，銀幣懸掛在夜空，滿天珍珠點綴，大地已為中秋佈置好舞台。螢火蟲提著燈籠四處探險，蟬更是為此高歌。煙火呼呼作響點亮夜空，小孩們嬉戲、玩耍，更是和螢火蟲追逐遊戲，大人們一邊閒聊一邊下棋，貓狗們躺在地上賞月，文旦、月餅擺滿桌，一家烤肉萬家香……家家戶戶歡樂喜洋洋！

　　我愛秋天，更愛徐徐秋風，雖然「秋天」的古典印象與「愁」分不開，雖然歐陽修把「秋」聲寫得憾人，然而，我依舊愛著秋天，在我心中，秋天沒有酷暑的悶熱，也沒有嚴厲的太陽，只有帶給人們心情舒暢，精神舒爽。看著窗外，微微秋風，落葉飄零，秋蟬演奏，螢火蟲旅行，家人的團聚，秋天就這樣來了。

最初

樊彥廷

　　在今年的二月，我加入了我夢寐以求的英語話劇社。我是一個表演欲超強，戲劇、舞蹈、歌唱都極度熱衷的「想紅高中生」。

　　剛踏入清水高中的時候，我就下定決心要「紅」，也就是讓大家都認識我這號人物。於是我參加了許多公開的比賽，即便是無俚頭的笑話比賽，就算撐拐杖、坐輪椅也不能缺席，不惜跛著受傷的腳上台；還有樂嵐民歌比賽，這都是為想紅這目標的努力。一直到現在我加入了英語話劇社，都是為了那最初的理想。

　　現在的我為了七月十六日的期末公演，密集的練習、做道具、排戲。雖然很累，可是我卻樂在其中，很享受這種跳完舞後汗水淋漓的快感，還有認真的詮釋角色的成就感，這些都是我動力的來源。

　　在英劇社我學到很多，以前我都自以為自己是「影帝」，說有多會演就有多會演。可是加入了英劇社才發現，自己根本就是個「小配角」，哪稱得上是「影帝」！以前只有注意到臉部的戲劇呈現，卻忽略的手足身軀的投入，還有和觀眾的交流，把角色的個性、形象表達給台下的觀眾，這些都是在加入英劇社前我所不會的。

　　現在我發覺，其實「紅」對我而言已經不是這麼重要的事了，這些種種的經驗和成長，才是最珍貴的。這都得感謝那最初的理想，讓我得到用錢也買不到的寶貴經驗。

「築夢」從把握當下開始

羅靜雯

　　「人因夢想而偉大」、「人要逐夢而踏實」，我們常聽到有人如此說著，或許我們也都被社會的輿論給制約了吧！從小我們就在別人的教導下長大，不斷地吸收來自大眾的所謂知識的養分，也一直是如此的認為，直到一位朋友開啟了我對生命對夢想的思考。

　　他是個從小就容易感冒的小孩，在別人眼裡是個不起眼的灰色小石子，沒有才華，容貌不似潘安，更沒有吸引人的人格特質，他不以為意，因為在他幼小的心靈中仍篤信著「人因夢想而偉大」這個信仰，一直都是，所以他不斷地築夢再來逐夢，他一直努力的想達到「踏實」這個人人稱羨的境界。無情的打擊使他身心俱疲，但或許是因為信仰吧！他總會在心情跌入萬丈深淵前抽身而出，我想這應該就是所謂的「人因信仰而偉大」吧！他依舊相信著，依舊努力著，直到他得知自己罹患了骨癌。這就是所謂的「天將降大任於斯人，也必先苦其心志，勞其筋骨，餓其體膚，空乏其身，行拂亂其所為，所以動心忍性，增益其所不能」嗎？是的，他相信著，這是上天給他的考驗，努力接受化療，但，他戰死了，在這場與生命拔河的戰爭中。

　　他的聲音猶在耳際，他的故事印證了「古來癌症幾人癒」的悲嘆！在他的遭遇下，我從天真中被敲醒，我開始省思生命。人生或許就是如此令人捉摸不定吧！我的這位朋友生活在老天爺安排的惡作劇下，他何嘗不想抵抗呢？他想運命而不是命運啊！但在我的眼裡他可說是築夢英雄！回想當年我也是帶著天真浪漫的心面對我所有的順境以及逆境，一心認為一切都會好轉的，一切都會有轉機地的，時至今日我不禁要開始懷疑，也不得不啟動我在對人生這門博大精深的課題的思維引擎了。我不只必須活在當下，把眼前的事情處理好就好，而應更積極的設想未來並把握每個當下，努力實踐我的夢想。

緣與圓

洪佾旻

　　經常可以看到環保義工隊或是慈濟義工及照顧獨居老人的志工、義工，心裡總是生起一番敬意，他們無悔的付出及奉獻讓社會溫暖許多，然而透過他們使我了解到人也是可以過得如此充實、圓滿，再這背後原來是一條緊緊繫著我們的緣份。

　　因為科技的進步促使環境更加惡化，使得周圍都充滿污染，在如此惡劣的環境之下，有一群人默默地在為我們收拾善後、補救地球，他們是環境的默默耕耘者，為了使我們有綠意盎然的大地、湛藍無暇的天空，付出許多努力，另外也有一群人也是為了使社會更美好而行，他們是從事人文方面的行善者，無論是發生地震、空難或是災難過後，必定會有一群人趕到現場，為受災者、受難者提供食物、設備及精神上的安慰，也許他們提供的並不是高檔的美食、高級的設備，但唯一可以確定的是他們有一顆燭火般的愛心，為週遭需要的人燃起所需的溫度。近年來獨居老人的問題漸漸在這社會蔓延開來，接踵面臨而來的是親情的疏遠、人情的冷漠，有時看到電視上所拍攝的獨居老人，一種從眼眸中透出無奈、焦慮感，不由得讓我們深思獨居老人的問題，所幸在這些老人背後有一群支撐他們的力量，以至於不會使老人餓死，這群義工、志工們憑著一己之力讓與自己毫無血緣關係的長者得到更好的對待，在這裡見到的是他們大愛無私把自己奉獻大眾，為冷漠黑暗的社會增添幾道光明。

　　在上述所提到的默行者，他們都是為了大眾而行，在本著世界大同的理想，他們的確做到了，非但做到更是做得圓滑，因為他們不但珍惜人與地、人與人之間的緣份，更將自己昇華，讓一旁的人也能感受他們的愛，正因為惜緣而不斷使自己與他人走向同一個圓，關懷與幫助在你我心中傳遞，為需要的人付出，然而圓使我們更加親近，懂得人與人之間的緣份。

布幕後的舞台

洪孟慧

雜亂的思緒在腦海裡如波濤洶湧般翻滾，心中那股沉積已久的鬱悶已快溢出。耳邊夾雜著怒風咆哮的責難，剎那間眼前一片昏黑，一個看似無聲的爆炸，就此引爆。

坐在高樓陽台上，遙望天際，天空依舊蔚藍，白雲依舊輕柔，忽然遠方飄來一朵烏雲，不偏不倚地坐落在頭頂上，倒下傾盆大雨，不禁苦笑，抬頭問問：「連你也再為我感到難過嗎？連你也再為我哭泣嗎？」踮起腳根探望下方，霓虹燈依舊閃爍著耀眼的光芒，街道依舊車水馬龍。看到這般繁榮之景，反觀一身狼狽萬分的自己，千千萬萬思緒一幕一幕拂過，不禁更加惆悵，試問自己是否就這樣一躍而下，憂慮即可煙消雲散呢？閉上雙眼，赫然，一雙溫暖而有力的手臂，將身子往後拉了一把，睜眼氣得大吼，好不容易建立起的勇氣打破了，淚水潰堤，思緒崩盤，一直以來不斷壓抑的傷心與壓力，如大江洪水滾滾而來，挾帶而來是無盡的絕望。

夜幕低垂，寧靜夜空，凝望著月娘，心中的憤慨不安彷彿正因灑下溫柔的光輝，獲得一絲舒暢之感。自月光中倒映出的瞳孔中，看見一開胡鬧、荒謬的身影，很清楚意識到不可這樣，但起不了一點作用，內心似乎早已被惡魔所佔據，吞噬了本該屬於這年紀的純真笑靨，取而帶之的是一貫無所謂的的冷漠。想放手，想要鬆綁一切的束縛，逃離至無人知、無人識的世界，怎麼連個簡簡單單的放棄，對一個受傷的人來說也這樣難。倦了、累了，不足以表達心中的疲憊。試問自己始終為誰辛苦為誰忙？在這樣看似光鮮亮麗，實際上是如此繁雜忙碌的生活，除此之外，還得忍受無謂的、嚴厲的譴責。反問世間有哪一位堅強的的人，能承擔起在辛勤的付出後，非但毫無讚賞掌聲，取而代之的是無盡的落寞。

「光環」，或許在旁人的眼裡是無比的榮耀，但又真有幾人能了解這背後所代表的意義呢？有句話好像是老一輩的人這樣說的「台上戲子扮戲人人笑傻」，但觀眾怎會明瞭你是經歷無數的挫折與排練，才能登上光鮮的舞台。在布幕後的舞台，才是一座人生真正的舞台，人前的笑容，很可能是配合劇情演出而偽裝，布幕後的苦痛不能暴露在人前，因為現實太過赤裸、血淋淋，太難讓人接受。

觀書有感——讀書報告

栽培自己——讀後感

洪孟慧

第一次接觸到吳若權的這本，「栽培自己」，是再三年前一次偶然的機會，爸媽一塊去逛書店買回來當作禮物送我的。對於這本書，我前後翻過不下十次，但每次讀後的感覺都不盡相同，或許這就是在心智成長後，看待事物的觀點也會隨之改變吧！

這本書裡面，總共分為五大部分——「跟自己的內心對談」、「和別人的意見溝通」、「用行動去追求成功」、「用關愛互相勉勵」、「為超值的快樂而活」。其中我最喜歡的部分是——「跟自己的內心對談」，其中裡面提到：「人有不快樂的權利。」，第一眼看到這句話時，心裡有些震驚，通常一般的勵志書籍，都是會激勵人不斷往上攀爬，促使人的心情不斷處於亢奮激進的狀態，怎會有人提出你可以有不快樂的權利的觀點呢？作者認為，容許自己不快樂，也是一種釋放壓力的方式，發現自己不快的時候，可以讓自己休息一下，讓自己發個呆，少做點事，

等情緒調整過來，再從新出發。多麼簡單而受用的觀點，但是多少人，在工作低潮時，不是自怨自艾，就是難過到一蹶不振，不斷地給予自己壓力，把自己逼進死胡同中，從沒反向思考過，如果能讓自己休息一下，是否能夠在其中，獲得一些靈感，尋找出解決之道，或是重新審視自己人生未來的定向。

在這整本書中，我最喜歡的一句話是——「沒有一顆心，會因為追求夢想而受傷……當你真心渴望某樣東西時，整個宇宙都會聯合起來幫你的忙。」這是取自於作家保羅‧科賀在「牧羊少年奇幻之旅」的一句話。我老是為了行動與否而猶豫不決，當我看到這句話，當下恍然大悟，因為我知道，只要是我下定決心，發了狂想完成的這件事，不知不覺中，就會奉全心全力投入其中，這或許就是為什麼整個宇宙都會聯合起來幫你的忙的原因，身旁的友人，看到你那樣努力奮鬥，也會想要助你一臂之力的。這讓我知道我對事情的顧慮太多了，其實有時候，什麼都別想太多，只要衝著一股熱誠，還有全心投入的努力和接受挫折的勇氣，這樣就很足夠了。

這次在很多地方我都做了筆記，這是跟以往的閱讀最大的不同點，運用在日常生活中，促使我不斷地反省，不斷地提醒自己不要犯了錯而渾然不知，生長在此變遷快速的時代中，不知不覺中，就會陷入迷惘墮落之中，然而充實自我，使自己盡量保持在最佳的狀態，不論任何變數都無法擾亂自我心智，而人們總是被動地希望有旁人來提攜，只是一生中能遇見的貴人不多，與其被動的等待，何不主動出擊，積極栽培自己。

在天堂遇見的五個人之讀後心得

楊雅馨

故事內容講述一位在遊樂園工作的老人，每天重覆一樣的工作，日復一日過著單調無聊的生活。但一切事情就發生在他83歲生日當天為了

要救一個小女孩而喪失自己的性命來到天堂。到了天堂後，他陸續遇見改變他人生、亦或別人人生的五個人，彷彿是歷程回顧，再次面對它的人生旅程，重新檢閱自己的心靈。

看完書後，心中的震撼久久無法離去。它顛覆我對人生的看法，也讓我有更新的啟示。在看這本書之前，我也像書中的老人一樣，老是抱怨著一切，常常質疑自己生存的價值。看完後我才知道，其實打從人呱呱墜地後，無形中便有一條線牽引著我們每個人，我們所做的事都會直接或間接影響到週遭的人們，不論是認識還是不認識、是好是壞，彼此的人生都是緊緊在一起環環相扣著。誠如書中所說，每一個人都是重要的，我們來到這世上就是為了和別人相遇。

此時我才深深領悟到自己生存的意義，體會到自己的重要性。每一個人來到這世上都有著屬於自己所背負的使命，不管是什麼，現在我們所能做的就是好好的活著，好好把握當下每一分每一秒，好好珍惜身邊所有的人，讓自己的人生過得更加精采更加充實。因為你的每一個動作就有可能改變另一個人的命運，反之亦然。生存，是為了自己也是為了別人，努力的活著，因為會有那麼一天，有人正需要你。

誰搬走了我的乳酪？

蔡妙卿

有多久沒改變了？每天一樣的路徑出門，一樣的早餐，一樣的上課、回家、吃飯、洗澡、睡覺……。就像書中的老鼠，走一樣的路找到乳酪，每天重複的動作，習慣到不再去找別條路的乳酪。有天乳酪沒了，不見了，才不知所措。而他唯一做的事，就只是重複走一樣的路，即使那裡早已沒有乳酪。我們，都是那隻老鼠，習慣到害怕改變。

「一切的一切，當你擁有的那麼理所當然的時候，決定『改變擁有』是需要極大的勇氣。」這句話充分解釋了那隻老鼠為何在乳酪不見

後，依然重複地走回原乳酪的放置地點，因為他不相信自己找到乳酪就如此憑空消失了。他還在期待乳酪會回來，但事實上，乳酪永遠不會回來，該是轉身離開尋找其他乳酪的時候了。

乳酪就像我們的人際、工作、金錢、健康……不斷地改變，可能好朋友突然不理你了；最近景氣不好被裁員了；走在半路上被搶劫了；發現自己生病了……諸如以上情形，我們都不能預知，這就是「改變」。無論我們是否害怕改變或喜不喜歡，它就是發生了，隨時隨地的再變動，我們只能接受並迅速適應，也準備好迎接下一次的改變。只有這樣我們才會懂得該如何解決改變所帶來的問題，而且我們會越快找到方法。改變不只是成長，同時也是考驗自己的決心。當你無法接受改變時，或許，真正的原因是在於自己還沒改變。畢竟，同樣的動作只會有同樣的結果。

小故事大啟示

謝依倫

書名：小故事大啟示

發行人：楊基陸

出版社：宏圖出版社

內容：因為裡面摘錄了很多篇小故事，所以我選擇幾篇較激勵我心的故事來分享。（1）有一位在沙漠中迷失方向的旅人，正當他陷入疲累和絕望時，他使盡全身的力氣，爬盡了一幢小屋。他看見有一台抽水機旁邊有一張泛黃的紙條寫著：你必須用水灌入抽水機才能汲水，不要忘了！在你離開之前，請在將水裝滿。但他內心掙扎著，如果他喝完瓶中的水，就不會渴死，但是把水倒入抽水機中，若水一去不復返，他就會渴死。最後他選擇倒入，果然，湧出清淨無比的泉水。當他喝足後，再把瓶子裝滿水，在那張泛黃的字條上面寫著：相信我，真的有用！！

（2）有一隻老驢子，不小心掉到枯井裡，農夫絞盡腦汁想救出驢子，都徒勞無功。最後農夫放棄，就開始把泥土剷到井中，但驢子卻停止剛開始的哀嚎，農夫好奇地探頭，發現驢子竟然將剷下的泥土全數斗落在井底，然後再藉由土堆，一次一次地站上，很快的，這隻驢子便脫困了！

（3）西元1858年，瑞典地一個富豪人家生下一個小女孩，但她染患了一種無法治癒的癱瘓症，喪失了行走的能力，有一次，他們一家人乘船旅行，船長的太太說船長有一隻天堂鳥，她被這隻鳥的描述迷住了，所以她要求服務生立即帶她去看天堂鳥，但服務生並不知道她的腿不能行走，而只顧著帶她一直走。奇蹟發生了，這個小女孩因過度渴望，竟拉這服務生的手，忘我的走了起來。從此之後，小女孩得病便不藥而癒。長大後更投入文學創作，成為第一位榮獲諾貝爾文學獎的女性。

心得：這本充滿小故事的書中，有著一個共同點-勵志。再心情不好時，精神受挫，遇到阻礙時，我看了這本書，一遍又一遍，就會使自己又充滿了樂觀，充實的心！這是一本輕鬆沒有壓力的口袋書。它沒有艱澀難懂的理論，而是透過一篇篇平凡溫馨的小故事，來獲得生活中更多的啟示。

星子的軌跡

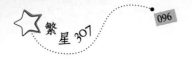

前言 ★

　　在眾多攝影技巧中，長時間曝光最能留下興空運轉的軌跡，而我們藉著文字，試圖保留每一次活動的原汁原味。外交小尖兵與致汎學長採訪稿分別刊於清中青年第八十二、八十三期，一則記實，二則磨練同學的筆尖。在字數和內容上都是力求品質的紀錄文字。各種比賽、活動像五彩珠子串成，207精采絕倫的高二生活，也都藉由文字沉澱了沉靜的體察與省思。之後，回顧高中三年一路踩踏而來的腳印，星星們有了什們成長？一個個腳步清楚地寫在大事紀中，但願文字能還原逝去的時光，帶我們重新來過，一次又一次！

啦啦隊

楊佩綺

　　升上高二，生活忽然忙碌的許多。許多大大小小的考試，一堆雜七雜八的活動。在這一年我選擇成為一個康樂股長。我天生搞笑？還是有喜感？這些答案都錯了，是因為今年，有一個大活動，啦啦隊競賽。

　　從小就喜歡隨著音樂搖擺的我，當然不會錯過這個大好良機。我爭取了成為啦啦隊隊長的機會，也為我自己生命的藍圖畫上一筆永難忘懷的美好回憶。

　　想成功勝任這個職位並不容易，從暑假開始，我便開始看各種有關啦啦隊的電影，聽各種有關啦啦隊的音樂。請教有經驗的學長姐和朋友。每天我都會站在鏡子前面扭上一個小時，只為了讓我們的動作更加有活力與朝氣。

　　準備活動到一個段落後，便展開教學工作了！一開始我就知道這將會是個艱難的工作，因為每個人肢體靈活度不同，所以很難要求大家都一樣，但我還是盡可能的做到最好。從每次的練習當中，我都可以感受到，大家一點一滴的凝聚，藉由彼此的教導與糾正，我們的心越扣越近，因為如此我們練習的過程中，很少有紛爭、不悅等事件發生。但隨這第一次段考的接近，留下來練習的人，漸漸的減少，因此我決定段考的前一周，大家好好為自己的課業衝刺，不放學留下來練習。段考後，我們又恢復以往的練習，但有人開始懶散、不配合。這時我才了解，想成為一個成功領導人真的很困難，同學們都希望，我能對那些做不好的同學兇一點，但我總是沒有，每個人都有自己的困難，這我了解。所以，我都盡可能以溝通協調的方式，來達到做好的效果。

比賽將近，在比賽前的一個週末，我們到學校來練習。週六，我們展現出我們的默契，活力，其他的班級，氣勢遠遠不如我們。頓時，讓我的心填滿了衝勁。練完啦啦隊，我們一群人到同學嬸嬸家開的美容店學化妝。對於化妝，我們都是菜鳥，學習的過程，總是充滿尖叫與爆笑。這天的夜晚，我的心情依然亢奮，難以入睡，因為我期待著明天的練習。週日，是個大對比，與周六的大對比。練習時，到的人不到一半。很多人無故未到，沒請假，也沒打電話告訴我。這次我哭了，很多人都哭了。我們為了班上的榮譽如此積極，卻被他們的忽視給澆熄了，我難過，也反省，是我的表現不夠好嗎？還是……

　　星期一，我們決定跟班上好好的來一次溝通。這次，我又哭了。我無法控制自己的情緒，上台講不到兩句話，眼淚就嘩啦啦的滾出來。我知道，並不是所有人都如此喜愛這個活動，但高二就只這一次，啦啦隊也就只這一次。也許今後我們再也沒有機會，如此揮灑青春，我當然希望大家能為班上爭取榮譽。其實那天我也不知道我說了什麼，只是一直覺得眼前的一切好模糊，好像再也看不清這個世界了。

　　也許大家把話攤開說清楚後，週一與周二的練習，每個人都卯足了勁，這真的讓我感到欣慰！緊接而來的就是十月十九日星期三的啦啦隊比賽了，上午上課的時候，大家興奮的表情就已經掛在臉上。那種情緒、氣氛早在在空氣中蔓延開來，上完第三節的數學課，看看窗外，已經有人換上啦啦隊服了，沒想到大家的動作如此的神速，我們當然也不落人後，趕緊換上服裝，到操場實際演練。第四節做完最後一次的練習，我們便展開我們的化妝大作戰了。我負責大家的髮型，有些人化妝，有些人幫服塗亮粉，大家分工合作，互相幫忙，雖然慌張，但大家一起為同一個目標努力的感覺真好。從午休到五、六堂課，我們花了兩節半的時間做完準備工作。接著就要上場了！

　　我們班的順序是第八個，說快不快不快，但說慢一下子就輪到了，我一直緊張、擔心、怕大家忘的動作、口號等……，一再提醒。終於，輪到207了！我站在前頭做最後的叮嚀，當司儀唸完介紹詞，我們便衝出場！不顧形象是我們的宗旨，想紅、自信外加亮眼，今天我們就要大紅大紫。喊完我們的口號，動感的音樂隨之而出，我、又文跟淑雯一被抬起來尖叫聲便不絕於耳！此時我的信心大增，扭得更加賣力，在我們那最精采、最有爆點的兩部舞蹈，我聽見觀眾們也隨著音樂給我們尖叫，心中真的是，高興到爆！

　　比賽告一個段落後，成績便將揭曉。此刻，大家的心情都既期待又怕受傷害。但，無論結果如何，我們班在我心中永遠是第一名，我想著！評審開始講評，一開始他說大家的造型很用心，尤其是胸前示號85那一班。大家先是互看，然後低頭看看我們的衣服，是在說我們班，大家都開心地快飛了起來，不斷歡呼。接著便一一頒獎，從創意、舞步、佳作……都沒唸到我們班，心中有點開心，又有點擔心。公佈了第三名、第二名，接下來便是「第一名」了，到底會是誰？沒人知道。評審慢慢的唸出，第一名……20……七班！天阿！是我們班！我們開心的尖叫，大家衝到場中央，將我們的兩部再一次的跳出來！！當時真是痛快！

　　當天晚上我們就殺去慶功！犒賞這兩個月的辛苦。大家還瞞著我偷偷的寫一張卡片，加一份精美小禮物送我！真是感動的……又哭了！慶功～我們一下搞怪，一下搞感性，真的很開心！

　　我們都將自己到的最好，將所有最完美的一切呈現出來，在這活動裡得到了很多！許多人的幫助、支持。讓我堅持到最後。這些片段將值得我們永遠珍藏！！

　　心得分享：在這次的活動中，我深刻體會到要當一個成功的領導者並不容易。我必須時時反省，對自己的行為反覆檢討、思索。每當夜深人靜時，我便會開始回想，回想當天的話語是否傷到同學，亦或太過苛

刻。其實在教學的過程，我也感到厭煩、疲倦。慶幸的是，我不必一個人面對這難捱的低潮。在我快站不住腳時，總會有人拉我一把；在我即將潰堤時，總是有人遞面紙給我。謝謝你們讓我感受到力量，讓我知道我並不孤單。

當自己站在第一線時，我才發現當領導者的苦處。永遠會有一堆的事情需要處理。瑣碎的、重大的，難題永遠停止不了。因此，我才明瞭「分工」的重要性。從前我總是認為，沒有什麼事難的倒我，只要我自己努力去做就能完成。其實不然，當你越想掌握全部，所遺漏的將會越多。但，若能將工作分配給大家，每個人才能感受到自己有為團體付出，如此一來才能感受到參與的喜悅。

其實在這段期間，有一個大功臣不斷地默默付出。我真的很謝謝她，如果沒有她的幫忙，我想我可能租不到合適的衣服，借不到我需要的道具。那個偉大的人就是，我媽！真的很謝謝她！當然也很感謝老師，那段期間給了我很多的彈性，讓我沒束縛地做我想做的。最後也很謝謝每個同學給我麼包容，謝謝大家！

蔡沛珊

「凡走過必留下痕跡！」高中的生活是忙碌的，但忙得值得、忙得有滋有味！除了課業，最讓人忙得不可開交卻又心甘情願的，莫過於高二的啦啦隊比賽和合唱比賽了！尤其，「啦啦隊」更是高二生絕不容錯過的一大盛事。因為，這說不定是一生只有一次、空前絕後的寶貴經驗呢！看著大家為此投注心力、互助合作，竭盡心力地為班級榮譽而努力，心中的感動有如滔滔江水綿延不絕。如此令人感動的事情，怎能不記它一筆呢？

記得我們從暑輔就開始準備了吧！從編舞、練習、服裝、造型……，我們樣樣自己來，因為老師相信我們，讓我們放手去做。在一個充滿興奮與期待、尖叫聲連連的下午，啦啦隊比賽如火如荼的展開…

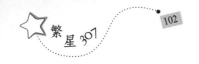

各班如百花較勁般地爭研鬥艷，誰也不讓誰，在各自的舞台上秀出一個月以來苦練的結晶。雖然狀況不斷，還是秉持著自己班的堅持，呈現出最好的一面，畢竟這是一年一度盛大的競賽，更是攸關班級榮譽的。「歡迎207帶來的『高潮不斷』……」這是第八個演出的班級，也就是我們語資班，那氣勢真是銳不可擋！響亮的口號、亮麗的服裝、可愛的造型、熟練的動作，配上動感的音樂，交織出一幅充滿青春活力的畫面——這就是我們語資班，一個不再只是別人眼中只會讀書的班級，而是由一群?能動、活潑有朝氣的同學所組成的。隨著音樂的結束，當我們擺出ending pose，立即贏得滿堂喝采，我們的演出，果真是「高潮不斷」，比賽結果，207勇奪冠軍！結果揭曉的那一剎那，時間像是為我們而靜止，當下，心中的感動真是難以言喻，流下歡喜的眼淚，甚至有人把嗓子都叫啞了！我們的辛苦練習總算有了代價。當天晚上，大家也興奮地捨不得換啦啦隊服，直接穿去慶功宴了。

　　鏡頭拉到比賽開始前的幾個小時……，教室像極了一間美容院，我們的造型非常搶眼，跟音樂、舞蹈搭配得恰到好處，螢光綠與紅色相間的清涼服裝、白色泡泡襪繫著兩顆手工的小紅球、淡妝加上「沖天砲」與「包包頭」的可愛髮型……

　　每個人都好卡哇伊！（當時，歷史老師和美蓉老師也前來助陣。?瑜帶著化妝箱，還有她幫人化妝的架式，像極了專業的化妝師！）

　　回顧我們的練習，真是狀況百出，有士氣高昂的時候、有士氣低弱的時候，印象最深刻的是一次週末到校練習，來的人不到一半，令來校的人忿忿不平，也讓領導人佩綺非常難過，幸好隔天佩綺和一些同學上台發表心聲，化解班級危機！其實這也不失為一次很好的經驗，作為日後的借鏡。

　　在整個過程中，最辛苦的當屬領導，她真的是「身兼數職」，從找音樂、編舞、服裝甚至道具、服裝，佩綺投注了多少心力和時間在裡面，然而她卻沒有一句怨言，練習過程中也沒對我們說過什麼重話，

總是和顏悅色、耐心的指導我們，甚至她還要參加其他的活動，又得兼顧課業，令人感動的是，這些都是出自於自願，沒有絲毫的勉強，真的不得不佩服佩綺的勇氣！

「這是我第一次跳啦啦隊、第一次穿如此清涼的服裝、第一次化妝⋯⋯。」這一切的一切宛如一場夢境，叫人不敢相信這是真的。從開始練習到名次公佈，我們只是抱著一顆努力不懈、堅持到底的心勇往直前，通過重重考驗，也沒想到竟會勇奪冠軍。回想比賽的前幾個禮拜，歷史老師成功地讓天燈（上面寫著207 is No.1）飛上天去，我在想，或許老天爺有看到我們的祈禱吧！不過，比拿冠軍更令人雀躍的是，我們每個人都在這場比賽過程中有所獲得。啦啦隊比賽拉進了同學與同學之間的距離，讓我們更加團結有默契，更能享受沉浸在大家齊心協力的氣氛當中，並體會團結一心完成一件事的成就感與快樂。啦啦隊比賽不僅成了我高中生活最美的一段回憶之一，有了這寶貴的經驗，更讓我確信，我沒後悔進清中，而我更慶幸自己生長在語資班這個團結又充滿溫暖的班級。成為語資班的一份子，為我的高中生活增添了許多色彩！

Sandra

Dear 207：

啦啦隊終至尾聲，隨著最後一個隊伍下場，我們心裏也清楚：這耗時已久的班際活動、不論投入的心神多少、不論其中喜怒哀樂多少、不論成敗如何，今天慶功一過，就要收拾所有心情（興奮的、尖叫的、回憶的、難過的、落漠的⋯⋯。）飽飽一覺過後，重回到生活的正常軌道，好好運轉下去。週四升旗公佈名次，只是一個官方結果。不論結果如何，我肯定你們一路走來付出的心血；不論結果如何，我都當207是我手中捧著的寶貝，我愛你們。

看你們的投入、流汗、舞動與吶喊，都讓我心思為之起伏，心疼你們辛苦的汗水、疲累的肢體、上課硬撐的眼皮，很想再開口說點什麼，但我還是決定讓你們盡情地盡情地揮灑到活動落幕吧！這是你們的舞台。

　　當一個導師最難為的，是忍住自己的能力和善意，去介入、甚至主導班級的活動。我希望這啦啦隊從頭到尾是一個完整的學習經驗，成功是學習，失敗也是學習；自信滿滿是學習，對自己有疑慮也是學習。我可以在每個時間點切入、主導，然後再放手、再插手、再修正，再放手……。插手……。我很高興你們用自己的能力，從頭到尾把活動辦完，你們證明自己辦得到，也做得很好。我則慶幸自己用強有力的心臟忍住了介入。Girls & 2 Boys 這原汁原味的成就是屬於207每一個人的。這是最值得驕傲的地方。

　　當導師第二為難的，是要叫你們節制，把你們從很High的情緒拉回來。所有的活動都是插曲，穿插在高中生活的主軸裏。要記住：你們的本份在哪裏，主軸就在哪裏。活動之必要，是因為它是EQ的學習，是生活的精彩，是學習的調劑；課業之必要，是為未來的發展鋪路、準備，是爭取個人更上層樓的機會。我希望你們要懂得這一動一靜，都是高中生活的學習，動靜都是我們必修的學習。207的同學們High過之後，請以最勁速，奔回生活的常軌。啦啦隊的結束，明天又是一個全薪的開始。

　　厲害的學生，動起來亮麗青春，靜下來蓄勢待發，為下一個舞台。期許自己當一個「靜如處子，動如脫兔」，當一個動靜皆宜的全方位高中生！

　　你們是我心裏最亮眼的明星！

合唱比賽

林亮穎

　　終於，要輪到我們班比賽了！隨著司儀那清晰的音調，我們那顆顆不安跳動的心也隨之緊張起來，我們戰戰兢兢地走上台並取好距離位置準備開始向大家展現這二個月辛苦的練習成果。剛開始必然緊張萬分，

但，一回想起我們是投入如此多的時間及心力，就不由自主地想把曲子唱好，認真時時間總是消逝得快，一眨眼，只聽見全場的掌聲和歡呼聲四起，當下的我知道我們成功了，而那時的感動及喜悅，至今仍深深烙印在我心版上！

　　一下台，大家如釋重負的笑了，想想有好長一段時間都沒有開懷的笑了－自從老師有次因某私人因素痛罵我們之後。合唱比賽，是清水高中一年一度的盛事，具有悠久的歷史，參加的對象是所有二年級生，為要慶祝母親節。其實，早在二年級上學期末，芝華老師已讓我們練習指定曲了，因此，在二下開始練習便很快進入軌道。老師對我們是稱讚有加，所以大家對練習更是投入心力也樂在其中，甚至每天花兩節下課練習呢！只是天不從人願，在一次上課中，或許是芝華老師對我們的期許甚高，而我們表現的遠不如預期，再加上當天老師身體不適，情緒較無法控制才會導致此衝突發生。雖然老師在事後已向我們道歉，我們口頭上也說沒關係，但心中有一個地方卻已受傷，雖然時間會沖淡一切，但傷口上的疤會永遠提醒著我們，無時無刻。其實我們也明瞭老師對我們是抱著蠻大的期許，但大家對練習的熱情像是澆了桶冷水，愈來愈提不起勁，愈來愈沒信心，因此大家變得不太開口唱歌，也許是認為再怎樣練習都達不到老師的標準而灰心吧！轉眼，又到上音樂課的日子，耳尖的老師當然一聽就知道我們沒什麼練習，首當其衝必是問身為音樂小老師的我，但，我卻無法回答個所以然，這也造成老師的情緒火上加火，把我們臭罵一頓，罵我們未何不加緊腳步練習，難道不知道曲子（自選曲）長而且時間也不多了嗎？其實，大家心裡都明白，只是無法跨出心裡的那道障礙，所以選擇退縮，被罵了又再縮，就形成了惡性循環，當時師生的關係相當緊繃。而我就夾在中間，一方面了解同學的委屈，一方面也清楚老師個性急又求好心切，到底也是為了我們好。就在我們最煎熬的時期幸虧有Sandra適時的參與及鼓勵讓我們重新找回勇氣及自

信心，Sandra說：「一個良好的師生關係是要靠雙方努力維持，而現在僵持在這，如果想改善雙方關係，就得化被動為主動，與其期望別人主動，倒不如自己有所改變。」

　　於是，在淑敏老師的鼓勵下，我們鼓起勇氣決定要解開心中的結，盡全力完成這次比賽。大家有了共同的意念後，在練唱方面更是積極下功夫，雖然有時還是會有挫折感，像是自選曲第一部的音還變高的，因此對第一部的同學是一個很大的挑戰，在練習的過程中，有時因發聲的地方不對讓老師不甚滿意，且同學也感到很挫折，最後，芝華老師想到了一個能讓第一部同學明瞭正確發聲的地方的方法，就是做伏地挺身，效果果然「不凡」呀！同學們一下子就找到發聲的位置。只是真苦了同學們！！不過有付出就是不一樣，在往後的日子大家都進步匪淺呀！！越挫越勇果真是我們班的特性！！我們有顆相信自己定能突破重圍的心，因此更是努力不懈地練習！過了一段時間，除了師生關係有明顯的改善，我們唱歌的功力也漸有起色，真的是皇天不負苦心人呀！（嗚～～）隨著比賽的日子漸漸逼近，我們更是不敢掉以輕心地加以練習，為了爭多的時間，我們向其他任課老師借課用來加強我們練唱的不足。就連合唱比賽前的周末都來校練唱，但也因芝華老師不辭辛勞地全程陪同，才能有效改進我們的缺點。真是辛苦老師了！！！

　　奇怪？！是什麼聲音呀？思緒也隨著聲音飄回了禮堂，原來是校長準備宣布合唱比賽前三名的班級，而大家興奮的聲音。在經過一番廝殺後，我們得了「第一名」呢！全班頓時高興歡呼起來，而在當下的我有想哭的念頭，終於，結束了，都結束了……。

　　在合唱比賽中，我體驗到人處在越是艱困的環境，就越有韌性，而韌性是要磨出來的，雖苦但非常有價值、意義，而且這個合唱比賽是由我們成長的痕跡、辛苦的汗水及數不盡的淚水編織而成的，如果讓我重新選擇要不要走同樣的路，我會毫不猶豫地告訴大家：「我還是要走這條雖艱難卻是令人永生難忘的路！」這是任何東西都無法取代的寶貴經驗！

陳亭蓁

　　唱歌，對我這個五音不全、分不出高低音的大音痴是項艱鉅的任務！二下的合唱比賽，對我來說是一種挑戰。

　　剛開始，我真的是抓不到音準，一直唱錯，也被老師當場糾正。雖然當時很尷尬，很想挖個地洞鑽下去。然而，心想如果自己能夠練好會很有成就感。於是，往後的練習，自己會去站在很厲害的人旁邊，聽他們的音，改自己的缺點！

　　就在我們很開心的練了一段時間後，我們唱了一遍給老師聽，卻也是信心崩潰的開始。老師說，我們只是自己唱的很開心，沒有去注意到音準的問題，就算每天唱也是白練，最後只是把自己的喉嚨壞而已。這時的我們，對於唱歌已經提不起任何興趣，音樂課更是令我們感到不安及緊張。一段時間過去，因為老師的鼓勵讓我們去正視困難，而不是選擇逃避。我們一步一步，慢慢練！似乎，有進步了！我們跟音樂老師之間的關係也慢慢改善，上課時多了一點笑聲，少了一點嚴肅！

　　最終，該是我們上場的時候了！我們梳個整整齊齊的頭髮，穿著一致的襪子，帶著陽光般的笑容上台。表演時，大家給我們掌聲和微笑，為我們帶來了熱情與鼓勵。表演後，等待頒獎的時刻是緊張的。第三名、第二名，接續公佈。令人心跳加快的一刻來臨，公佈第一名。不負眾望，我們拿下了第一名。當晚的慶功宴，有淚水、有歡笑。一切的辛苦換來了大家的肯定！

　　雖然，淚水多於歡笑。回憶，卻早已深深的在我們心裡！在高中三年能有多少次的機會，是大家一起為同一目標打拼。合唱，使班上更加團結，也一起度過了最煎熬的時刻。努力，帶來的不僅僅只有成績，而是在過程中的學習。我想，這次的確是很值得的一課。我學了很多，也得到很多。

淑敏老師

親愛的207：

　　你們的表演很精采，讓我在場很想大聲對在座每一個人說：這是我最鍾愛的207班！

　　我相信在座的除了你們，沒有人可以體會這次表演背後有多少辛酸和淚水，以及投入了多少時間及心力。他們看到的，大多是光彩而已。同學可能聽說你們週日來校練習，也許聽過你們哪一次練完又哭了……但我相信這箇中滋味，除了你們，沒有人可以百分百體會！

　　看著你們站在台上，我只想說：I am so proud of you！

　　雖然合唱比賽落幕了，我覺得其中有很多點值得思考。請你們隨著我，一一想想下列問題。

1.從頭到尾，你覺得自己哪一點做得最好？

2.從頭到尾，你覺得自己哪一點做得不好，需要改進？

3.從頭到尾，你覺得芝華老師最大的協助是什麼？

4.從頭到尾，什麼是表演成功不可或缺的必要因素？

5.如果以1到5顆星來評量，你給自己的付出和投入打幾顆星？

6.如果以1到5顆星來評量，你給芝華老師的付出和投入打幾顆星？

7.這個合唱比賽的經驗，值不值得賠上數學抽考？

8.假如我們沒得到第一名，你對芝華老師的嚴格會有不一樣的看法嗎？

9.假如我們能和別班交換處境，你願意嗎？

10.假如重新再來一次，你會希望哪些事情改變？

11.這一切，有沒有讓你更耐磨一點？

12.這一切，值不值得？

　　請你們給自己一個誠實的答案，那將有助於你們下次面臨類似的情形時，會做出更明智的選擇。

讓我告訴你們，我看到了什麼。從頭到尾，我看到了為難和取捨。

　　你們夾在芝華老師和其它科任老師之間為難；在練唱和讀書之間為難；在留與不留校練唱之間為難；在老師的意思和自己的意思之間為難……人生可不可能常常面臨為難？當你們日後工作了，嫁人了，變成對事業對家庭負責的社會中堅，你們有沒有可能會處處為難，常常為難？

　　為難之後，就是取捨。取捨什麼課借什麼課不借？取捨符合老師的心意還是聽從自己的心意？取捨讀書補習還是練唱？取捨看重自己的希望或團體的要求？取捨被磨還是放棄？

　　人生可不可能常常需要取捨？取捨國立普通科系或私立熱門科系？取捨花心帥哥或誠懇的平民？取捨要自己的休息時間或工作的高品質表現？取捨孤獨但獨立自主或永遠有人呵護？取捨為熱愛的工作累個半死，還是自在但沒什麼感覺的工作？

　　為難和取捨之後所留下來的，就是堅持。這份堅持，就呈現出你的輕重順序（priority）。

　　Your priority tells people what you are and what you fight for.

　　這就是考驗！

　　這就是蝶蛹上那個小小的缺口！

　　感謝主，藉著你們給我一個考驗自己的機會。感謝主，藉著你們教導我耐心，信任，更深切地體驗到尊重，取捨，堅毅，以及全盤地交託給主。以前的我絕對承受不了這般的經歷！謝謝你們給我機會考驗我，讓我有更豐富的經驗！

　　I am really, so, so, so proud of you！！！

p.s.別忘了，下一次考驗很快就來了喔！

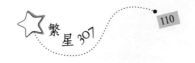

英劇

洪孟慧

I'm coming home, I've done my time.
Now I've got to know what is and isn't mine.

　　當再次聽見這樣的歌詞在耳邊環繞之時，腦海裡片片斷斷地回憶不斷地盤旋迴繞。這是一次讓清水高中語資班的學生登台亮相的機會，同時也是我們一同追求突破，共同突破現實生活的限制，靠著一筆又一筆，建構出一場如夢般的景象。這是屬於我們共同的驕傲，並不是驕傲我們得了「最佳舞台設計獎」，亦或我們有不同於一般同學擁有登台的機會，而是為我們能夠互相依靠，互相信任一同走過，可能阻擋在我們面前的困難與挫折。真正的驕傲，是我們207（現在的307）的「一起」。

　　自高二上學期末，Sandra提起英語短劇比賽的相關事宜。這件事就如同一根小小的火柴棒，燃起了我對這件事的熱情與執著。但相對的，一方面又暗自擔心起自己的能力，不管是在肢體語言的表達；畢竟班上有很多同學都在這方面勝過我很多，或是在個人排練時間上的分配問題，都再再成為我卻步的原因。一來不想因為自己的緣故，而耽誤大家的工作進度，再則，又因為長期以來，我專注於社團的經營，而忽略與班上事務的關心，很想趁著這個機會，好好對從前來不及補救的做些彌補。

　　就在心中不斷地猶豫時，大家一同約定寒假要到Sandra家寫劇本的日子也近了。最後抱持著，不管做多或做少，至少都要為班上出一份心力的理念，就跟十幾位同學一行人浩浩蕩蕩的前往Sandra家。許久未見到彼此的大家，在你一言，我一語中，拼湊出屬於我們的劇本（這絕對不是老師丟一個他寫好的劇本，就叫我們演，那般單純）。雖然時有玩鬧嬉戲，但

依舊效率非常高，我們完成故事架構的大綱，與某些特定所屬的逗趣角色的對話。這對我們來說，是一件令人亢奮的激勵，因為進度是大大超越我們所預期的。那天挾帶著興奮又充滿成就感的愉悅之情回家。擔任著一個做劇本整理、打字、編排的工作，其實心裡已有大大的滿足。

　　開學的日子來到，緊接著迎接我們的是一連串的校慶系列活動，及永遠忙不完的社團。繽紛絢麗的生活，使我們淡忘了這件事的存在。當Sandra耳提面命時間以一步一步逼進時，還一直覺得。恩，沒關係，還很遠。尚不知道其中早已被無數個大大小小的活動填滿。就在校慶的當天，與三五好友成群在校園裡閒晃時，過去跟Sandra閒聊了幾句，談到了角色分配的問題，這個劇本有十幾個角色。本來就只抱持著，幫班上多做點事的心態，卻沒想到，竟從Sandra的口中聽到：「我覺得Vingo，想給你或是Circle來演。」在得知這樣的消息同時，是驚，也是慌。驚訝的是在班上眾多好手當中，我居然能雀屏中選，得到演出男主角的工作；慌的是，深怕自己做不到，做不好，大家一同築的夢，就毀在我的手裡。

　　又驚又慌的狀況，並未持續太久。合唱比賽緊接來臨，因為亮穎在合唱比賽擔任伴奏的工作，吃重的練習壓得她喘不過氣來，叫我怎好忍心，又再將這重責大任壓在她的肩上。再加上有著一顆想突破自我的心，便欣然接下這項任務。經歷過無數次的發音訓練，肢體動作的排演，及舞台流動的順序，都是經由大家絞盡腦汁設計的。其中大型的道具，更是由李定蒼主任指導，做出車頭，和三棵可愛大樹。在服裝方面，也都是由全班同學、Sandra及Elsie的提供。

　　可說完完整整的，都是經由我們的雙手和腦，一點一滴拼湊出來。經過多次的排演，大家不但能熟記自己的台詞，還能流利的講出其他人的台詞，並且模仿著誇張搞笑的神情，原本以為沉悶無聊的演練，也被我們的歡笑與幽默給填滿。

時間飛快，終於到了比賽的那天，搭著車一路上是既緊張又興奮，我們對自己有著高度的信心。還笑說著，回來要大唱車上的卡拉OK，簡直就是提前演練畢業旅行的過程。看了其他學校的表演，既喜也憂，喜的是我們的劇較優於他們，憂的是有些學校的表演，真是令人嘆為觀止。演出結束，終於到了頒獎的時間，我們得到了「最佳舞台獎」。雖然與我們預期的結果有所落差，但我們依然欣然接受這樣的結局，就在我們的歡呼尖叫聲中，結束了這天的比賽。踏上歸賦的途中，依舊履行我們來的路上所說的，一路歡唱回清水高中。

因為有機會，站在別人無法站立的舞台上，才有機會從不一樣的角度看待這個世界，認清自己的實力，並且讚嘆他人的長處。因為知道這世界有多寬廣，才知道自己有多麼渺小。很慶幸的207(現在307)，能有這個機會，被推到頂點，和他人一較高下。姑且不論結果，單單就眼界大開這一點而言，就很值得了。在鰲峰山下小小的清中，倘若我們是一直不與外界接觸，將自己所在小小的象牙塔裡，那麼將永不會有省悟自己不如人之處，進而能提升自我能力，朝著理想更加靠近。褪去舞台上光鮮亮麗的顏色，深深注入心靈的是－感激。滿懷的感恩的心，與加強自己的省思，是在這次活動的過程中，最大的收穫。更令人難以忘懷的是，因為這次的比賽，使得207能再次全心的投入一件事，讓彼此的心更加貼近，並且珍惜這一份得來不易的經驗。也因為這次的比賽，讓我對虧欠207的心，稍稍彌補了其中的缺陷。因而我由衷的感謝大家，我們永遠都是最棒的207。

陳巧芸

最初

"Vingo and his wife live in happiness." 記得最初老師剛上完這課，告訴我們，未來有一個英文話劇比賽，淑敏老師將以此為題材，編一齣

短劇，為了讓班上的每位同學都能參與，淑敏老師特地選了一個可以容納許多角色的腳本《Going Home》……

　　一切就從此開始，隨著合唱團比賽的結束，校慶的完結，緊接著我們得上演這部短劇，一點一滴的進行中，淑敏老師也為此想了整整兩個學期，也就是高二這一年，晚上睡覺前，淑敏老師腦中不斷浮現要如何呈現這部戲，白天詢問老師們的意見，淑敏老師是帶領我們去擴展視野的人，也是整齣戲的導演！

劇本的出現

　　記得那年暑假，淑敏老師希望劇本可以出來，有幾位同學到淑敏老師家開始編劇，Going Home開始有了一點頭緒，開學後，淑敏老師問班上的同學有意願的舉起玉手，原本以為沒有幾個人，想不到大家都很踴躍，可見大家都很想「紅」，很有勇氣的前來報名，我也是其中之一，為了讓自己的觸角能延伸出去，我寫了小紙條，告訴淑敏老師「我想演」，就是那一秒鐘的勇氣，鼓舞我前來報名，讓自己有一個比賽經驗。經過淑敏老師的精心選角，我們每個人都分配到適合自己的角色，劇中的對白淑敏老師希望我們靠自己的力量去完成，於是我們聯合和自己搭配到的角色，一起策劃對白，再由淑敏老師以及我們美麗的實習老師青燕老師進行批改，劇本於是悄悄的完成！

道具的完成

　　道具的完成，要感謝我們的教務主任，李定蒼老師，由於他熱心的替我們製作才能讓我們擁有最佳的演出，以及我們的最佳舞台設計獎，還記得那台賓士嗎？它不是普通的賓士，桌巾咻地一放，馬上變成頂級餐廳的桌子，還有還有，那兩顆關鍵的oke trees繫著許多的黃絲巾，他們在最後一幕出現，由仲凡和淑茵幫忙搬出，多虧有我們熱心同學的贊助以及才華洋溢的美術老師李定蒼主任！

音效準備

音效由我們導師，名牌導演淑敏老師替我們搭配，由我們大好人謝依倫同學協助播放，老師特地的配音，挑了好幾首，才製成的音效！沒有良好品質的音樂，就沒有好的戲碼！

定裝

大家為了在台上能有美豔演出，於是紛紛尋找自己應該穿上的戲服，為了節省成本，我們沒有租戲服，在台上仍是一條龍，不毀損我們的比賽品質。淑敏老師和青燕老師更是貼心的替我們準備衣服以及道具，還記得那條法國麵包，曬了幾天……現在想起來還真的是回味無窮哩！

彩排時

比賽前一天，我們帶著道具，前往台中女中，進行彩排，還記得他們告訴我們，麥克風只有五個還是六個？我們的人數遠遠超過麥克風的數量，弄得我們更是坐立不安，大麥克風也只有兩支，進行彩排時，老師告訴我們練習走位，不要拿出真正的實力，如此才能在比賽時，跌破評審的眼鏡，不過所有的走位幾乎都換了，畢竟這並不是我們的學校，我們的走位也必須跟隨著大麥克風的位置進行改變，我們捨棄了使用那幾支麥克風的權利，雖然音量或許會輸給其他學校，但我們還是不使用，怕音量會不一致！大家只好靠著丹田的力量努力了，最重要的是緊靠著麥克風，麥克風是我們的藥丸！

前往女中的旅程

搭乘巴士的我們，沿途可不是閒著，淑敏老師和青燕老師忙著幫我們彩妝，做心理建設，這趟旅程雖然長，在我們心裡卻是幾分鐘的抗戰與掙扎，咻一下馬上抵達，我們是有備而來的超強無敵艦隊307！

比賽前的一刻

　　看著許多來自名校的同學各個美豔如花，服裝更是經過精挑細選，專程去租美美的戲服，還記得某校的學生，對我們使出眼神上的示威，使得我們更是緊張，淑敏老師和青燕老師為了減少我們的緊張程度，他們一直幫我們調適比賽前的心情，告訴我們：「和平常一樣，拿出我們的實力！」我們也豁出去了，不管怎樣都練習了這麼久，犧牲了許多的時間，我們必須拿出我們宇宙無敵的超強實力去對抗敵人。老師們帶領著我們千里迢迢的來到台中女中，我們不能辜負老師們的期望，也不能讓清水高中洩氣！

比賽實況轉播

　　還記得比賽時的狀況嗎？一個接著一個學校演完，接下來輪到國立清水高中的演出，看到這裡，先鼓鼓掌唄！，同學們在後台緊張的模樣，我看在心頭，由文縭和欣慧的開場先讓我們吃了一顆定心丸，看到他們亮麗的演出之後，我們知道我們一定要拿出我們的實力去抗戰，一幕接著一幕，同學們的表現讓台下的評審目不轉睛，你知道嗎？甚至還有其他學校的老師在偷問：「你們是那個學校的？」青燕老師毫不猶豫告訴他我們是：「我們是清水高中。」尤其是在彥廷演飆車的那一幕讓評審不禁爆笑了，評審團們一定對我們印象很深刻，不只是評審，練習時每一次排到這一幕，我們都會捧腹大笑，不能不佩服彥廷的演技還有同學們的配合度，還記得Lucky和Happy嗎？他們可剛好對準了麥克風：「We are lucky and happy！」，真的很逗趣，是我們班導想出來的呦！汶甄和淑雯，是貫串整部戲的重要人物，沒有他們故事就沒有關聯性，文縭罵人的功夫也進步了不少呢！和台灣龍捲風的劉玉英可以媲美哩！老羅扮演身材姣好的老師，不過兜起來可不是蓋的！老師找對人啦！同學各個的發言，更是可愛，又文：「I want to watch Rain's concert.」可是名言錦句呀！班上每個同學都會念，超硬的法國麵包，被打的是班上的

Lisa，拿著的是我們的詠淳，還記得法國麵包打在皮肉上的滋味嗎？問欣
蓉就知道啦！一定超痛的！，孟晴的角色，也是老師設計的，為我們家
了不少分數，精采的母子對戲，紋慈可是使出全身的力氣對著麥克風喊
「I hate you」」，我的哭戲在此時此刻也進步了許多，有一點像氣喘發
作呢！沒辦法！為了有完美的演出，我的內心戲，讓我落下螢幕初淚，
孟慧是主角，她的台詞很多，可真是苦了他！但他吞下這苦頭，認真的
背下台詞，不只這樣，他還得辛苦的練音調，老師專程錄了一遍，讓孟
慧做練習用，孟慧的裝扮大家還記得嗎？他戴著一個太陽眼鏡來自孟慧
的爸爸，還有穿一件似油漆工的衣服，現在想想，還蠻喜感的！最後一
幕輪到巧芸和紋慈還有沛珊上場，一個深情的擁抱外加一個深情的吻，
練習時可讓我嘗盡了苦頭，孟慧也是，這可是螢幕初吻ㄟ！那時整個人
融入情境，外加配音效，只差沒有真的吻起來，還請了308的同學蒞臨指
導，現在想起來真的害羞呢！我們的演出就這樣畫下了一個句點，演完
有點興奮，有點想哭，有點空虛，那莫名的空虛感，使得我們好想再演
一次！我相信班上的每一位同學都是這麼想的，我們很努力的練習，很
拼命的在台上呈現最閃亮，最真誠的我們，307國立清水高級中學第一屆
語文資優班絕對不是蓋的！「Go！Go！Let we go fine win！」是我們的
精神所在！

比賽結果

　　吃完了我們的餐盒，接著要來接受比賽結果，一個一個獎項的頒
發，我們真心誠意的祈求上帝，讓我們得名，「頒發最佳舞台設計獎，
鏘鏘鏘鏘……國立清水高級中學！」我們恍神了一下，然後給他來一個
驚聲尖叫，「國立清中，攀登高峰！」我們替學校爭取了一個獎項，雖
然他不是優勝，但也代表著我們的榮譽，至少我們不是空手而歸，背後
隱藏的是我們307的努力以及汗水，是淑敏老師和青燕老師的打拼！我們
不是別人，是宇宙無敵強的語文資優班307！在我們每個人的心中，我們
是第一名，We are No.1！

熱情的加油

來到現場幫助我們，替我們加油的有貴阿昏，是我們俏皮的國文老師，曾貴芬！還有207熱心的導師，以及帥氣的李定蒼主任，還有我們班的同學巧珊以及她的媽媽和妹妹，怡安也有來幫我們加油打氣呦！還有很多很多的人，謝謝他們的鼓勵與支持，我們才有如此亮麗的成績！也謝謝道具組同學的幫忙，給我們演出的同學100次的愛的鼓勵，我們真的很棒，淑敏老師的犧牲與辛苦，謝謝您，讓我們有這次的學習經驗！更是挪出您許多時間，製造了您的壓力，如果有最佳導演獎，我們307會頒給您！青燕老師的幫忙，讓我們的演出更加順利，彩排的時候，演出時，搬道具時，他無時無刻的在我們身旁替我們打理一切，無私的奉獻與付出，真的很謝謝您！我們不會忘記，曾幾何時，有您們在我們身邊的支持！

得獎感言

最佳舞台設計獎，一開始，其實我們真的不知道是為什麼，但實至名歸，我們的舞台設計是無人能敵的，淑敏老師的構思，是我們得獎的泉源，主任的製作，是我們獎牌的加持，巴士的轉變，一張高級餐廳的餐桌，演員們的努力，開關一開，閃亮的獎牌，亮麗的我們，完美的演出，深深的刻在大家的腦海裡，這頭銜是307掙來的，希望下一屆，下下一屆，大家都能秉持著這種精神，傳承下去！

中港藝術中心之PART. 2

港區的演出讓我們覺得挫折感很大，音效的失誤，燈光的差錯，讓我們的開場似乎有的洩氣，不過我們還是很傑出的把他演完了，小汪老師給我們這次機會的演出，真的很謝謝他，英劇社的表演也真的很棒！表演完的那個晚上覺得鬆了一口氣，但也要面對下一場表演，中級英文檢定。〈嘆氣！我沒有過啦！〉

巧芸的感想

就這樣「最佳舞台設計獎」，替我們劃下了完美的句點，伴隨著我度過一段時期，我樂在其中，也很投入307這團隊，也很喜歡整個劇組，這段經驗，讓我嚐試了許多不可能的事，訓練自己的膽量，練習自己的台風，培養良好人際關係，咱們307因為Going Home，使得我們心連心，感情更加濃密，我們是拆不散的麥芽糖，雖然我們沒有優勝，至少也讓307更團結了！

一開始加入這個劇組，心裡真的很緊張，因為怕自己演的不夠好，加上自己的英文發音真的不標準，還被人家說很像在念日語，心裏的挫折感真的很大，我相信大家都一樣，希望自己在台上有好的演出，每一次的彩排，我都很投入，很認真的做練習，在英劇社前，在207前，在老師們前，在308前，大家對我們的評語，我們虛心的接受，雖然我或許不是好的演出者，但至少我盡力而為，為劇組盡一份心力……比賽前的一刻，真的很緊張，很怕自己出差錯，可是當你站上了舞台，你會發現，一切都豁出去了，而且會捨不得下舞台，淑敏老師告訴我們，「人生不只有一個舞台」，我們應該替自己尋找更多的舞台，接受觀眾的掌聲，但也別忘記偶爾當當觀眾，學習成長，從中記取教訓！比賽結束了，我們的劇組也散了，但我們307的心是永遠緊密的，我很慶幸有這次的比賽，伴我一起度過最難熬的時候，讓我把心思放在劇組上，有時候忙碌會讓我們忘記一切！

還記得和Vingo的對手戲嗎？我本人剛演的時候真的超緊張，怕自己演不出那種感覺，經由同學的指導，不斷的修葺，終於大功告成，還有母子吵架那一幕的內心戲，好幾次的笑場……和佩珊抱在一起，真的讓我好害羞呦！還有織毛線，本人，更不會去碰它，動作更修了好幾遍，可是讓我嚐盡了苦頭，要當好人家的老婆還真不好當呀！但至少我從中學習了不少，擴大了自己的視野，看到了其他同學的演出實力！

這是我人生的第3次舞台，我更加的珍惜他，能有這樣的演出機會，真的不多，除非你上大學也加入了英文話劇社，我希望自己能創造更多屬於自己人生的舞台，在舞台上呈現完美無暇的我，或許會有挫敗，但是，人生又何嘗不是這樣呢？人生好比一場戲，我們每個人扮演不同的角色……如何扮演好自己的角色，是我們要學習的！再見了

　　Going Home，我們要迎接下一個Going Home，在舞台上發光明亮！給Sandra的話

　　謝謝您讓我們有這次的演出機會，我們很珍惜他，雖然不是優勝，也讓我們有了共同的回憶，Going Home的背後是您的精粹，你沒有讓我們只是當了一個個的魁儡，反而讓我們獨立自主的處理一切，我們從中成長了！你的辛苦也有了代價，清水高中第一屆語文資優班，我們共同創造了這個光環！知道你的辛苦，知道你背後的壓力，我們走過來了！這是無法抹煞的記憶，我們是307……

文學講座

第一期語資班系列講座

目的	啟發文學觸感，拓展生活視野		
對象	107、207語資班學生與有興趣的老師		
地點	會議室		
	日期	講題	主講人
	9/8	英雄的命運——希臘羅馬神話	陳建民 中興大學外文系副教授
	10/6	人的命運——聖經故事	陳建民 中興大學外文系副教授
	10/20	日據時代的文學風貌	石美玲 中興大學中文系講師
	11/10	文學導入	陳建民 中興大學外文系副教授
	11/24	佳偶天成（對聯寫作）	李建福 中興大學中文系講師
	12/1	文化衝擊	Jeff Live ABC雜誌外籍講師
	12/22	魏晉南北朝志怪中的半獸人	尤雅姿 中興大學中文系講師
	12/29	澳洲留學之旅	王勝民老師 清中數學老師兼訓育組長
	1/05	唐詩欣賞	李建崑 中興大學中文系講師
	1/12	英國遊學之旅	楊雅卿老師 清中英文老師兼英劇社指導

第二期語資班系列講座

目的	啟發文學觸感，拓展生活視野		
對象	107、207語資班學生與有興趣的老師		
地點	會議室		
	日期	講題	主講人
	2/23	藝術欣賞（I）	李定蒼 清中美術老師兼教務主任
	3/16	追尋知識的足跡，走遍世界的角落	周漢強 清中地科老師
	3/30	Something about Writing	Jeff Live外籍講師
	4/27	驚奇之旅 印度加拉斯坦紀行	曾靜瑜 清中歷史老師
	5/4	Speaking English?	Eric Landmark雜誌外籍講師
	5/11	漫談翻譯	石莉安 清中英文老師暨翻譯者
	6/08	藝術欣賞（II）	李定蒼 清中美術老師兼教務主任
	6/15	大學經驗分享座談	江青燕、顏令喬、林純菁 英文實習老師群

第三期語資班系列講座

目的	啟發文學觸感，拓展生活視野		
對象	107、207、307語資班學生與有興趣的老師		
地點	會議室		
	日期	講題	主講人
	9/14	希臘行腳	王淑敏 清中英文老師
	10/05	藝術欣賞（III） 文藝復興之畫作欣賞	李定蒼 清中美術老師兼教務主任
	10/19	口說英文一級棒	Jannell Landmark外籍講師
	11/23	長河——文學與生命的交織	柯雅雯 清中國文老師
	12/14	義大利藝術面面觀	顏月姿 清中數學老師
	12/28	全民英檢	Jeff Live外籍講師
	1/11	大學校系級經驗分享	美鳳、煒婷、莉嘉 清中英文實習老師群

第四期語資班系列講座

目的	啟發文學觸感，拓展生活視野		
對象	107、207、307語資班學生		
地點	會議室		
	日期	講題	主講人
	3/07	泰北經驗	周漢強 清中地科老師
	3/29	李定蒼藝術欣賞（IV）	李定蒼 清中美術老師兼教務主任
	4/19	詩的賞析	王淑敏老師
	5/10	文化衝擊（I）	Live外籍講師
	5/31	文化衝擊（II）	AMC外籍講師
	6/07	升學座談	307學長姐

語資講座心得

吳仲凡

　　各位一定很好奇：所謂「講座」的緣起究竟是？說來有些曲折，自從我一年級待的語資班每週一次定期去嘉陽上外籍老師的課以來，成效即明顯不彰。因此班導當下決定改弦更張，換辦定期講座；由是，至我升上二年級、再升上三年級的時段中，包括我們元老語資班的學弟妹們，皆沿用此例。原則上，本班二年級所邀請來的講師比較多面向；而到高三後，淑敏老師考慮到同學的興趣偏向，決定改以延請本校有意願的師長來給我們作講座演說！

　　再說到由五湖四海而來的演講者們及其五花八門的暢談內容，那絕對會讓你目瞪口呆！以下我就舉幾個講敘內容有趣並令我印象深刻的例子：首先是李定蒼主任的一系列藝術引領課程，其領域橫跨繪畫、雕刻及建築，可說包羅萬象，並以西方題材為主軸；就繪畫來說，從古早的平面作畫漸演變到有立體空間、層次井然的構像，再至晚近具顛覆性質的徹底解構主義，以上那奇玄妙的歷程著實使我驚嘆不已，幸虧獲得了這麼個引人入勝的講座，促使我再無法以藝術局外人自居。再次是王勝民老師的赴澳學習之征途，顧名思義，此趟旅程期間，他順利取得了數學相關學位並且飽覽了當地質樸、自然的曠野風情，我還清楚記得他曾提及澳洲人那一口古怪至極的英文腔調所帶給他的困擾，和在當地開車時絕對要小心提防袋鼠、綿羊等的出沒、並記得動物們擁有優先過路權等類的事，對生在人潮擁擠、生活匆忙的台灣人來講，這就像是另一種截然不同的人生。談及留學，就絕不可錯過雅卿老師所主講的英國留學之見聞，她一開始是受到我們班導一句話的啟發，便毅然決然啟程前往地球的彼端──「英國」進修，在那兒她不僅結識了許多來自各個國家的同學，更因參與了一些具表演性質的課程，奠定了她往後在帶本

校英劇社時所需的特殊膽識與技能；當然另一方面，她也經歷了文化認知差異的摩擦及不快、種族偏見的問題等惱人的經驗，我於是醒悟到在外表看似亮麗美好的留學旅途中，往往亦存在一些不為人知的辛酸與掙扎，而這正是肇因於文化衝擊！

　　想不想一窺印度的神秘色彩呀？那你就非得聽聽曾靜瑜老師之印度拉加斯坦紀行，那兒擁有自成一格的沙漠景觀，及中古絲路重鎮「曼達瓦」；最令我感到毛骨悚然的，是此地建有全世界唯一的老鼠廟！另外，老師也介紹到了印度金三角：齊普爾、亞格拉、德里，最後探討了印度傳統與現代之間的矛盾及調適。

　　此外，屬於實力派的石莉安老師，是位翻譯的骨灰級高手，她曾為我們詳述各式樣的翻譯模式：逐字翻譯、語義翻譯、改寫等；同時向我們展示了她所翻譯的紐西蘭經典小說「『剩』賢奇蹟」，於深刻地領略了文學無遠弗屆的影響力外，我更初次體會到翻譯者不言可喻的重要性！最終要提的壓軸好戲，便是Sandra老師精采絕倫的希臘之旅，潔白的城壁映襯著遼夐藍天，共同構組了希臘獨特的地中海風情—浪漫而熱情；這兒更不乏的是一群群勇於冒險的年輕人，他們個個肩扛幾乎快超出身子負荷的背包，女士也是如此，裡頭大概塞滿了所有家當，沒錯，他們全都是瀟灑的自助旅行者！可能打算在這兒遊歷很長一段時間吧？這就恰可歸結到我們班導時常闡述的：人生的某些巔峰時刻是過了就再也找不回的，但人們仍可藉由閱讀體驗第二或甚至更多種的人生走向！而最直接的做法，便是趁著年輕的當兒積極充電，即刻探訪外地，品味另一道人生菜色。

莊淑雯

　　講座課設立的主要目的之一就是為了要開拓我們的視野。回憶起過去一年半的講座課覺得自己好像是顆充滿電力的電池，每每因課業的壓

力而感到煩躁時,講座課不但提供了我們一個可以放鬆心情的課程更是激發我們繼續奮鬥的動力。

記得一開始的講座是邀請中興大學教授來為我們講課。陳建民教授引領我們進入了聖經文學以及希臘神話的殿堂;其他中文系的老師也陸陸續續地為我們介紹了唐詩、對聯寫作等等,而這些都會成為我們讀書上最好的輔佐教材。

不過由於大學教授講授的內容較為深入,同學間的反應沒有預期的熱烈,因此最後改由學校的老師出擊。其中李定蒼主任所主講的美術史場場都是令在座的人拍案叫絕,從繪畫、建築到雕刻各方面,森羅萬象,從他講解中讓我了解原來雅典建築中的石柱可分為陶立克式、戴奧尼亞式、柯林斯式三種。至於雕刻和繪畫方面,藉由一張張的圖片以及解說讓我們在看這些藝術品時不再像是個門外漢,看過就算也不知道它代表的是什麼意思,反而會在圖片上看到相同畫作時可以說出他特別之處。

小王子以及雅卿老師的遊學之旅也為我們開啟了另一扇窗,聽著小王子幽默地講著阿魯巴的三態,以及在澳洲路上到處都得提防袋鼠的出沒,澳洲的電線杆上有電鳥的裝置,為的是要提防太笨重的鳥停在上面,導致電線杆彎曲。還有雅卿老師的英國遊學之旅,剛開始還因學費而猶豫著到底該不該去留學充電但就因為Sandra的一句話:「錢再賺就有了」因此一個人扛著行囊隻身到愛丁堡大學求學,遇到了來自不同地方的同學每個人有著不同的個性但為了理想而一起打拚,期間所上的表演課更是為英劇社注入了許多新血。聽完了老師們的遊學歷程也更激勵我們奮發向上,期待著有一天自己也會是那在異國努力奮鬥的旅行人。

除此之外,小番茄藉由簡媜的「水問」,帶領我們徜徉在文字的天堂裡,頓時才發現原來文學也可以讓人這麼輕鬆愜意。Sandra全程用英文介紹希臘之旅,更是別有一番風味。那一棟棟白色方糖式的建築在藍天白雲下襯托下更顯的耀眼,雅典衛城也在陽光下更為神秘。至於月姿

老師的義大利之旅，為了更完善的敘述義大利的美景，月姿老師不但以他去義大利旅行所拍的照片為主，還同時翻閱了40本參考書籍，把整個床舖都佔滿了，只為了讓我們對義大利有更深一層的了解。而且由於義大利是文藝復興時期所在地，因此有許多著名的藝術品都可在此看到，因為先前李定蒼主任所為我們奠定的藝術基礎，因此這場講座課的每個人都像挖寶一樣拼命的吸收月姿老師分享給我們的照片、介紹與背後故事。其中最引人入勝的像是烏菲茲美術館裡的收藏、萬神殿、天使之門等等。月姿老師有條理的訴說著義大利的發展史，讓我們循序的進入了義大利的奇幻之旅。

　　總而言之這兩年四期的講座，場場都是收穫豐富的寶藏。所謂的：「讀萬卷書，不如行萬里路。」人生何其短，不如就趁著年少時光努力充實自己，到各地挖掘出屬於自己的寶藏吧！

楊雅馨

　　星期四的下午，伴隨著鐘聲響起，我帶著一股雀躍的心情，踏上了前往藝術殿堂的路……

　　講座課的主題，就如同調色盤上的顏料──繽紛且多樣。

　　第一堂課我們便坐上時光機器，進入了古希臘羅馬時代。穿起戰袍、拿起武器，殺──，鮮豔的血濺紅了雙眼，我們與陳建民教授一起加入特洛伊戰爭，展開一場大廝殺；突然「咚！」的一聲，我們又跌回時光隧道，闖進咱們中國五千年的歷史，來到了魏晉南北朝，一睹「半獸人」的風采；而頃，我們左擺右搖，揮揮手裡的扇子便效仿起古人「之乎者也」的說話方式，一起和李建崑教授吟詩造句，感受中國詩詞之美；但一說到中國文化，可不能不提「對聯」，陳建福教授精闢入裡的為我們分析平仄、對偶，這其中的奧妙，可不是隨便說說而已。

　　乘著風，看著遠方，轉瞬之間我們早已坐上飛機，繫好安全帶準備要和周漢強老師飛往冰島一探究竟；一不小心，我闖進石莉安老師的翻譯世界，和她一起站在翠綠草原上，欣賞家喻戶曉的紐西蘭文學——『剩賢奇跡』；一會兒，大家趕緊收拾細軟，我們尾隨曾靜瑜老師的腳步，參觀印度加拉斯坦紀行，想要一窺它那神秘的面紗；此時，將時間拉回台灣日據時代，楊逵的送報夫、賴和的一桿稱仔，石美玲講師一一帶領我們走訪過這段艱苦的日子。

　　想要體驗一下不同的文化嗎？走！一起和楊雅卿老師、王勝民老師遠赴他鄉，享受英國與澳洲的留學之旅吧！享譽國際的英國愛丁堡藝術節更是不能錯過的好戲，精采絕倫的表演，絕對讓你目不轉睛。到了澳洲，開車時可要多多注意了，一不小心袋鼠就出現在你我身邊唷！

　　陽光，大海，白色建築物。由藍色和白色所調和出的希臘，有一種說不出的美。微風輕吻著我們的臉龐，波光粼粼的大海邀請我們一同嬉戲，我們與Sandra在此留下了屬於我們共同的回憶……

　　來到歐洲，你絕不能錯過義大利——這輝煌悠遠的永恆之都。我們和月姿老師走進天使與魔鬼書裡的場景，跟著蘭登（書中主角）一起揭發秘密。除此之外，著名的比薩斜塔、羅馬競技場更是不能錯過的景點。美麗的義大利，入夜之後更添上另一番風貌，著名的音樂劇Aida此時才正要開始。

　　最後，絕不能不說起李定蒼主任的美術講座課。從辨識圓柱建築的款式、西方繪畫欣賞，雕刻的藝術……等，每一堂的講座課收獲成果都是滿載而歸。也因為主任的講座課，讓我對西方的藝術文化有更深一層的認識，不再走馬看花。

　　古人云：讀萬卷書，不如行千里路。雖然現在的我無法一一在這世界的每個角落留下我的足跡，但透過講座課，我可以藉著每個主講人，分享不一樣的世界觀。對我而言，講座課就像是調味料，刺激我的味

蕾，讓我平淡無奇的生活摻入更多的酸甜苦辣。它是一本旅遊手冊，介紹世界各地的風土民情，也是一本百科全書，讓我學到許多教科書以外的知識。如果說，講座課是我心裡的一扇窗，開啟我不一樣的視野，那Sandra就是那一位為我開窗的人。感謝Sandra，是她帶我越過太平洋，看到了全世界。

耶誕告白事件

耶誕告白

Sandra

　　我教過的學生都知道，我一向都愛過耶誕節，喜歡和學生弄一點聖誕的擺飾、佈置，營造一點聖誕節的氣息。我還會出其不意地送全班小東西，給一個聖誕驚喜。但是今年班級的聖誕節，對我，是灰白的！我沒預料我的失望這麼深，一直到我和幾位親近的同事吃飯，聊到近日班上發生的事情，我才做了總結：原來我對307這麼失望！原本想隱忍著不說，（我忍快一個月了！）同事提醒：「如果你不講，同學是不會知道的，你也讓他們錯過一個看到事情真相的機會。」我想也是。我一向對你期許多於責備，鼓勵多於懲罰，現在是該徹底談談，你的表現和我的期望之間，有多大的落差。

　　你做人做得很失敗，你知道嗎？

　　第一，我辛苦地寫家長信函，還花錢買書送全班家長，請問你有把信拿給家長，並把書拿給他們，至少讓他們看到書的封面嗎？在我收回的23張回條中，不乏是除了簽名以外、連一個謝謝都沒有的空白回條。是你的家長生性沉默？還是你有虧職守？在寫信和送書背後、我那份莫大的用心，到了你就像流入死海，找不著出路，時日一久就蒸發掉，彷

彿不曾存在。我一向教你在人際關係當中扮演啟動良好互動的角色，都兩年了，你還是只會靜靜地當一個接受者而已？

我以為我教得很成功，其實我太高估自己了！

第二，你依然很功利、很短視，仍在時間的壓力下挖東牆補西牆，自以為是地選擇性聽課，令我寒心。任教307的老師無一不是最具專業能力，連這等老師的課你還挑著聽？以為老師又在講不重要的題外話？知識有分聯考範圍和非聯考範圍嗎？你一邊上著課，一邊自己做起題目、讀下一科小考、甚至在桌上趴了下來？儘管307上課秩序不錯，但絕不是百分百專注於老師的授課，充其量只是安靜不吵而已。至於心神在哪裡？絕不是百分百在老師的話語裡。難怪知識的根基不夠紮實，真是自作自受！為這問題我曾花了兩堂課講理於你，沒講前同學犯錯，是不懂事，可以原諒；講過以後還犯一樣的錯，叫死性不改，不可原諒！

我以為我教得很成功，其實我太高估自己了！

一直以來我都不願意教社會組前段班，尤其女生多的班。因為他們面對利益衝突時，往往做出自私自利地選擇。而少數具有正義感的同學也不敵班上自私的氛圍，選擇沉默不語，頂多是私下跑去安慰老師受傷的心，說一聲：「老師別難過了！不是所有同學都這樣的。」自然組至少是比較坦白，爽不爽都會把話說出來。社會組前段、女生又多，班上多是指望別人去給貓咪繫鈴鐺的無膽老鼠，覺得自己安靜不惹禍，就沒什麼不對，就做對了。

這樣跟「和你在一起」裡，小提琴教授說的話一樣：「都對了，就是不好！」

我以為我用了兩年紮根，從生活教育做起，這一次，我的班一定不會像以往的社會組前段班一樣。然而，當高三了，壓力大了，利益衝突產生了，我以為你會選擇正確的路，不會抄捷徑。事實上，你仍選擇輕鬆易行的路走：在互動關係上，選擇當接受者，而不是給予者；在知

識上，選擇使用老師的課堂時間，而不是積極找出自己可用的時間；連把家長信函和書轉達給家長，都以口頭帶到，甚至自簽回條，因為你選擇自行彈性處理。以一個保守、傳統、被動的學生角色而言，你沒有做錯；但我一向教導你們：要勇於嘗試、主動關懷、積極學習，我一直強調這些價值觀，我以為307會有別以往。

現在我才發覺：我以為我教得很成功，其實我太高估自己了！

這對我是寒徹骨的考驗，而梅花早已散落一地。

我不去指名道姓，叫你去撇清關係，檢討別人；相反地，我希望你可以誠實地反省自己。你可以問心無愧地說，我不是老師說的抄捷徑的人；你也可以虛心檢討之後，選擇走回正確的路徑；你還可以低著頭，按著慣性，繼續在捷徑上留下足跡。

你選擇做你想要當的人。

我的孩子，在人際關係上，在自己的崗位上，你能做的，遠遠超過你現在所做的。你知道做好一份作業，對你，是紮實學習，對老師，是一份鼓勵嗎？你知道一對專注的眼眸，對你，是吸收當下的知識，對老師，是賣力演出的動力嗎？你知道你的一句謝謝，對你，是基本禮儀，對老師，是確實知道學生已經領會老師的心意了嗎？

你知道嗎？如果你只是保持好自己座位的整潔，鄰座的垃圾，還是會被風吹到你腳邊。所以我們不只是保守地做自己的事，我們都該「順手」多做一點點，而這一點點，就帶來了雙贏。We can't do it all, so we all have to do a little.

孩子，你有沒有聽到心裡去？這一次，我會不會又太高估自己？

我相信冬天過了，春天會來。最後一個和你們共度的聖誕，對我，是如此的灰白。我是個傻子，我依然期待明年的聖誕節，會是豐厚而雪白。那一份白，是澄淨的智慧累積出來的純白！

原點

Sandra

　　從我的耶誕告白至今已經兩個星期整，我的等待終究是落空。我想再等下去也不會有太多的結論。我想把事情清楚地作一個了結，一來，我不必再有不切實際的期待；二來，也讓你們無須再猜測我是否已經痊癒。

　　我是不會痊癒的，如果我是唯一會心痛的人。上次我心痛的是你們的功利與現實，這兩週，我像是經歷一場冰冷的風雪。這兩個星期像一場冷酷的考驗，你們袖手旁觀的無情，讓我的期待破滅。當期待破滅，我只能要自己快一點成長、堅強，雖然這一次與上一回相比，我心裡的傷是刺得更深。從我站在講台上邊說邊哭的30分鐘，沒人遞給我一張面紙開始，到接下來兩週裡你們的沉默無聲，彷彿局外人靜觀其變的態度，我想我的期待與事實落差真的太多了！這讓我很寒心，也想死了這條心。錯看了你們，是我太不明智。

　　我到底算不算的上是你們的朋友？我自己覺得是。但你們的沉默無聲讓我覺得我根本不是。你們會讓朋友在你面前落淚而不發一語？會讓他自己承受傷痛而不加以關心？還期望他可以自己恢復以往，用陽光的笑臉來面對你們？是我在你們心目中太強，強到無須被關懷？還是你們等著別人來安慰我？這應該是個很大的事件，大家都不去談它，只在上課時看著我，用眼神詢問我、試探我。Conflicts between good friendsshould be resolved, not ignored.我不是一件T恤，晾在那兒眼淚就會自己乾了。我現在不哭了，因為我的哭只是自傷更深，對你們並不具同等意義。

　　你們每個人都有能力去維繫我們之間的關係，與其寄望別人，不如反求諸己。這長長的兩個禮拜，每一天，你們都可以說些什麼、表達點什麼。但我得到的只有上課下課的例行公事而已。除了汶甄隔天無言

地拍拍我的肩膀，又文問了我一聲：「你還好嗎？」到週三，孟晴、佩綺、欣蓉、欣慧和妙卿來找我深談了一節。之後我收到文繡的紙條和沛珊的卡片，就這樣了。我對你們是乘以30倍的關懷與愛，你們回我是不到除以30的問候，只在上課下課中努力自己的未來，當這一切都不曾發生一般；至於我，我應該要能自己復原。

我不想再難過了。我決定回到原點，當個基本的老師就好，凡事別想太多。人師難為，我的功力不夠、智慧不夠，好好做好一個經師，才是務本之道。我把心裡難過的地方清出來，從頭填補。讀書、寫文章、聽音樂樣樣都好，我不再去設想太多，讓自己承受不起。我想站在一個不受傷害的距離。這是我的原點。

謝謝孟晴、佩綺、欣蓉、欣慧、妙卿、又文和汶甄，還有文繡和沛珊。紋慈今天送來了兩朵清香的七里香。謝謝你們。這個冬天裡還算有點溫暖。很遺憾我沒有辦法把一切用更好的方式做個結束。這已經是我的極限了！

祝福你們，學測順利。

反省

Sandra

這場磨合經驗可說是我教書16年來最大的挑戰，我賭上了最大的期望，可能會重重地摔落，自此退回原點。發了耶誕告白之後兩天，有一小組核心成員來找我談過，想進一步了解我生氣的原因，他們決定按兵不動，因為以往都是他們領頭，其餘的人跟從，有時還不甚配合；兩週後，又有另一組人來和我釐清疑問，告訴我為何班刊捐款如此不踴躍。（他們一直以為我是因此生氣。）他們也一直問我到底生氣的根源是什麼。我將事情倒退至12月初，我花兩節課苦口婆心的勸告的時候。我語

重心長地告誡同學：上課，要全神貫注於老師課堂的講授，不要自以為老師在說些非關考試的話題就自行轉台。學問的根基要扎實，沒有課內課外之分。敬重他人，是自重的首步。我耗了兩節課分析這些觀念，還是不敵現實功利的考量，同學們還是選擇利益的一邊，做短視近利的投機者，令我難過。

難過後的兩個禮拜裡，我每天寒著心去上課，抽離了感情，把課上得很專業。很輕鬆，也很痛苦。其實，只要把知識傳達到，很簡單，用功即可。但面對學生而不用情，對我，就等同於不再熱情，那麼投入教學就一點樂趣也沒有了。現在的孩子，尤其是會讀書的孩子，習慣了別人去愛他、疼他、配合他、替他計畫，是沒想到？還是太懦弱？我班上的孩子不會關懷、不敢、或不知該開口詢問我這個當導師的心情有沒有平靜一點，尤其我的班上還有28個女生。接下來的兩週更令人寒心。我接到一張紙條、一封卡片問候我，其餘的人一如平常按著鐘響上下課，對於曾在班上哭了半個小時的導師，就只是一雙眼睛遠遠地望著，沒有關切、詢問，期待著我自己會好起來，像往常一樣愛他們。

我的失望來得如此之深，是因為這兩年來我全心建立的，不只是一個班導和全班的關係，我還依著他們每個人的個性，引導他們自我成長與突破。需要舞台的我提供舞台，需要空間的我給予自由，需要挑戰的我提供機會。每個學期我都安排時間和同學個談，讓他明確知道我對他的觀察、看法，並建議他突破的方向。我和他們建立的，還包含這一層個別關係。所以當我和班上關係僵化時，同學們竟躲到團體的保護傘下，把我和他們個別的情誼放到一邊不管。一想到此，我就眼眶泛紅，喉頭哽咽，不論在家、在校、在開車的路上。那兩週對我，是無愛的人間煉獄。

我的小孩知道這件事，知道媽媽不好過，每天晚上睡前必定為我禱告。同事之間，我不敢多談，不願關心我的老師去明示、暗示我們班要

採取動作來安慰我，又再一次讓同學淪為被動，我也不願我的眼淚擴大了事件、模糊了焦點。

傷心的是，我認真地教孩子做人，結果他們做的是現實人。傷心的是，我愛學生，我的愛被學生視為理所當然。衝突被漠視，事件被淡化，我的傷，是因為我自己多想；我的淚，久了就會自己乾了！

好殘忍！這是我教出來的學生！！

這兩週，我也一直在省思：我是不是真的期望太高？是不是對於內向不善表達的孩子，我就該容許他沒有表達？我當然明白不是每個學生都熱情洋溢的，但我真正想要接受他們回應我的基準點是什麼？我要他們對事、對我要表達關懷，是我要求太多嗎？知情的老師都安慰我說：「團體裡本來就是跟從的人佔大多數，會表達的人本來就是少數，別想不開了！」可是我不願意妥協。內向的孩子，難道就可以因為不善言詞而規避了互動關係中的責任？他就理所當然地指望別人來了解他？跟從的人不能只是盲從，把腳步交給團體，萬一團體不動呢？甚至團體的方向錯誤呢？同學對我的傷心落淚有所不解，他可以詢問、辯白、澄清，可以安慰、寫信、傳紙條。以我們班的勇氣和創意，他們一定有比沉默更好的策略。

我們熬得過啦啦隊、合唱比賽、話劇比賽，怎會面對導師的失望和傷心，會如此地消極無力？

如果我也接受他們的靜默，我過往的堅持又意義何在？我可以體會他們的擔心害怕，但人生的路上，即使擔心害怕，我們都還是得面對許多抉擇和難關，難道那時，他們就會自動勇敢面對了嗎？不，被動是被默許而成習慣的，我不要默許他們繼續守著這個爛習慣！

兩週後，我估計同學的反應就是這樣了，再等也等不到什麼行動，於是我決定做個了結。在「耶誕告白」之後，我寫了一篇「原點」，在下午第七節下課前三分鐘，連同講義一起發給他們，然後走人。第

八節數學課，聽說是上不下去的。好些人在哭，一些人跟老師解釋來龍去脈。當晚我接到兩個家長的電話，安慰我，也替自己的孩子的傳達心情。隔天來校，好些同學留了一些信在我桌上，還有一封來自家長。我一邊讀信，一邊整理心情，思考要怎麼把事情全部攤開來解決。也許無法畫下一個完美的句點，但總要正視問題，並決定一個尚可接受的解決方案，和學生重新定調，才不會荒腔走板一直拖磨下去。

上課前20分鐘，亮穎媽媽媽來了！她提著一株素雅的蘭花，帶著和煦的微笑來了！她是國中的國文老師，和我一樣是基督徒。亮穎是高二合唱比賽的伴奏，那一段煎熬的時期，我陪著亮穎一同度過其中的波波折折，亮穎媽媽都知道。感謝她來。和她的對談中，我整理出最終的結論。

其實，我最終的期待，是孩子懂得做人，做一個溫暖有愛的人，勝過一個把成績當成就的優異學生。我期盼孩子不要小看他可以發出的力量，不要把自己侷限在大團體中，只等著大團體分配責任才有所動作；他要能看到自己可以著手的部分，並主動去做；只要是事情是對的、該做的，他就應該去做，不是等著人家叫他做才做。

我以這場試煉為例。前一晚沒人叫家長打電話或寫信，甚至到辦公室來。但我很感激他們打了電話、寫了信、來了辦公室，那代表他們在乎，他們做了自己可以做的。如果家長還在等著聯絡所有家長討論如何因應，錯過了時機，動力就減了，力量也弱了，所傳達的意義就更淡了。我讓他們去思考：一段真摯的友誼，一個你所看重的人，應該如何要用心珍惜經營？遇到問題或衝突，應該如何勇敢面對解決？一定有他們覺得可行的方式，不要用「我做了也沒有用。」「過一段時間就會沒事。」「我的心意不說他也知道。」諸如此類的態度來淡化問題，削減自己的行動力。

其實，我覺得整個社會缺乏的就是這種積極的心態。你看我、我看你的遲疑，再加把事情淡化，結果善事做不成，因為全指望政府的福利

制度；壞事掃不盡，因為那都是警方的責任。我們躲在被動、無能的心態背後，把幸福交給別人去負責，而出自於口中的抱怨說得頭頭是道，還把自己的無力感渲染擴散，把自己的沒有作為合理化，也說服別人這麼做。試問，一群人聚在一起罵大環境，除了爽之外，還有什麼意義？這些積聚的負面情緒，用來毀滅地球嗎？

我希望學生懂得把主動積極經由平常的實踐，內化成自己的個性。這樣他們會更有行動力，更具備支配生活的主控權。

送亮穎媽媽出辦公室，在走廊上她握著我的手，對我唱詩歌：「救主明白你的憂傷，見你眼淚盈眶。祂說，我必與你同在，不要失望心傷。」還問我：「主的恩典夠你用哦？」我也回唱：「我深知主掌管明天，祂必要領我向前。」主的恩典絕對夠。祂派了天使來，把主的恩典夠倒在我這小器皿裡，不僅夠，還大大有餘。

我把這一切說給學生聽。我說，衝突是好的，只要我們了解，並學著跨過去。這段期間對我是考驗，他們的冷淡對我是劍，我的信對他們像刀。但沒有這次經驗，我就檢驗不了我有沒有把孩子教好？要不要修正？我也期盼這個功課能深深地撼動他們，如此，這場痛就不白挨了！

我很慶幸這段時間我能用冷漠和專業的態度。冷漠，是因為我需要時間釐清、等待、反省，也給孩子一個有愛、無愛的對照；專業，因為我還得穩住學測前一個月的步調，把影響縮小到發信的那兩天，當然多少還有疑問升起的片刻。大抵上，班級的步調是前進的。

同學們陸陸續續地寫信給我，在走廊遇見了，或我走過教室，他們打招呼也都格外熱烈。我再想想，還是覺得衝突是好的，只要我們面對它，思考衝突的起源及意義何在！我希望藉著這次經驗，在他們個性中埋下積極主動的種子，有一天它會發芽茁壯，為社會提供一方綠蔭。

謝謝我的學生們、我的學生家長！願榮耀歸於我主！

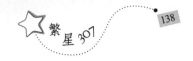

耶誕告白回應

蔡妙卿

　　聖誕節的前夕，無風無雨的寧靜是風暴的徵兆。第一封信從她的手中傳到我們的手中，我們用眼睛看，用腦思考，用心感覺，但沒有勇氣說出任何感想，也不知該如何表達。肅靜是我們一貫的作風，通常也是讓人抓狂的作風。因為她根本不懂我們是否了解她的心聲、她的用心以及她的期待。她看著我們細細訴說這些日子她的感受，她的眼淚也不斷不斷的湧出，她的聲音哽咽到我們必須靜到連針掉在地上都聽的到才行。我們靜靜的看著她，或是低頭不敢看她。太突然了，沒有任何預警，風暴就席捲而來。我們不知所措，不敢有任何行動，只願意守著原本就寂靜的寂靜。

　　愛的越深，傷的越重。我們的防守使她對我們的期許瞬間瓦解；我們的防守使我們瞬間失去她對我們的愛。我們以為防守是最好的方法，卻不知道前進可以扭轉一切。防守的失誤更令我們卻步，於是我們防的越嚴。幾位勇士不願防守了，他們想前進！他們的前進使其他人也開始前進，但仍有人不願意。前進的人挽回不了她的愛，因為她所付出的愛是三十倍，區區的幾位勇士怎能輕易縫合她的傷口？只能不讓傷口惡化。

　　她一直等待，等待由三十種藥草組合而成的良藥醫治傷口。她的等待落空，她搜集到的藥草不能成為良藥，不能醫治她的傷口。她不懂，她不能理解，她只需要每種藥草的一點點，但有的藥草卻連一點點也求不得，諷刺的是這些藥草全是她栽種的。如此的回報，她看開了，她不願再等待，她決定重新栽種新的藥草！於是第二封信從她的手中傳到我們的手中。她的背影取代她的細細訴說，而我們依然用眼睛看，用腦思考，用心感覺，不同的是我們想要有所行動，我們想挽回她的愛！

整節的數學課，我們都在思考，想著該如何用自己的方式讓她知道我們愛她如同她愛我們。我們企圖寫出別具風格的三十封信，各自行動，動員自己身邊的力量喚回我們所愛的她！有些勇士不擅長表達，也不知該如何下筆，但他們都花了一番心思希望自己也盡些力量！有些勇士也在過程中熱淚滾滾，對於自己的防守導致誤解感到委屈，而即使委屈也堅持要將誤解打開！有些早已前進過的勇士，更是馬不停蹄的向前狂奔。三十位勇士，沒有人缺席。

　　三十位勇士的努力終於喚得她的回應。她嘴角上揚等待我們的表現，帶頭的勇士一句對不起，繼起的勇士哽咽訴說感想。她不夠滿意，我們依然靜靜的看著她，或是低頭不敢看她，但她願意重新施與我們肥料、照料我們，因為她這次終於得到三十種藥草組合而成的良藥，雖然有的藥草多，有的藥草少，但她還是得到了！她的傷口開始結痂！

　　結痂的傷口會留下疤痕，但我們願意盡我們最大的努力使疤痕小一點，因為傷口是我們造成的，我們有義務好好的包紮它、照顧它！她的愛回來了！肅靜是我們的一貫作風，通常也是讓人抓狂的作風，現在她已經了解我們的肅靜不是無情而是真情。她的聖誕告白有如山崩地裂的強大力量使我們承受不住，但我們已經熬過來了！

　　「我相信冬天過了，春天會來。」別認為只有她相信，我們全都如此信仰！

　　「我依然期待明年的聖誕節，會是豐厚而雪白。那一份白，是澄淨的智慧累積出來的純白！」不需要等到明年，我們的心、我們的腦已經充滿她給予的智慧。

其他

卡拉OK大賽全記錄

張文繡

　　在高二時，第一次參加了歌唱比賽，和彥廷一起合唱的經驗，實在令人難忘。從小就喜歡唱歌，因此當彥廷來問我是否有意願和他一起參加時「男女對唱組」時，我不加思索馬上答應他。而還有巧芸、紋慈、又文、孟晴串場演戲，這對我們大多數人而言都是第一次經驗，非常有趣和新鮮。

　　老實說，從報名到比賽之間的練習時間很短，我們決定好要演唱「傷心酒店」後，就緊鑼密鼓地利用下課時間排練，在這整個過程中，培養了我們彼此的默契、一起討論難題，我想，拉近了我們之間的感情是我從中所獲得最多的，因為那時候高二上學期沒多久，我們彼此還不熟悉，能藉由此活動拉近彼此距離，我覺得是一個很難得的經驗。

　　比賽當天，我和彥廷都非常緊張，在台下直發抖，好不容易等到我們上台，演員組的搏命演出搭配著我們完美的歌聲，使我們勇奪第二名。大家都非常興奮和驚喜，而令我最感動的是，307的同學在台下賣命地位我們喊叫、加油，這種全班一起努力的感覺很過癮。

　　這次的比賽是我訓練自己膽量的一次機會，使我有勇氣去嘗試接下來的民歌比賽，而在參加了這一連串的比賽後，使我更了解，在過程中努力所獲得的經驗遠比比賽結果來得更有意義，有真正付出、認真過，不論事情隔多久，回想起來一樣能讓人感動。而這箇中滋味只有親身體驗過的人才能了解。

畢旅

陳淑茵

第一天：西子灣→社頂公園→一線天→墾丁大街

行前，每天巴巴地望著日曆，期待那三天將引爆的「大霹靂」，把所有的壓力、煩憂全炸到九霄雲外，為無垠的黑帶來一點光。

八月七日，心底起了小小的騷動，振鼓有力的心跳聲是這將行的爆破的序曲，但一上車後，心情馬上降至燃點以下，因為預知了往後數小時的命運都將掌握於司機大哥的手中，不論是車體的搖晃度，還是香水的濃淡度都將決定我的昏迷程度。為了逃避這種不能吃、不能喝、不動動的束縛，上車後五分鐘我便脫離了軀體，奔向我的救星－周公的懷抱。

搖啊搖，搖過外婆橋，來到第一站西子灣。不見想像中的落日美景，印象中只有廁所的與濤濤的海聲。來也匆匆，去也匆匆，不免有點走馬看花之嫌。

或者，這只是接下來的精彩好戲的序曲。

天色依舊濛濛，甚至飄下細雨，心中不覺一絲浪漫，反倒落下點點憂愁。好在，天公賞臉，不僅拾起了淚珠子，更漾著笑意推開了朵朵愁雲。走在社頂公園的森林步道，託了先前那場雨的福，樹上、地上像是掛著千萬隻小眼睛眨呀眨的。經過了一番洗滌的空氣也更顯清新。耳邊來傳陣陣的蟲鳴鳥叫及潺潺的流水聲，這是大自然最真切的呼喚，引導我們探索其更深層的內在。穿過幽幽小徑、登時眼界一闊，只見碧草搖曳、只感微風吹拂，登高望遠，思緒乘著微風，穿越百代，體驗孔子所言：「登泰山而小魯」。

走入兩壁之縫，窺探天之鬼斧神工，懷抱著朝聖心態進入其中，但顯然環境比我想像中更加惡劣，兩壁溼滑，地底泥濘，腳踩曲怪之石，只得全心應付險境，那得分心仰望天作。或者，這也是患難見真情吧！全程只聞大夥兒彼此囑咐著小心東、小心西的。我想，這份心意可比這

「一線天」美上千萬倍了。

夜幕低垂，用過晚餐之後，大夥兒一股腦地衝向墾丁大街。走走看看，看看走走，其實它與故鄉的夜市差不了多少，只是多了一點海的味道，一點異鄉的氣息。

第二天：南灣→海生館→晚會

踏上夢想已久的沙灘，抬頭卻望不見碧藍天空，只為那該死的颱風，但即使如此，仍吹不熄玩樂的熱情。接連的拔河與沙灘排球，大夥也都秉持著一貫的精神，奮力向前衝，儘管對手個個人高馬大、殺氣騰騰，但沒關係，反正無事不盡心，無事不開心嘛！只是心中總有一件憾事，得不到孕育萬物之母的滋潤，心情的某個角落總是乾燥的。

進入長長的海洋隧道，看見小白鯨與大魟魚受著海洋的滋潤開心地翩翩起舞，想像自己亦投身於這片無垠的翰海與之遨遊，這也讓我想起兒時的卡通「小美人魚」，雖然沒有她的美貌與才華，但對於探索海洋的好奇心卻是相同的。走過看過形形色色的海洋生物，一路上只有驚歎聲，容不下其他聲音，或許，這便是海的子女從小對海的崇敬吧！

飄著細雨的夜晚，讓夜幕更顯神祕，抑住內心的鼓譟，耐心等待，頓時振耳聾欲的音樂引爆內心的最低層。全場隨著主持人的帶領下達到情緒的最高潮，尖叫、歡笑充斥於天地之間，不管噪音指數是否超過標準，今晚，只管放肆大叫，只需盡情揮汗，把所有的悶都拋向宇宙的最遠端。雖然只有短短一小時，卻讓心情得到最徹底的解放。

第三天：劍湖山→GO HOME

仰觀環伺在側的鐵架怪獸，耳聽聲聲怒吼，或許人們便是至此體驗死亡，享受挑戰死神的快感。抑住恐懼，鼓起勇氣開啟我的死亡之旅。從排隊至上了座椅，手腳冒汗、心跳加速、腦袋空白，恐懼指數不斷攀升，突然，「咻」的一聲將我從地底帶至頂端，翻轉、爬升、俯衝，唯一能做的只有抓緊座椅、大聲尖叫。短短六十秒卻像走了一世。奇妙的

是，這樣的刺激竟會使人上癮。在園區內跑了大半天，玩了些什麼也記不清楚，唯一深刻的是那份恐懼的快感。

雖然車體搖晃，但心情卻漸趨平靜，無特別的悲或喜，細想過去的三天，雖然知識庫的內容物並無增加太多，但心裡的垃圾倒是清了不少。我想，這次的充電之旅一樣大有收獲。

愛校服務

潘紋慈

如一場驟雨之後，霧裡尋花，恍恍惚惚。上一秒的情景，已化成無數的塵埃，飄浮在空氣、在校園，沉澱於我們的記憶中。

我喜歡全部一起被處罰的感覺；是患難與共。

那天，天氣很不穩定，飄起淋不濕的飛旋的雨。天空泛白，少數幾隅有著牡蠣灰的雲，就像水桶裡的抹布，很乾淨，卻有幾團灰污漬。風勢時而大、時而小、時而無風。中午無法小憩的低落心情，全一拋而空。取而代之的是，平靜與安適。沒想到，這聽後處罰工作的罰站，卻那麼自在、悠閒，四周是多麼的寧靜。

看著如此髒的鍵盤，有一股衝動想將它擦的如新的一般。剎時，忘卻了一切在背後長久累積的壓力。全身正充滿著熱血，我一一顆顆的擦拭著，拿了兩條抹布，一條質地較爛，擦著螢幕、桌子、主機；另一條則擦著鍵盤。我仔細的將電腦擦拭，費了多個分鐘。顯然的，亮白了許多〈在我看來〉。頓時，獲得了許多成就感，當大部分的人正在做消極的事—沉睡。

我坐上椅子，將自己調整到最舒服的姿勢，用輕鬆的心情來享受。

我出神了……

這些像佈滿千年塵跡東西，究竟有多少書生、韻士在此幕前駐足？

到底蘊積著多少歷史？思路到此，胸中有澎湃雄闊之浪興起，而我正不也是這歷史的過客？校中能有幾人能有如此機會為這些不起眼的物件擦拭？高中三年，能逢此事，不失為一次特別的回憶。

三分熱度總會消逝，取而代之的是，疲憊與無趣。重複著同一件事，彷彿為機器人。工作的速度隨之變慢，眼皮越是沉重。而一些噁心的念頭持續的湧上心頭。瞧，這些鍵盤髒的，會不會是前人手髒摸完垃圾觸碰的？或是一隻剛用舌頭舔過的手指？還是上面佈滿了前人說話的口水？說不定，使用儀器還可偵測出是哪一位學長姐的細胞殘骸，也有可能是熱狗之類的……真令人毛骨悚然。

終於將後面三台草率的擦完了，第一台果然是下了苦功，亮了許多。相較之下，這三台卻顯得黯然無光。可有誰會想與那些由人製造出來的燕窩〈鳥的口水〉共處呢？雖然我險些擦不完，但我想這也為好事一樁，正當別人像壁虎般的擦著窗時，我還坐著擦電腦，也就是說，我賺到了，我只做一件工作，而別人卻做了兩件，而且我還神遊物外。

和大家一起打掃能掃得如此安靜，對我來說，還真是頭一遭。

校鐘響起，敲走了一身的成就，疲倦從腳底慢慢的游上頭來。像荊棘把我全身扎的好緊；我彷彿就是個木乃伊，好沉重。眼前的世界成了梵谷的那幅畫，鞋底是抹了什麼膠？拔不起我那兩根蘿蔔。我深切的感受到一步一腳印，腳踏的實地是多麼實在，我與土地真是如膠似漆，常人平日輕快的步伐根本很難與其作如此近的接觸。

終於到了教室，我被那親切的桌子吸了過去，我向他磕了一個大響頭。咚……的一聲。哪怕是一分鐘，先讓我睡一下再說吧！經過了一番折騰，熬出來的夢可真香……

但那天的考試甚多，想忙裡偷閒的機會卻很渺小。對我來講，這可謂是一次酸中帶甜的經驗。

模擬法庭劇參賽心得

石緗渝

　　這禮拜真的是一個很神奇的一週，我們竟然要去台中比賽（法律）。這一切都發生在禮拜二下午打掃的那一節下課，當小王子（或翟主任）廣播春暉社在學務處前集合時，那時的我就有一種不詳的預感（因為那時的我正和洪孟慧從一樓慢慢地辛苦地走到了四樓，所以，聽到廣播時，心情真是很……），而當我和孟慧走下來看到了許多的春暉社的社員已在那裡時，我得心中又浮起了不祥的feeling，因為社長和小王子的臉都不是很好看，那時我大概知道或許小王子要說法律的事了，（畢竟比賽日期是5/5，快到了，他可能要給我們處分吧！誰叫我們棄權了，讓學校丟臉！！）但……我的猜測只對了三分之二，翟主任的確講了法律的事，我們棄權也卻讓許多校友知道了，都紛紛向學校說不要放棄，否則真的丟臉丟到台中法院去了，但唯一我猜錯的，就是翟主任叫我們利用三天的時間，然後準備5/5到台中參賽。哇…那時的我們聽到這個消息真的晴天霹靂，畢竟我們早就準備放棄了，所以劇本根本就沒弄出來，現在叫我們演出比賽，那也得要有腳本，畢竟沒有劇本，光要我們寫一齣50分鐘的戲就有問題了，更何況還要背台詞，呃……學校真是強人所難（聽我們社長說，科長雖然答應了我們社長可以不用比，但是熱心的她竟然打電話給校長，於是校長就請主任來叫我們參賽，但……我們怎麼可能在三天內弄出一個五十分鐘的劇本出來，然後再背起來……）最後，我們還是參賽了，但劇本——頭痛呀！不過幸運之神總算出現了，就在放學時，小王子廣播社長和一位寫劇本的同學到學務處，我因擔心就跟雅馨去學務處看一下，結果，小王子丟了兩本「東西」給社長和我（因為寫劇本的同學趕校車去了），那兩本東西，是劇本耶！那時真是太感動了，而我以為是小王子弄的（呵，好像太高估他了），結果竟然

是指導我們的律師和檢察官寫的，嗚……真的突然很對不起他們，畢竟之前我們有想要棄權的念頭，但他們還是熱心的幫我們，所以有了劇本後，我和社長就先看了一下劇本，然後決定演員，而我演的是審判長，因為社長一直覺得我很適合！（幸好在演出時可以看劇本，呵～誰叫審判長手中本來就一本東西了，只不過我的那一本是劇本罷了）而社長跟白又文演的是法官（我們的位置是：社長、我、又文，呵不曉得評審看到時會不會嚇到〈因為她們是雙胞胎〉，不過，她們的台詞比我少，甚至社長一句話都不用說，吼……可惡），總之，角色就大致弄得差不多了，就等星期三跟大家宣佈角色。

5/3

　　早上，大家在學務處前集合，原以為只是大致宣佈一下角色，想不到學校想讓我們去比賽地點看一下，而我們就坐上學校派給我們的車，出發到台中法院去囉！在車上大約一個小時，大家都趁機看一下劇本（感謝小王子幫我們每個人都影印了一份劇本……）一邊討論，一邊將自己的角色、台詞弄清楚，而我也是，只不過……我在車上的那一個小時，只背了一頁台詞，因為心情真的很興奮，畢竟我是第一次到台中法院，一想到這心情不由得變得很High，到了那兒以後，接待我們的是一位人看起來很好的科長，她先帶我們去比賽的地方（16法庭）看一下，結果令我驚訝的是，在那個法庭裡，竟然有人跟我們一樣是來比賽的，但那些人是——國小生，呃……看到他們真是令我汗顏（我真不知道我國小時在做什麼？）接著科長就帶著我們去找指導我們的律師和檢察官，帶我們的檢察官同樣是看起來很好的人，至於律師，呃，果然不愧是律師，外表看來超冷靜的。他（她）們向我們大概介紹了一下我們所要演出的內容（真的很感激檢察官幫我們每個人都印了一份劇本，雖然我們都有了，但是還是很謝謝他），而且他們完全不怪我們想棄權，

反而還說如果背不起來，那就帶著劇本上法庭演也ok，總之看著他們對我們那麼好，那我們回去也得加緊努力練習，以免辜負他們。（p.s.科長說我們很幸運唷！因為這天我們看到了載犯人的囚車，她說我們是他帶的學校唯一看到的！！）

5/4

今天，我們下午請了三節公假，準備趕緊來排練，但……當我們第一次彩排完後，第一個問題就是──我們花的時間竟然不到30分鐘……呃，這可是個大麻煩，因為我得演50分鐘的戲才行阿！所以我們無不想辦法加戲，但我們又怕加戲又會觸及法律或程序上的問題，所以社長一直打電話請律師、檢察官幫我們（真的很謝謝他們，畢竟他們都有工作吧！但還是幫我們一起想辦法！！）而最後總算勉強湊到40分鐘，所以，大家在這天回家後，又得將新加入的劇本背熟，好迎接明天。

5/5

這天一早，我們大家約好在早上07:20在會議室集合，我以為我會是第一個到的，但出乎我意料之外的，社長和白又文，竟然跟我差不多時間（約七點）到，呵～害我嚇一跳〈因為通常她們不過7點30是不會出現在學校的〉，而等到大家都到了以後，負責改劇本的人將新的台詞發給我們，我們也好好的趁這個時候在排一次戲。而這次排戲的過程還蠻順利的，但大家都還不熟新的台詞，所以，大家決定上車後再排一次。在車上，大家仍舊為自己的角色好好準備，但我還是很興奮（哈……）。而我們也很認真的在車上排演，就這樣我們約過了一小時後，我們到了台中地方法院，到了那以後，檢察官很開心的迎接我們（後來聽科長說，檢察官一早就一直等我們，嘴裡還不斷的說「為什麼還沒來……」，呃，聽到科長這麼說，那時的心中真的是很感動很羞愧，因為我們之前還一直想棄權），接著他帶著我們去空的法庭（12法庭）預演一次。到了12

星子的軌跡

法庭以後，我們收起了玩鬧的心情，認真演出，但事情有那麼順利嗎？
當然沒有…我因演的是審判長，所以不能笑，要很冷靜，而且其實不是
只有我而已，像又文、社長、檢察官、律師，甚至是演通譯的叉叉、演
庭務員的淑雯，都要很莊重、冷靜，只不過……那些被告、被害人、證
人，他們真的很不照本演出，呃，其實他們有照劇本演出拉！但是他們
的肢體語言真的很誇張，一開始我拼命忍著不笑，不過到了後來我真的
受不了了，又看到了一群人在偷笑，我那時真的忍不住了，等換我要說
話時，我噗嗤了一聲，不但大笑，還狂笑了起來，而且我們所有都跟我
一樣，大家無不狂笑的，連帶我們的檢察官也笑的開心（但沒有我們那
麼誇張拉！不過此時我才發現連鎖效應的威力！！）就這樣在大家的歡
笑聲下，我們又完成一次「預演」。接著，我們就移駕到我們比賽的場
地──16法庭，而當我們到達時，在裡面演出的學校是豐中or女中（呃，
有點不記得了！），我們稍稍的看了一下他們的演出（呃，我只能說，
他們真夠專業的，竟然可以把法庭弄得那麼嚴肅），而我到現在只記得
那個扮演檢察官的人真的很搶戲，一直霹靂啪啦的唸個沒完，不過，我
其實真正注意的不是那些人演的好不好，而是那些評審的表情，那評審
的表情一看就知道他們累了，（畢竟加我們，他們光一個早上就得看四
所學校演出，雖然他們還是擺出一副很認真看比賽的樣子），但其中有
一位評審超不給面子，一直打呵欠，甚至用手托著下巴看著那所不知道
是豐中or女中的演出，而那位評審就成了我的目標拉！我那時就說「至
少要讓那位評審笑」，呵～大家也都蠻贊同的。接著，終於那所學校演
完了，我們也開始緊張了，因為接下來就換我們拉！！我們開始穿上法
袍、試麥克風，而當一切就定後，終於屬於我們的時間來囉！Action，第
一場（準備庭）開始了，但這場我還不用演出，這一場只需要白又文和檢
察官、律師、通譯、庭務員、法警，所以我趕緊將我每一句台詞給弄清
楚（很謝謝社長在一旁為我打氣，但看得出來她也很緊張），因為在下

一場（審理庭）我就要上場了。不過，看著她們第一場的人，我真的覺得她們是最棒的，她們每個人都很認真。接著第二場開始了，我原以為我不會緊張，但我一站在審判長的位置時，我真的變得有點神智不清，但我很快就調適回來，因為我怕這場戲是被我拖累而失敗。但當一切看似順利，而我一直不能突破的瓶頸——被告。證人的肢體語言、表情，我也克制住不笑了。此時，被告與證人卻上演一段我不知道他們在演哪個情節，過了一會兒我才知道，他們原來是忘詞了，但他們真的很厲害，竟能把後面的戲演到前面來，前面的詞接到後面的戲去，呃，那時我真的很緊張，而一直趁「交頭接耳」時問又文現在演到哪了（我和又文可以交頭接耳的，假裝在談事情……法官好像常常這樣做！！）。不過幸好評審不知道我們的戲的流程，我那時真的被那些演員嚇的全身冒冷汗。但是，雖然很驚險，不過我因坐在最高處，所以可以看到全場所有人的反應——帶我們的檢察官依舊笑的很開心，而我們的演員們看起來比平常緊張，但是，最出乎我意料之外的是那些評審們，他們的表情真的是很多變，在一開始的時候（第一幕），每個評審的表情就跟上一所學校一樣——認真，而其中某一位評審仍舊是一臉「愛睏」樣，但是到了第二場就不一樣了，當證人出場時，評審的臉上已慢慢地步在那樣的認真，而是用一種「看馬戲團」外加「期待」的眼神盯著我們瞧，彷彿認為我們應該會做出一些什麼，果然，他們沒猜錯，我們的演出真的讓他們捧腹大笑（唉……此時真羨慕他們可以大笑）而且根據淑雯說，連她站在最遠的地方都還聽得到他們的笑聲（法庭很大，淑雯坐在最後面的角落），呵～而當我們演到第三幕時，評審們早已笑開懷，（我懷疑他們沒在看我們演了，因為第三幕是判決庭，大約只有2～3分鐘），而當我們演完後評審紛紛大聲鼓掌，而又又還看到評審對我們比讚的手勢。而等評審走後，我們開始大鬧法庭囉！（我們真的很幸運，因為我們是上午最後一隊，所以……）我們每個人大拍特拍的拍照，一下子

星子的軌跡

149

合照，一下子穿著法袍拍，一下子拿起法庭裡的東西，拍、拍、拍，（哈，當上午的最後一對，就是不會有人管你拉！）當然，我們也找科長拍照，而檢察官不肯拍，但他卻說要幫我們編更難的劇本（呵～），他真的對我們超有信心的！！（真是謝謝他）而等我們鬧完法庭後，我們就到處亂晃⋯⋯（因為時間很多），我們一群人跑到一間真的在開庭的法庭（在那裡，如果法庭的門是開的，那就可以進去看），呃，裡面的人（→跳過這段），後來我們走出去那個法庭而跟站在外面的法警聊天，他真有很多的感嘆，我們聽了之後也紛紛覺得這是社會真的很亂，像他，就一直看到一樣的人進進出出的（→因一直不悔改），而且現代的人犯罪年齡也越來越小⋯⋯。總之，跟他聊完後，我們就坐車回家拉！（約4點多）在車上，我們一直討論今天發生的事（呃，我們還看電視劇「意難忘」）我們都覺得我們可能會入選，也可能不會入選（→廢話），因為一方面看評審笑的那麼開心，但又很怕評審會覺得我們是來混的，哎呀！真擔心呀！

結論：

　　總之這次法庭演出，真的讓我見識很多，也很感謝科長、酷酷的律師，人很好的檢察官，當然也真的很謝謝小太陽春暉社，在這次演出的人（外加洪欣黛），你們（當然也有我），是最了不起的。

成長回顧

我？

徐鈺婷

　　一天——就在我確定錄取交大時——淑敏老師希望我寫一篇「成長回顧」紀念我三年的流年。於是，我開始沉思三年來我的生活、我的步伐，當然還有我的抉擇！我試圖從日記中翻找一些痕跡，省視過去，給一個最佳解答。

　　我曾在作品＜不繫乾坤繫流年＞中寫道：「三年的涓涓滴滴刻蝕於堅實的心，滴滴刻刻竟也完成一道漂亮弧形，難化的愁滲著不捨填補那道陰憂的痕……。」堅實的心是對課業的堅持，陰憂的痕是我最叛逆無道也是最心痛的國中三年，那道的弧形之所以漂亮，含著307給我的極大自由、包容和時間！

　　一貫如我，「課業」並非最讓我猶疑不已，相反地，三年走來按著自我的規劃，引領（或者強迫？）自己到達目標，沒有任何的徬徨、遲疑，我步步走來非常踏實也非常絕對！我想以下的日記會表達三年來我面對讀書的心境——孤獨：

Page1：或許只適合這樣生活著！

　　最近的自己怎麼了？我真得……愈來愈陰沉。我變得不再愛和人說話，甚至討厭看到人，心死寂，墜入書網，不被外物所迷——或許這就是「閉關」的感召！我知道遲早要步入此道，我要勇敢，勇敢的踏出每一步，我要習慣這樣……不再被牽絆！一切漸入狀況，真好！

Page2：遺忘的是——那份親愛

　　11/21是我首次睜開雙眼——以18歲的身分——看著灰塵的天空，天微冷，飄著細雨，手機並沒透著冷光——我蓄意關機！我不要有任何驚喜，「生日」早已自我心抽離，我害怕噪音，討厭一切波動我心的漣漪！我不要生日禮物，我要我的未來和我的絕對！為了卡到最佳位置，咬著牙我都要挺著，這是我的責任和義務！勢必在行的聯考等著我——完成他。

　　考試於我而言，不過是考驗自我的執行能力和目標管理。我清楚明瞭「學校要我讀的書，根本無法和我的生命所需的東西有所相容，但是，我一定要讀好它！」我知道這樣很可悲，就像在職場，工作內容和生命無關，但是你必須完成，才有薪水，養活自己。但是，我的認知是：「成績的好壞」代表「你對教育體制馴服的程度？」以及「你花費都多少精力面對你的義務和責任？」我不想推卸、不想逃避，也從不看「勵志書」，我有絕對的自信能為自己做好心理建設，於我而言，假如我不能說服自己、引領自己，我憑什麼要別人放心給我最大的自由？所以，我細心規劃我的步伐，但曾不和家人、老師或同儕一起規劃，我要一個完全屬於自己的計畫栽培自己，我非常厭惡在我身邊的人以自我的主觀意志解讀我的風景！不過，我非常幸運，我有港灣——曾貴芬老師——讓我依靠、休息，她不曾質疑我，相對地，對我十足的信任，一路走來我非常感謝她給我最需要的安全感。

　　我很大膽的為自己畫地圖，規劃動線，因為我想得到最大的禮物！

　　我曾經叛逆無道？是的，這非常肯定。國中三年級我擁有最豐富的友情，沉溺於朋友的縱容，玩的很高興卻活的非常不踏實，當然代價是——考爛了基測。當時，在導師眼裡，我是不折不扣的壞胚子——任性、刁蠻，他深怕我影響班上的「升學率」。我那時常想，既然老師認為我那麼壞，就壞到底，只要我重視的人認為我很好，就好。嗯，現在

想想我很天真也很荒謬。我很感謝上天給我的禮物——淑敏老師，把我教得知書達禮。我很愛好面子，常嘴巴說不想因別人改造自己，但正格的，我很清楚三年的洗禮非同小可，我也潛移默化的改變，變的非常多——尤其是價值問題。從老師的身上，我明瞭「生活」的意義？如何規劃有品質的人生？還有我最缺乏的「做人的進退」，我無法確切的逐項列出到底我學到什麼，但我可以很確定的知道，當難題來時，腦中我就會開始思索老師教的藍海策略！我會是一個完整的生命體，因為我知道即便我在新竹或是異國，老師永遠與我同在！

我很幸運，三年來一直被愛！

那天，我在台上感謝307同儕給我的極大自由、包容和時間！點點滴滴我非常感激和珍惜……，以下是在我的日記中我非常讚嘆的幾位：

楊佩綺——記得在排演啦啦隊隊形時，我非常佩服她對於隊形多變的全方位，只是我認為其中有一個隊形可以更活潑說不定還可以製造高潮的地方——也就是二部。我印象非常深刻，星期六晚上九點我匆忙得打通電話給她，我說我人還在台中（補習），不方便說電話，是否可以等我到十一點（我確定一定回到梧棲的時間），我想告訴她我的想法！她一口答應，也一直等我十一點的來電，最後很順利的敲定二部的隊形！但是我的感動是：她為什麼願意給我機會？我不是活動核心人物，也不是擁有最大時間彈性的人。她為什麼願意等待我十一點的打擾？我常想，假設她是客套的，當天晚上她是不會如此耐心和我討論的！我很珍惜那通電話給予的溫暖！

對於佩綺，我滿滿祝福。

林欣慧——如果我說貴芬老師給我充分的安全感，那麼欣慧便是在同儕間我最信賴的人。她對於很多事情賦予熱情，我很喜歡和她合作，和她合作很放心，幾近完美。我做事向來只往大方向，我很需要像她如此心細的人幫我修正小綱領，她聰明伶俐，我很欣賞。不過，我同

她做了一件我曾不會做的事。打掃時間，我和她提著垃圾筒飛快跑向垃圾場，以免人多過擠，排隊消耗生命。當我們滿意解決垃圾時，回程路上，有一大堆油膩的紙盒散落一地，她的一句「能者多勞」！我真的覺得我在作夢，我們居然拾起紙盒，重新排隊！但是，我心中卻沒有任何的憤怒，還是和她打打鬧鬧、很開心得回教室！

從她身上，我知道我能做的很多。對於我，欣慧是不可多得的伙伴！

陳淑茵──記不清是什麼時候和她有了火花，近而和她作為朋友？這讓我明白一個道理，兩座冰山撞在一起是有絕大的能量。但我強勢些，她比我溫馴，處處禮讓我。記得，在學測前夕，我非常害怕噪音，環周都是眾人的話語，但我又不好意思提醒他人，於是常常我拿淑茵「殺雞儆猴」。那時，我常對她咆嘯，不過，她卻一直在我身邊陪著我。我實在無法明瞭，她的限度在哪裡？我常半開玩笑的說：「以後上大學，別人不管如何欺辱你，你絕對挺得住！而我最吃虧，我到底要到哪裡找一個如你一般的人？」你竟天真的說：「打手機給我不就好了？」

淑茵，你很有料，我要說的是，不管日後你的方向是否和你的期望相符，夢想依舊可以靠自己實現──沒有任何牽絆，大膽為自己一賭，你很值得！

潘紋慈──我最掛念的朋友。她極有文學天份，文字充滿靈氣，很為我喜歡。我慶幸自己能受她拉拔，參加不同的國文競賽，其中影響我最大的是──中台灣文學獎。每一次，她都興奮的找我參加比賽，當我答應後，隔天作品她就寫好了，而我卻要一個禮拜虔心才能完成。我很感謝她創造我的另一可能！

可是，紋慈你知道為什最掛念你嗎？而又為什麼我總毫不遲疑答應同你參賽？因為我知道你需要陪伴。我實在不想讓你因為「無人陪伴」（最爛理由），淹沒你的才華。大膽點、勇敢點，我一直在你身邊祝福你！

三年走來，我的老師、同儕給我的多於我付出的。

我希望藉由此篇成長回顧留著記憶，留著光。我很愛307！

十八——今年我十八歲。

當我成為繁星點點

蔡欣蓉

繁星計畫

3月15日，早上第一節英文課，看著時間漸漸地消逝，心情也隨之上下起伏了起來，終於，50分鐘過去，鐘聲響起，我找了佩綺，心中忐忑不安地前往導師室查榜，手抖動著輸下了身份證字號，按下滑鼠鍵，一印入眼簾的是「錄取」兩個字，不禁地大叫了出來，整個導師室都充滿了我們的歡呼聲，回過了神，一度以為自己是不是在作夢，怎麼可能是我呢！那個校系只有2個名額，而我就是其中一個，天阿！心中吶喊著：我真的是太幸運了！我能夠有今天的這一切，全要歸功於淑敏老師的積極鼓勵和李定蒼主任的熱心解說簡章內容，當初抱著姑且一試的心情，心想也不需要任何的報名費用，於是，我就報名了。事隔二個禮拜，令人不敢相信的好消息傳來，我即將成為大學的準新鮮人了！

清水VS.大里

三年前，考完第二次國中基測，面臨了一個人生中重要的抉擇，到底是成績落點的大里高中，還是離家近的清水高中呢？經過父母的勸說，最後我選擇了清水，其實這背後是有一段小故事的，在繳交志願卡的那天，又經過朋友的勸說，偷偷把第二志願清中換成了大里高中，回家不小心透露讓家人之後，馬上被罵的狗血淋頭，爸爸更是馬上拜託姑姑，趕緊帶我去更改了志願，大概是冥冥之中，和清中有著一條線連繫著，如果我當初我選擇大里，這一切應該都大不相同。

轉捩點

　　進入清中後，幸運之神依然眷顧著我，我遇到我的導師、科任老師、還有我親愛的同學們，這一群貴人改變了我的人生，國中的我，課業是我的生活重心，不知為何我和朋友漸漸的疏離，因為談論的話題不同，下課後，我認真的在準備功課，大家在旁邊喧鬧，我就在那時候練成專心致志的功夫，雖然大家很吵，我依然努力唸書，那時候覺得很孤單，沒有志同道合的朋友，一起為目標努力，國中三年級被編進好班，我感受到很大的震撼，在那個班級，大家只要用功讀書就對了，一切都以成績為標準，我剛開始很不適應，因為在以前的班級都是前三名，忽然掉到十幾名，國三這一年，很辛苦的熬了過來，但這是我人生中一大歷鍊。上高中，我進入語資班，雖然這也是資優班，但這一次完全不一樣，在這三年中我的導師，給我們許多，人生的價值觀、生活的體驗、課堂上知識的教授、課外閱讀的推廣、時間的規劃與利用，其中之一便是要我們做個會讀書也會玩的學生。同時我認識了一群好朋友，從她們的身上我重新找回我的方向。認識孟晴和佩綺，看著她們在舞台上發光發熱，揮灑青春，我好想加入她們的行列，以前的我只是一顆黯淡的星星，漸漸地，我也站在屬於我的舞台上，漸漸散發出光芒，我的高中生活從此變的多采多姿。高二的時候，我鼓起勇氣報了外交小尖兵這個比賽，踏出了以前都不敢嘗試的這一步，發現要完成一件事其實沒那麼困難，只有想不想做而已，並沒有什麼做不到的事，化心動成為行動，積極爭取，把握機會，成功與否就在那一念之間，這是我高中學到最重要的事之一。

感謝與勉勵

　　這一路走來，除了自己的努力地在課堂上吸取知識，禮拜六幾乎在補習班渡過，更讓我深刻地相信成功的背後往往是要付出比一般人更

辛苦的代價。更重要的是一路走來陪伴我的老師、朋友、家人，在他們的鼓勵之下，才有今日一番的小成就，他們實在功不可沒，我要大聲地說：昨日我以清中為榮，今日清中以我為榮，清中是我最明智的選擇。最後，我還要告訴正在為未來打拼的學弟妹們，勇敢實現自己的夢想，牧羊少年奇幻之旅中的一句話說得很貼切：「當你真心渴望某一樣的東西，整個宇宙都會聯合起來幫助你。」

番外篇之一段小插曲

在公車上聽到的一段對話：你知道高三已經有兩位學姊上了大學了耶！哇塞！3月、4月、5月、6月、7月、8月，賺到半年的假期，真是羨慕死他們了！那時聽到這段話，正坐在公車裡頭的我，聽到此番話，心中十分地暗爽，超想衝過去跟他們說：「你們說的其中有一個就是我，學弟們！好好加油！未來的你們，也可以成為那繁星中最亮眼的那一顆星！」

石緗渝

進入清水高中後，因為能力分班的緣故，我被分到了班級素質還不差的純女生班114。在升高二時我對學校所謂的『語文資優班』充滿著濃郁的興趣，進而選擇了這個特殊的班級。果然不讓我失望，我真的選對了班級。在這個班級裡不但有各式各樣有趣可愛的同學，還有一位開明熱情的班導淑敏老師！因為他們，使我在這個班級裡總是感覺很輕鬆自在，沒有以往我對高中班級印象中的那樣呆板；也因為他們，使我在高二過得多采多姿，將屬於高二生所應該有的活動力及熱情，發揮得更加淋漓盡致。而到了高三，也因為他們的陪伴，使我能和他們一起為未來的目標全力衝刺！

我很喜歡這個班帶給我的一切，尤其是在高二的那段時間，大家一起經歷過許許多多活動，並且製造出許許多多彷彿不久前才發生的珍貴

回憶，這些回憶像是『有血有淚』的啦啦隊，或是『悲喜交雜』的合唱比賽，還是『精疲力盡』的校慶活動，甚至是讓我們『大開眼界』的語資英劇比賽。還記得我們還和學校的英劇社在港區藝術中心表演，那一次也真的讓我們大夥兒有了一番新體驗！而且也都使我們的革命情感更上一層樓！現在再想起這些回憶真的都好清晰，也都真的好懷念那時的時光！不過除了班上大夥兒一起打拼的那些回憶，在高二那段時間我和社團所擁有的回憶也不容小覷，不但像是辦活動、帶社課或者是參加比賽等都讓我學到很多很多，並且也因為這些點點滴滴，更使得我的高二生活更加精采。

　　老實說，我並不是一個擅長出來面對所有挑戰的人。在還沒進到這個班前的我，總是對任何事情都持著些許事不關己的態度，因為我相信就算沒有我，太陽依舊是會從東方冉冉升起，地球依然規律的運行著他的軌跡，一切都不會改變；進了這個班後，一開始我仍是有著這樣的想法，我以為一切都會和從前一樣不會有多大的差異，但是我的班導卻發現了這樣的現象，在個談時說我宛如是一個軍師般，在需要出主意時一定不會少了我的聲音，但是就是缺少了一份勇敢挑戰任何事的勇氣。是啊！我的確是這樣的人，但是從來都沒人跟我說過，或許連我自己也沒發現到。聽完了淑敏老師的一席話後，我的感觸真的很深，心裡總覺得在發酵些什麼，或許我該主動些，去積極接觸各式各樣的挑戰。所以在接下來最充實忙碌的高二學期裡，當活動、比賽紛紛接踵而來時，我嘗試了任何事情，不是用接受的心態去面對，而是用自我挑戰的心態去迎接。而結果我發現我所獲得的東西真的很不一樣。如果是之前的我，當活動結束完後，我只會覺得只是又完成了一件事情，心情也隨著事情的完成而鬆了一口氣。但是若是現在的我，當我用另一種態度去面對時，我發現心情的起伏真的會異常的大，當過程不順、遇到挫折時，心情真的會很失落，甚至吃不下飯，睡不著覺，滿腦子都想著如何弄到最好；

而當事情告一段落時，那種開心、滿足感，是無法用言語形容的，心裡總是會覺得暖暖的，好像有什麼東西填滿了我的心房，使我感到很充實，很實在，又很真實。這是以前所沒辦法體悟到的，我很喜歡這份感覺，或許當我遇到事情時可能還是沒辦法馬上欣然接受，但我知道我已經跟從前的我不一樣了，我會努力去嘗試，絕不輕言放棄或是被動接受。

　　不過我能如此自在的做我想做的，這一切我都很感謝淑敏老師。因為她對我們的信任，總是叫我們做自己想做的事，心甘情願付出自己的時間和精力投注在自己想做的事情，不要後悔每件事。就因為她這樣帶班的方式，使我們每一個人都能無拘束的拓展自己能力及視野。所以嘍！當我聽到別班的同學總是在抱怨他們班導叫他們不要花太多時間投注在課業之外的事時，我心裡總是升起一股莫名的『驕傲感』，因為我知道我們班導之所以沒限制我們做任何事，是因為她『相信』我們。

　　這個班，一個屬於307和淑敏老師的『特殊班級』，不只是因為是『語文資優班』所以特殊的緣故，更是因為我們每一個人都是那樣的與眾不同，而這些是那樣不平凡的每個人所集合而成的班級難道不特殊？進這個班級將近兩年，從大夥兒一開始的不熟悉到漸漸熱絡，到現在大家一起胼手胝足的為未來努力，這份情緣，我很珍惜！

楊雅馨

　　那年初夏，15歲的我，帶著一股雀躍的心情踏入清水高中的校門口，從此以後我與它，便結下一段不可分割的感情……

　　高一的我，是單調且平凡的，總是睜大眼睛看著學長姐過著精采的高中生活，從來沒有想過，有一天我也會和他們一樣，盡情享受高中。當遇到轉組時，除了因為很喜歡當時教我英文的Sandra，再加上自己想給自己一個不一樣的學習空間，我便選填了語資班，幸運地加入了

他們的行列。在班導Sandra的帶領之下，我也開始打開我的另一扇窗。語資班所開的講座課便是最好的例子。每堂講座課像是沙漠裡的甘露一般，滋潤了我那貧瘠乾枯的心靈，又像是一段段的軌道，接連著我，迎向世界，讓我不再是隻井底之蛙，永遠看不到大肚山的另一頭。高二的生活是忙碌且充實的。在班上，不管是幹部的職務、讀書報告還是參加比賽、活動等，大家都是自動且踴躍的。也許是感染了班上的氛圍，一向過著如白開水般生活的我，也開始提起勇氣積極參與，追求我所想要的。『機會，是靠人自己去爭取的。』我第一次如此深刻的感受這句話的意義。也因為這次的改變，我的高中生活開始添加了不一樣的色彩。除了參加學校舉辦的活動，像是啦啦隊比賽、合唱團比賽以外，我更是努力地寫下我的歷史：當班長、參加中投區英文話劇比賽、台中模擬法庭劇比賽、港區中心的演出、暑期英文研習營等等，"Don't just do it, but do it well." 我永遠記得Sandra對我們說的這句話，而那些由汗水和淚水所交織成的活動背後，對我而言是一次又一次使我成長的力量。

　　高中生涯裡，影響我最深的便是Sandra，不只是因為她教的英文，更是因為有了她，我的觸角才能不斷的往外延伸。『如果把你從班上抽出，你還剩下什麼？』在一次的個談裡，Sandra這麼對我說著，也因為這句話我開始努力嚐試許多新事情。如果說，把高中生活比擬成一齣戲劇，我們每個人都是劇裡的主角，那Sandra就是導演，提供給我們每一個人自己的舞台，給我們指引卻不侷限我們，讓我們得以在台上盡情地發光發亮。

　　如果有一天，時間能重來過，我還是會毫不遲疑地再一次選語資班，和7班每一個人所共創的回憶，是我一輩子最珍貴的寶藏。「我以身為7班的一份子為榮！」我驕傲的說著。

張文縟

　　猶記得高一剛進來時的羞澀模樣，頭上頂清湯掛麵的短髮，而內心為著新環境、新同學、新事物充滿著不安與擔憂。但是很快地，軍歌比賽的活動使班上的同學跨入了彼此間的友誼，也讓大家跨出了團結的向心力。高一對於我而言，是一段「蛻變」的過程－由國中生變成高中生；視野由狹隘而為寬廣。

　　在目前的求學過程中，影響我最深的就是在高二那年進入了「語文資優班」。進入了語資班，我懂得如何去追求我所要，從第一次挑戰自己膽識的「外交小尖兵」，真的讓我了解到一個人的潛能其實是非常大，許多自己以為做不到、達不成的目標，其實只要咬緊牙根，放手一搏，走過那荒煙漫草、佈滿荊棘的路途，凱旋門旁的鮮花永遠會為我綻放，不論是否成功與否，只求其中的堅持與獲得。也正是因為此信念，讓我在高二那年又參加了創意卡拉OK比賽、民歌比賽，還有與全班一起努力的英文話劇比賽，讓我充分享受站上舞台光鮮亮麗的滋味，以及學會平衡下台後得失之間的輕重。高二是我最豐收，為自己追求最多新體驗的一年。

　　三年級，繁重的課業背負在肩上，這份負擔不輕，但有全班的同學以及很多愛我們的老師和我們一起扛著，讓我領悟，即使讀書很苦，但大家一起努力的感覺很溫馨，同甘共苦的經驗也別有一番風味。

　　高中三年中，我最大的成長是進入高二、進入了語資班、遇見淑敏老師後。她所教我善用時間的觀念、精心安排講座內容……等，使我了解原來再書本知識外還有如此廣大的一片天，等著我們去開創、去發掘。很高興我也藉此培養了藝術方面的涵養，如果沒有遇見老師，我不可能會打開這扇窗，進而有不同人生觀。

　　感謝高一的我為自己打下良好基礎，使我高二能進入語資班；感謝高二的我能為自己去冒險、勇於摘那位於懸崖的花朵；感謝高三的我為

自己努力，為自己背負一份責任；也感謝這一路陪伴我的所有人，付出全力在創造屬於我們的歷史，創造那青澀年代的酸甜。

賴玉雯

　　昔日的身影已漸漸遠去，而今的我，已然成為一個即將邁向大學生活的新鮮人了，想當初，自己還只不過是一個小高一，而今竟已成為學、弟妹眼中的學姊了，歲月催人老，在我還來不及將清中的每一處都刻印至腦海時，我又得邁起步伐，前往下一站了。

　　此刻，往日的一幕幕，歷歷在目，宛如播放影片般，一點一滴都能觸動著心弦。將帶子倒帶至高一，那士氣振奮、慷慨激昂的愛國歌曲曲目，彷彿還在腦海裡迴蕩，而這無憂無慮的高一生活，也在這餘韻迴蕩的歌聲中，畫上了完美的句點。日子彷彿快轉般的來到了高二。在這一年裡，可說是既忙碌又充實的一年。嚐盡了高中生活的酸甜苦辣，充滿著無數的歡笑與悲傷，在剛融入新班級之餘，便來個團隊合作大考驗。也是在高二這年，最隆重且精采的一項活動－－－啦啦隊競賽，各班出盡奇招，以及中間的紛紛擾擾，但致勝的關鍵乃在於全班齊心的團隊合作，秉持著這一精神，我們有幸獲得冠軍也獲得了許多人的肯定。其次則是那經歷一場嚴苛訓練的合唱比賽，讓我們信心一再受挫，但最後卻鞏固了我們彼此之間的感情與友誼，也越挫越勇，磨練的不只是歌聲而已，經驗更是無比寶貴。當然，在這年裡，也接下了社團的重擔，從起初的不適應、抱怨、生氣、難過，到最後順利的卸下這份責任，更讓我成長不少，從中學習到的除了初步的團康技巧，以及領導與被領導之間的拿捏，每個活動的籌畫到舉辦甚至是善後，人與人之間的摩擦、互助、合作等等過程，以及在康輔社裡那種大家庭的感覺，我想也會是永生難忘的事情之一！高二的生活就在社團的忙碌與班級活動的參與中，進入了尾聲。

緊接而來的則是，接二連三的大考與小考，填補了高三這緊湊的生活，一點微乎其微的小事，就能激起許多愉悅和驚嘆的漣漪，好個高三，困住了我的身體，不得完成想做的事，卻也讓我的想像空間大大增廣，發現了更多自己想完成的事，而這種全班共同努力為目標奮鬥，為求在考場上決一生死的感覺，更將深深的印在腦海裡。

　　高中，彷彿一部彩色電影，每一幕都精采萬分，當中的喜怒哀樂都是驚嘆號，讓人一再回味，都不覺得乏味。昔日看著鳳凰花開，是為了送學長姊，而今，再度看見鳳凰花開，站在畢業生席的，竟就是我。

洪孟慧

　　三年，一個人一生中，有多少個三年？有多少個三年可以活得如此豐富？一個活動壓一個活動的社團生活、令人振奮精神的啦啦隊、每次想起，心都會隱隱作痛的合唱比賽、大突破的英劇比賽……等等。好多與七班每一個人交織出的美麗回憶，是永遠都會被埋藏在內心深處的一個小寶盒裡，值得每過一段期間再拿出來品嚐一番的好味道。

　　一踏入207，端看各路人馬，似乎都是各方高手，在不同的領域閃耀著耀眼的光采。心裡正暗自惦念著不知道會和這些高手擦出什麼樣的火花時。開啟了一連串讓我吃驚不已的現象。先是選幹部的時候，竟然是採自願的，而且最吃力不討好的工作，更是早早就被選走了；再者，高二忙碌的生活，如預料中一絲不差的出現在我們的生活中，每一個活動的過程，負責的核心人物，幾乎都是身兼數職，但令人感到不可思議的事，除了活動結果漂亮之外，在課業上的表現，也絲毫沒有一點差錯，看到這樣的情形，應該覺得207的這些核心人物個個不是神仙至少也是三頭六臂的人物了吧！

　　實則不然，207可是一群溫暖而具創造性的學生，每逢過節日的時候，無不絞盡腦汁，做出異於一般高中生會做的東西，我們在中秋節送

老師三十顆滿月、英劇表演的邀請卡設計成集點卡吸引老師盛情參與、實習老師的過五關的歡送會等等……驚人的大小事物，絕對顛覆你對資優班的傳統想像。

其實班上的氛圍，一直都縈繞在向上樂觀的態度，加上Sandra及各科任老師給予正向的期許及態度，栽培我們各項能力，不要求我們全體都得在課業上表現亮眼，但給予我們在各領域發展的支持與鼓勵，老師們相信每一個人都有自己的一片天，讓我們無後顧之憂地去闖蕩。不論是藉著文學講座或班級讀書報告，再再都是為了拓展我們的視野，伸長我們的觸角去體驗這個大世界。

很多人跟我說過，不可思議我過於一般年紀的成熟與思考模式，問我這是怎麼學來的？我苦笑著，心想著這是用血淚與汗水，交換得來的。但是開不了口，也不知道該從何道起。但身邊總是出現許多貴人，在心情低潮時期，點醒迷津。首推Sandra，總是不厭其煩地和我討論領導者的特質，點醒我對「人情」這無法克服的弱點，點出我總是為人情所傷（不是感情，是人與人之間相處之情）。平日與班上分享的事物，不管是生活上的小細節，或是將我放置在大世界的廣角，讓我看清了這個世界，縱使有時對這世界感到失望挫折。宏觀的思維，被開拓的眼界，深深地了解「因為知道這世界有多麼廣闊，才認清自己有多麼渺小」。因為知道不足，才能驅使不斷向前的動力。

如果要我再回到三年前的我，在度面臨哪一所學校的抉擇，我不後悔進入這裡，在這裡我找到了真正的自我，看清楚自己想要的，並且知道如何一步一步朝著自己的理想邁進，而不是一味的空談式的夢想。人生哲理與價值觀判斷，絕非一朝一夕可促成，整個環境的連結、競爭，同學間互相砥礪，讓從過去桀傲不馴的我，懂得如何更適應這個社會，跟這個環境。

謝依倫

　　還記得剛進清中時，對於新環境都沒有一點認識，更沒有認識的國中同學。一切都需要慢慢的摸索.在陳孟祐老師得帶領下，度過了懵懵懂懂的高一。

　　到了高二，進入了語言實驗班，開啟了我高中的黃金時期。這段時間中參與了大大小小的比賽，包括啦啦隊比賽，合唱團比賽，我個人的英文演講比賽，還有英劇比賽。現在反覆回想，仍歷歷在目。而我覺得在眾多活動中，我學習到最多的是每一場精采的講座，這些講座都是淑敏老師親自邀請演講者，安排時間，佈置場地！因為有她得用心，讓我在每場講座中都收穫良多，並讓我見識，學習到不同的領域，國家！如雅卿老師，漢強老師，淑敏老師，月姿老師，靜瑜老師等，他們精心準備的照片，資料，使他們娓娓道出自己的精采旅遊經驗，也使得大家如痴如醉！更使沒出過國的我大開眼界！李定蒼主任一系列的美術講座，讓原本對美術沒興趣的我，深深的被美術吸引！種種的講座，讓我學習除了課本以外的知識，引領我開啟知識之門！

　　我的成長，是因為有許多好朋友的陪伴！惠嵐是個體貼而且可以吐露心事的人。每當和她說出心中的感受，她都會在旁安慰我，給我意見，或和我一起洩憤！！詠淳是個直率不矯柔造作的人，她也是我的「電影討論區」！我們都會看完電影後一起討論劇情或人物！巧珊是我的「書庫」。因為認識她，我才能一步步的接觸課外讀物！使我能藉由課外書來認識更多的人事物！她也是我的英文字典，如果我有不會的單字，她都能給我最詳盡的回答！欣慧是個很好的合作夥伴，也是很好的笑話聆聽者。我從她身上學到她那種井然有序，負責任的態度！每當我和她分享笑話，她都會用它豪爽的笑聲來感染身邊的人！這就是我講笑話的成就感之一吧！因為有班上同學的陪伴及幫助，讓我每一天都過的多采多姿！

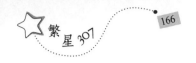

因為淑敏老師的啟發和帶領，讓我的高中生活不只是埋在書堆中當個書呆子！而是讓我學到了比課本上更重要的東西！我會銘記在心！

洪佾旻

也許是因為離別的季節悄悄接近，現在的思緒佈滿了三年的記憶，酸、甜、苦、辣的滋味，早已成為一篇篇的章節，重溫這些記憶，使我更了解我們的故事。

剛入清中，我並不是107的一員，一個偶然讓我與7班結下一段緣份。高一時，是個青澀的歷程，只有認識幾位同學，無法和眾同學打成一片，但每當班上的同學冒出幾句無俚頭的話，我總是在心中竊笑（好像小人），一年級是段摸索的萌芽期。高二，對7班是個大變動，成員一半洗牌，新同學的加入，氣氛有點怪異，經過啦啦隊比賽後，氣氛改變了，一個嶄新一體的207誕生，我們共同度過二下合唱團那段難熬的日子，那時的我們接近崩潰的狀態，淚水與辛酸隨著比賽結果的公佈消逝，我們又逐一地展顏歡笑，這份喜悅來自207每位成員的努力，這段血淚史深深烙印在我心裡，所謂珍貴的回憶就像這樣，一段永遠駐足在某人心底的過往，高二是我成長豐厚的一年，努力與團結交織而成。高三，從二下後的暑假起，伴我們的是炎夏與文字、數字，時間給了書本，我們像戰士般，把握每分每秒，適應緊迫，我們仍企圖從中尋找樂趣，即使一顆氣球，也能引起笑聲，高三的我們像是群活動力十足的頑童。

每首歌都會結束，每部劇都有結局，而我們307也有曲終人散的時候，三年來，一位伴7班走過風風雨雨的導師Sandra，沒有Sandra就沒有現在的語資班，雖然曾經讓妳傷心，但妳還是不願放棄我們，很高興和老師共譜這段緣份，還有307的同學們，因為你們的存在點綴著我的高中時光，時間會帶走我們的青春，但帶不走我們的故事。

羅靜雯

　　從高二開始我正式加入207語文資優班的一員，本來以為只是加入了一個特別加強國文和英文的班級，但事實並非如此……。高二開始我接觸到了高一時不曾想像和擁有的忙碌的日子，要忙社團、忙考試、還要忙班上的活動，像是二上的啦啦隊比賽，雖然衝突並不是很大，但卻也讓207更加團結且更有向心力，二下的母親節合唱比賽更像是經歷了一場狂風暴雨，大家都飽受摧殘，本來以為會過不去，但我們還是咬著牙走了過來。現在放眼回顧過去，有種「冬天都已到來，春天還會遠嗎？」的感覺，總覺得不會還有什麼事是過不去的了。不可諱言，這次的暴風雨實在讓我勇敢了許多。

　　步上三年級後本以為生活大概就是認真準備學測和指考，但卻在學測前一個月與老師、同學和家人中都發生了一些事，說真的有種快喘不過氣的感覺，但我發現我居然沒有逃避，而是勇敢選擇面對。要換作是以前的我大概會站在原地怨天尤人甚至逃避的！要說我一年多來做人處事最大的改變，在就於此了吧！

　　從二年級以來就開始舉辦的講座也讓我受益良多，它讓我更具有世界觀，不在只是禁錮在自己小小的天地裡，猶如井底之蛙。從許多有出國經驗的老師分享中，我了解原來在這個世界上還有人生活方式跟我們差異如此的大！它讓我更加有雅量去接受別人不同的意見。還有就是聯合班會，它讓我更了解學弟妹，讓我覺得在學校頭一次有回家的感覺。

　　這短短的一年多以來我發現我改變了很多，我能夠更設身處地替別人著想，以上這些意外的收穫不是我當初加入語資班所預料得到的，它讓我深深覺得加入207，是我最棒的選擇！

外交小尖兵全記錄

2005.9月初

　　英文科傳閱了一份公文，我是指定必需細細閱讀的英文老師，只因為今年語資班進入第二年，而我是導師兼英文老師。這種被視為理所當然要參加的感覺，不太舒服（是我多疑了？）。猶記往常幾年都是各老師傳閱了之後，直接回覆NO，於是公文就被傳回教務處，交待了事，連我任召集人時亦是如此。但今年主任說：「連報名都不要，好像一開始就放棄了！」聽了真是刺入心裡。

　　今年，我猜到大概的可能性，所以公文八月底到，九月初我在班上釋出訊息，將比賽性質解釋給學生聽。我說：「我要找自願參加的同學，如果你想有不一樣的經驗，並願意接受磨練，就來找我！專業部份留給我，你有意願，我給你訓練。」先是Ruby；令我意外，屬於沈靜派的Lisa很意外地踏出了不同的一步；Rebecca也在週記表達意願，這兩位都很令我驚訝。第二天後，Peggy也來報到了，我笑笑說：我就在等你！

　　全員到齊！公文繳回。

2005.9月底

　　差一點誤了報名。4人全員到齊，但我心裡其實還有很大的不確定，我很怕其中產生變異，報名表壓著一直不敢寄出。這4個成員高的171公分、矮的147；2個身高相當的，那個胖的體重快是瘦子的二倍！直到9月27日敬師相聲結束，Ruby、Peggy初試啼聲，頗獲好評，我才比較有信心。9月28日我正式把報名表寄出，這下子真的不能回頭了！為了彌補我個人寫作能力之不足也分擔工作，我左右思考，找了純敏搭配幫忙。一

來她是去年跟著我的實習老師，密切搭配一年覺得合作愉快，二來她熟悉這些孩子，比較快可以和孩子進入狀況。純敏爽快地答應了，並在接下來的訓練中承擔起領隊老師的重責大任。

劇本產生！

　　我和純敏都有共同的想法：這是學生的比賽，不是忙死老師的比賽。所以我們堅持，所有想法都必須是來自學生。我們絕不幫學生寫好東西給他們背。第一次集合，說明日後Meeting方式：我們各自帶午餐到專任辦公室討論情節、寫劇本、修改、再討論、再改……如此，兩週後我們有了劇情，情節大致如此：

　　一個尋寶人航海來到福爾摩莎。他在梧棲上岸，看到一個垂釣的漁夫，上前詢問何處可以找到當地的寶藏。漁夫幾經思考，告訴他，此地確實有寶藏，但尋寶人帶不走。尋寶人滿腹疑問，漁夫抓起魚簍的大魚，說明：梧棲之寶是豐富的海洋資源，這也是梧棲的特色，怎能被人豪奪？尋寶人失望之餘，漁夫安慰他，請他吃最新鮮的沙西米。就在兩人合力切開魚腹，竟發現魚腹中有幅藏寶圖。漁夫將藏寶圖大方地送給尋寶人，讓他按圖往藏寶之地去！

　　遠望著遠處的樹林、巨石，與地圖對照，尋寶人來到清水，巧遇一位練武的師父。在得知來意後，師父細細思考清水之寶為何？又在何處？有！清水確有寶藏，但不能被帶走。怎會如此？武術師父擺出功夫架子，問尋寶人可曾聽說過台灣的俠盜羅賓漢？尋寶人一無所知，師父細細說明清水有劫富濟貧的廖添丁，媲美英國的俠盜羅賓漢，還有蔡惠如、楊肇嘉帶領台灣人對抗日本人的文化侵略。對清水人而言，他們是永遠的精神寶藏，怎可能被帶走？

　　尋寶人滿心失望，在途中遇見算命仙指點迷津，抽中的籤顯示尋寶人往北走，就能找到寶藏。儘管充滿疑惑，尋寶人仍依指示上路了！

　　他到了大甲，在街頭遇見一個在讀美麗時代週刊的女子坐在路邊，好奇心驅使他上前探看，竟被女子嚇得後退三步。女子放下報紙，她臉上敷著雪白面膜，滿頭粉紅色的髮捲，大聲斥嚇尋寶人來到大甲意圖為何？尋寶人告知身份，反問她在做什麼？她是位美容師。她用絲線替人挽面。她亮出手中挽面的絲線，凶狠的樣子宛如刑架上為人上絞繩的劊子手。她用粉撲把尋寶人的臉撲得雪白，為他挽面。尋寶人痛得大叫，絲毫不領情。痛過後，還是得探問寶藏下落。美容師強忍不悅，仍告訴尋寶人，大甲之寶是帶不走的！又來了！美容師手指前方輝煌的鎮瀾宮，說明宮中的金身媽祖受鎮民深深虔敬，庇佑鎮民平安，她是全鎮的宗教寶藏，怎能被帶走。

　　尋寶人此時再也忍不住，仰天長嘯，訴盡難抑的失望。此時，一位年輕貌美的女子走近，聽到尋寶人的心聲，上前安慰要尋寶人別難過。既然寶藏帶不走，就換個方式，留下來與寶藏同在。他可以同時擁有身心的珍寶，不是兩全其美？尋寶人覺得眼前的可人兒所說有理，當場表達愛意，並獲佳人青睞。原來，尋寶人苦尋的寶藏就在眼前，他終於得償宿願！

十月初

　　話劇正式進入排練，並正式商討道具、服裝。4個人很自動地把台詞背好、記熟。為了糾正他們的發音、腔調，並在台詞上呈現角色情緒，Sandra還利用語資教室設備將全劇台詞錄音，讓演員帶回去模仿，這樣做確實有助於演員詮釋台詞，就像歌聽久了就唱得比較準。當4位演員台詞都沒問題，肢體語言就成了重要問題！Lisa的表現一直沒有張力、Rebecca則顯為僵硬（嗲不起來）、Peggy拳法不知怎麼打、Ruby最穩，但找不到笑點。大致架構出來了，卻不見戲劇的笑點和張力。

　　我們需要專業建議。走，找雅卿。

才演給雅卿老師看了一次，她就把一個笑點，每個突顯張力的地方抓出來。我們的戲經過修整之後，節奏明快、層次明顯，戲變得更能抓得歡眾的吸引力，想知道下一步會如何！一次次排練，演員們更具信心。

十月中

啦啦隊佔去了不少時間，排練有點進入緩滯，一週一到二次排練只為了維持熟悉感。這時團體演說的題目也下來了，是該準備這第二階段的時候了。為時大約兩週，辦得到嗎？

如果按多數學校的作法，他們會捉刀替學生寫講稿，交由學生來背，並指導他們如何表現。但是我並不這麼想。這是學生的競賽，講稿應由他們構思，我們老師則是以專業能力，協助他們將自己的看法化成正確流暢的英文。於是，我們對5個題目一一進行討論，並排出演說順序。所謂團體演講是這麼進行的：一隊4個人，上台前20分鐘左右抽籤，決定5個題目中我們的講題。上台後，每個人都輪流陳述自己的意見，最後再有一個人做結論，4個人共計時5分鐘，可以準備圖表、資料、書目等！！以我們抽中的題目為例：If the genie in the oil lamp granted you three wishes, what would you wish for？（假如油燈精靈許你3個願望，你要什麼？）

Lisa想要哈利波特的魔法，她說她笨手笨腳，常弄壞東西，有了他的魔法，壞的東西可以立刻復元，她就不用挨罵了！Peggy要比爾蓋茲的財富，後來被我們討論成他的決心（錢，太俗氣了！）比爾蓋茲放棄，哈佛學位、輟學來創微軟，要是一般人才不可能如此取捨，他的決心使他能重排學位與事業的輕重順序。Rebecca希望成為芭比娃娃（詫聽之下，令我昏倒！）討論後，原來是芭比那種自信、成功、美貌、傑出的完美生活，何況有個愛他的肯尼，也不錯啊！那Ruby呢？他就得開場和結論了！

　　團體演說這一個部份真多虧了Clare，她的寫作能力很好，我們一起通力合作、協助學生把演說內容確定下來，一個題目至少要一個半小時，才有大致的結論，等到第一關確定晉級，再來臨陣磨槍了。

　　接著207的啦啦隊上場，小尖兵的比賽為此休息自將近一週。當207啦啦隊勇奪冠軍，其它人可以為此稍作喘息，並進入月考預備期的時刻，我們四位小尖兵正緊鑼密鼓地進入密集排練階段，甚至週六還來學校練習，預備講稿。此時，賽程也出爐了，中區51隊，我們序號30。每10隊一個階段，第三階隊序號21至30的幾乎排滿了強手，女中、一中，在我們前一號的是新竹科學園區中學。這是殺手級的學校，ESL的教育環境不說，他們是連竹中、竹女都不看在眼裡，這回卻排在我們小小的、古老的清水高中前面，一對比之下，對我們簡直他X的有夠不利。純敏和我開始意志動搖：我們第一階段能順利殺出重圍嗎？不能放棄！頭都洗了，能不剃嗎？棄權？太丟臉了！何況不上場，怎知勝負！我們精準地定戲，把誰出場是幾分幾秒確實抓出來。結果，戲就是太長，多了將近2分鐘，只好忍痛刪戲，剪掉算命仙那一段。戲便抓在5分半鐘內——假如我們一氣呵成，毫無差錯。

　　每天就是排戲、看講稿，接下來在107面前作預演，抓出現場反應。第一次預演，反應很好，107有夠熱情，我們因此信心大增。我們的劇本很棒，很有劇情、笑果和張力，演員放得開，且成長很多，把劇情帶得很好！第二次預演，在207的英閱課上，慧珍老師、翠微老師都來加油打氣。207卻因大隊接力排棒而氣氛低靡，散成一團氣氛十分複雜。小尖兵卻在此時演出爆笑版狀況劇。一會兒是地圖忘了藏在魚肚裡，一下子是面膜突然掉落。演員因為出場位置變動，一直在台上演員背後走來走去，一點也不正式。演完Sandra臉色慘白。

　　然後就下午，要去新民看比賽場地，並測試麥克風效果。Sandra一會兒圖書館、一會兒五樓教室、一會兒辦公室跑來跑去。事情總是如

此，不來則已，一來便撞亂成一大團，且件件緊急，我徹底感受到何謂「分身乏術」。

諜對諜。

　　新民禮堂瀰漫著興奮而詭異的氣氛。每個到場的隊伍只有三分鐘走位並測試麥克風效果，只能抓出片段，唸一下台詞。只見彰中的走了，一中的正要排練，而豐商的一上台就唱個不停，看來他們要演歌舞劇了。華盛頓的氣勢很強，領隊同學根本就像帶隊老師一樣老成。好多學校搬來佈景、電腦輸出的大型海報佈景比人還高。純敏說那一張要三、四仟元。幸好純敏有為我們的故事背景做了電子簡報，不然我們除了那一台小小的鐵達尼號外，真的一無所有了！

　　還是有點害怕！

　　找個空位再排戲，排熟了，心就比較穩了！等開車離開新民時，已是下班時間了！

　　一路向前，不想太多了！

這一天，終於到了！

　　10月29日，我拋夫棄子地前往新民！這一仗，我勇往直前。現場真熱鬧，我一去就發現宿敵出現：和我結下世仇的某一位學姐也帶隊來比賽，激起我強烈的鬥志。我趕快對我的小尖兵們發出訊息，一定要用力幹掉我的世仇！然後，後台開始熱鬧起來，有古裝的歌仔戲的、化老裝的、連鳳冠霞披都出爐了！走在那禮堂前後，你可以看到媒人婆臉蛋塗得像猴屁股在搖屁股（他是男的！）明華園的拿著槍，眼線畫得好比埃及豔后（她的頭飾是怎麼弄上去的？），后羿、嫦娥、媽祖都來了！還有印地安小孩！道具間滿是佈景牆、龍船、水果裝，還有肉粽……看了三、四隊，我想我們還是去排戲好了！（你就知道我們有多緊張）

Sandra其實是滿心恨意，卻故作鎮定。一行人排了戲，才比較鎮定，於是我們便郊遊般地出去吃中飯了！在一間超卡哇伊的小熊屋用餐，賽前先犒賞一下自己。吃完了回新民，換上服裝，再排戲。Sandra和純敏全程陪著學生，也因此錯失了陣容最堅強的隊伍的演出。結果，第29隊上場，我先測試錄影，新竹科實驗中學佈景牆有三面不說，還有一艘紙糊的王船。4個人演6個角色，有古箏彈奏，還現場表演書法。工作人員至少問了我們三、四次，這樣道具是不是你們的，我們一臉無辜，那些全都是排在我們之前的新竹科實驗中學上場要用的。他們道具上場下場大概是最耗時的一隊。

30號，我們上場了！

有嚐過舞台癮的人都體驗過沈浸在被觀眾需要、期待的感覺。這種感覺可以將緊張一掃而空，你的一舉一動緊緊抓住觀眾的視線，你就是那個魅惑群眾、主掌一切的神，我們4位小尖兵正是如此。我們沒有大型的佈景，但是很棒的劇本扣住觀眾的注意力。評審懷著期待等著劇情下一步會如何發展，當唯一的外籍評審看到Rebecea臉上敷著面膜露臉時，甚至失聲笑了出來。整齣戲很流暢、很完美，一氣呵成。

我衝到舞台出口去接小尖兵們，我們幾乎是尖叫著、跳著，肯定這一仗打得漂亮！第一天是撐到6：00才宣布完入圍隊伍。對我、我算是順利打掉了我的宿敵！對小尖兵，我們算是打敗了一中，因為在強勁隊伍最多的一組，20隊～30隊中，共7隊入圍，一中並不在此列。

走出禮堂時，外面一面漆黑，摸黑走到停車的操場，趁著四下無人，只有小尖兵、我和純敏時，我不禁大聲叫出心中的興奮。

10月29日挑燈夜戰

吃完晚餐，我把小尖兵帶回我家時，已過了八點半！各自梳洗完回到桌上備戰時，已是十一點！大家都累了！從一早六點多撐到現在，緊

張、興奮的心情尤其消耗體力。我們還在跑講稿。其實5個題目我們都有初稿，但並沒有精細地對過時間，像我們掌握劇情那般熟悉把握，每個題目跑完一遍下來，都只有3分半左右，還得再增加內容才行，一邊想添加的內容、一邊找出單字，適常的表達方式，4個人已經呈現癡呆狀態了！純敏一直協助小尖兵們，直到媽媽打她手機來催：都過12點了，還不快回家。這是純敏破記錄之舉。純敏離去，我留下來接力，小尖兵暈到連else都拼不出來。（想想他們已經18小時沒闔眼了！）到半夜一點多，還是沒人敢先上樓休息，只為了不要有遺憾，才對自己說：「早知道昨天就多努力一點！」後來是我把他們趕去睡覺的。

隔天6點半，小尖兵被我挖起床！到了新民，隊伍少了一半，而且還都不在座位上。大家都去臨陣磨槍。我的目標是打敗9隊，晉級優良隊伍。我看到竹女的穿著橘紅色襯衫、黑色長褲，看起來很自信。而我們呢？我為我的欠考慮甚感內疚。我們看起來「本土」極了！當第一隊惠文高中上場，我就知道惠文沒望了！三分鐘就下台！其實他們昨天的表演還頗有模有樣。竹女上場，宛如一支精兵。他們不但腔調道地，而且內容豐富扎實，不怕時間太短，只怕時間不夠長。當一人在前侃侃而談時，其他三位在後專注聆聽，時而點頭、時而會心一笑，默契十足，一點也不做作，一看就知道他們是來奪決賽權的。團體演說呈現出懸殊的實力，和昨天的戲劇不同，一齣戲的風貌可以各有不同巧妙，但團體演講沒有誇張的肢體動作，一切只能靠語言來呈現，行不行騙不了人的。

叫到我們隊伍到準備區時，4位小尖兵沒人敢抽籤，公推我去抽，說我是手氣最旺的。我信手拈來，4號題：「假如精靈許你3個願望，你想要什麼？」是他們最想要的。我們大致上都還不錯，可惜當中有一段忘詞停頓比較久，我猜到我們有可能在優良隊伍邊緣。

儘管累，小尖兵哪也沒去，仍在座位上看其它隊伍。4號籤最多人抽中，小尖兵們聽到可以整理出內容了！大部份的隊伍都希望政治清

明、國家安下、天下太平！不能說如出一轍，但確實是大同小異的官方版本。我們也在思考著：到底評審如何評分？是老實說出心中想法的比較吃香？還是要多講檯面上的冠冕堂皇的話？有多少隊伍是用自己的想法？有多少隊伍是老師們捉刀寫的講稿？在這爭奪名次之際，到底什麼最重要？花的時間、心力不說，如果旨在學生忠實呈現、主動學習，那比賽會是今天這種樣子嗎？當台上人許的願望都偉大地可以得諾貝爾和平獎時，我不禁想到以前表演工作場有一齣相聲，李立群飾演身經百戰的演講比賽參賽者，他抽到「我最快樂的一件事」，別人建議他就說真心話就可以了，他回了這麼一句：「演講比賽裡，你如果講真心話，那就是送死！」我體會到其中苦澀的不得了！

我們下台時，仍相信自己很可能入選，有些隊伍是一下台就抱著哭了！這種廝殺真的現實而殘酷。比賽拖到很晚，當外籍老師精彩的講評結束，成績一公佈，30號被跳過去，我可以說是跑到洗手間去掩飾我的失望。小尖兵還比我成熟，想到洗手間來安慰我。延誤的慶功午餐，有點強顏歡笑，顧左右而言它地隱藏心裡的失落感，安慰的電話一直撥進來，溫暖我們失望的心靈。這二天喜悅來得太巨大，失望也撞得太猛烈，我們像洗三溫暖一般，得很堅強，才挺得住。

不甘的慟哭

回到家，車才開進車庫，我就再忍不住哭了出來！沒進優良隊伍像是重重地打在心坎上；到底，是不是我們還不夠氣候？運氣不好？不夠功利，看清現實？我太理想化？現實太殘酷？是敗在我沒有把得分要件一把抓？敗在我太忠實呈現學生原本的樣子，真實的心思？

我真的是心有不甘！

哭完回到房間，孩子由爸爸陪著午睡醒來，小女兒芳芳一見我便跑來抱我，告訴我：「媽媽不要難過，今天輸了沒關係，你昨天有過關，

已經很厲害了！」被她一安慰，又哭了第二回！之後的週一、週二……怎麼年紀大了，心卻脆弱地不堪一擊？我是為我耗費的心力而哭？還是為了失敗？還是這一路走來撐不住的疲憊？

我自己都搞不清楚了！

後記

就這麼一路走來，快2個月了，結束了！而我的省思像是經過一場震撼教育一般！不，我仍堅持我的初衷：這是學生的比賽，學生的成長比輸贏重要。我承認心中的失望，讓我現在筆握手中，內心仍翻騰洶湧。可是我看著Ruby、Peggy、Lisa、Rebecca如此豐富地渡過高二最活躍的一年，如此主動，如此心甘情願無怨無悔，如此發光發熱，如此寫自己的青春歲月，這比得名重要！我自己也算通過了考驗，可以誠實面對自己在教書路上的一本初衷！感謝純敏一路相伴支持，感謝4個孩子全心信賴，感謝主給我源源不絕的愛和堅持，教我在灰色地帶，仍有智慧做正確的選擇！

2005年的十月，是個收穫豐富的里程碑！

欣蓉的感言

我們大約是在八月中得知有這個比賽，老師在班上徵求四位壯士，我考慮了很久到底要不要參加？我以前沒有這方面的經驗也很少站在舞台上，我想要超越自己，挑戰自己的極限，我們的高中生涯只有一次，錯過就不再從來，應該要揮灑青春，留下一個永生難忘的經驗，我也有問過媽媽和姊姊的意見，他們都很支持我，所以我就決定參加。

我們從寫劇本開始，故事的架構、角色的分配、順稿、排練、做道具，常常午休就不能睡覺，放學也要練習，這兩個月之中還有段考和啦啦隊比賽，這三者如何得兼也算是一個很大的課題，這一路來我們沒有

任何的怨言，因為這是我們真正想做的事，不只是完成它，而是付出全部的心力去做，希望我們的東西能做到最好，沒有一絲的遺憾。

比賽當天，共有五十組隊伍與我們一同角逐，我們要砍掉一半的隊伍，才能進入第二階段，到了比賽的場地，感覺每一隊都是來勢洶洶，使出渾身解術，每一個高中都派出高手來應戰，看到別人的服裝、道具和配樂，讓我十分緊張，但事前老師就有提醒千萬別被嚇到了，我們雖然沒有大型的道具和配樂，我們有原創的劇本，四位演員和演技，我們有我們的特色，他們有他們的優點，在後台的時候真的很緊張，心裡告訴自己一生可能就只有這一次機會要表現到最好，豁出去了，在演出的過程中看到評審的笑容，就一切都安心了。

等待公佈進入第二階段的時刻真是令人緊張，當我們前面的隊伍一一被唸到的時候，那一刻停止了呼吸，專注的聆聽，當唸到我們的號碼的時候，跳了起來，大叫了出來，真令人不敢相信，我們做到了，評審有看到我們的努力，這一切的辛苦和犧牲都值得了！剛開始的時候，總是很懷疑自己到底能不能完成這一項艱鉅的任務，這一刻我明白我做到了。

當天我們住在老師家，挑燈夜戰準備明天的演講，一天下來大家都累了，支持我們下去的應該就是一種信念吧！隔天，幸運之神還是眷顧著我們，抽到了我們比較熟的題目，頓時安心了不少，上台的時候不知怎麼了，突然腦中一片空白，忘了下一句該講些什麼，這是這次比賽中我的一大遺憾，應該可以表現的更好，演講之後公佈進入決賽的隊伍和優良隊伍，公佈的結果令人難過，但最重要的是這一路來的點點滴滴。

比賽完後，心中的感觸良多，這一路來時間過的很快，我覺得增強我的口語能力，看到許多別的學校的高中生，他們的口音真的很標準，那我們自己也應該要好好的加油，我的膽量和台風，應該進步了不少，我看到許多人都相當的有自信，勇於表現出自己，以前的我總是努力

的讀書，不懂得表現自己，參加這次比賽後，現在的我不僅僅得到三位好朋友，也更懂自己，當機會來敲門的時候，我一定要抓住它，不再等待、盼望，我也證明了，別人做的到我也一樣可以，終於我踏出了我的第一步，以後我要不斷的走下去，我要在這裡鼓勵尚未邁開第一步的同學們，不要再遲疑了，最後，感謝這一路來指導我們的老師和一直為我們加油、鼓勵的同學，明年學弟和學妹們要好好加油了，希望做的比我們還好。

孟晴的感言

高二，忘了是暑期輔導還是剛開學，老師問我們有沒有人想參加外交小尖兵，如果有意願，可以向他報名。在一開始，當老師提出想要參加的念頭的時候，我知道，機會來了，那個可以讓我擴大自己的眼界的機會來了，反覆思考後，有點擔心自己會不會是拖累大家的那個人，會不會因為我而搞垮了這個團體，膽怯的提出了想參加的意願，雖然害怕，但是我還是想做，我真的想做！

劇本，從無到有，那真是一項奇蹟，由原本的架構，慢慢的加入其他想法，我們想盡各種方法要讓他創新，要讓他與眾不同，過程很有趣，每個人的想法百百種，要怎麼樣才能統合，那又是另一樣藝術。原本是打算要走主播路線，過過主播癮，但在幾次討論下文縟提出的航海王卻讓人覺得新奇，在大家越討論越熱烈下，故事架構終於真正確定。

這是個航海王的故事，他乘著船來到台灣尋找寶藏，先後遇到了梧棲人、清水人、大甲人，並找到寶藏滿載而歸。故事到這裡是不是覺得很普通，也很瞎，這和一般的尋寶故事太像，沒有爆點，所以我們決定要加入一點點曲折，如淑敏老師提出寶藏應該是要拿不走的，前面的三個人同樣都說出：「But our treasure can not be taken away！」讓航

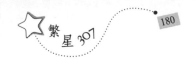

海王知道這些寶藏是拿不走的，結局再設一個人點醒他，你為何不留下來和這些寶藏在一起呢？

就這樣，航海王被塑造成一個苦命角色，他要經歷許多挫折後才找到什麼是真正的寶藏，最後出來的角色在一番討論過後，被定位成一個美女，這讓航海王最後得到了寶藏，也得到美女，最完美的人財兩得結局。原本的梧棲人因為梧棲港而被設為漁夫，，一個忠厚老實，熱心助人的老漁夫，由欣蓉飾演。清水人的過程最曲折，原本是一個類似鄉鎮長的角色，後來又被改成一個文化保育者，但是因為戲劇效果，最後才又變成一個練武術的師父，佩綺在這方面可是吃了些苦頭。大甲人是一個挽面的老婆婆，文繡擔綱這個最有戲劇效果的腳色，但因為老婆婆並不好發揮，在一再刪改之下，老婆婆搖身一變，成了時髦化妝師，一個會讓人全身酥軟的嬌媚化妝師，文繡也用了很多心力去揣摩這個腳色，在最後，這個角色可說是全劇中最有爆點的一幕。航海王孟晴是一個自信滿滿的船長，他帶著興奮愉悅的心情踏上Formosa 但一次又一次的失敗讓他逐漸喪失信心，還好，最後遇上了一位美麗大方的小姐，告訴他：既然你帶不走這些寶藏，那麼，為什麼不直接留下來呢？Stay, stay with the treasure. Let them become a part of you！

討論完後開始排練，可想而知，大家的演技一開始都不怎麼樣，除了是第一次外，其實還有一點放不開，但是很快的，所有人都漸入佳境，其中以欣蓉的進步最多。好多好多個午休，我們都在冷氣房裡渡過，不能睡的感覺真的很差，尤其又是在那麼好睡的地方，雖然痛苦但也是個甜蜜的負擔。

排戲的次數增加，我們四個人的默契也越來越好，但在這個時候卻碰上了啦啦隊，隨著比賽越來越接近，我們也越來越忙，不但要練習，小尖兵的事也更不能斷，但因為越來越忙，比賽前的一個禮拜左右，我們幾乎沒有排到任何一場戲，等到抱著啦啦隊冠軍獎盃回來，一排戲，

呵，那彷彿就回到第一次，幾個月磨出來的演技，硬生生回到最初，這嚇到我們了，頓時大家都有點慌亂，不過，我們還是隨即找回了感覺，只能說，好險。

比賽前的兩個禮拜就像兩天，我們拼命的在爭取時間，一而再再而三的反覆加緊排戲，還要再抽出時間來練習團體演講，更多更多個午休不能睡，哈，那段時間，我真的覺得自己是個超人。

比賽當天，經過一個上午的折騰，看了其他隊的比賽，偷偷在心裡作記號，誰是強勁對手，要小心，也到了外面稍微做了幾次排練，但心裡還是緊張。等到一上場，其實擔心都是多餘的，緊張更是不必要。站到舞台上，就不想下來了，我們演的欲罷不能，而且非常成功，時間沒超過，過程也流暢到不行，總之一切完美到無法想像的地步。

我們順利的通過初賽，當評審宣布三十號的時候！那就和啦啦隊頒獎時評審喊出「eighty-five」是一樣的興奮。

當晚，我們為了準備複賽的英文演講，晚上使勁全力熬夜熬到一點多，雖然苦，但是苦的心甘情願。

早上的比賽很令人緊張，尤其要比賽二十分鐘前才抽題，怪恐怖的。不過全要仰賴淑敏老師真是名副其實的籤王啊！真的抽到了那個我們最熟悉的題目。上了台，我是開頭，雖然腳在抖，還是很會裝鎮定，第二號是欣蓉，雖然忘詞，但是他還是非常盡責的講完自己的部分，值得鼓掌！！再來是佩綺，純敏老師說他一直揚著最甜美的笑容，笑容100分，至於那個一直在裝氣質的文繻則是迷倒一個外國評審哩！嘿嘿嘿。

在第二關，我們沒能擠進優良隊伍，我卻認為我們表現的很好，雖然能再進步，但是我們盡了我們最大的努力，我們也做到了我們所能做到的，沒有後悔，沒有傷心，也沒有如果能再來一次。雖然有些許的小失望，但大部分，我們是滿足的。我只能這麼說，過程，是我得到的最佳獎賞，因為我們用心在做，用心在學，也用心在體會，姊妹們，這一切都是屬於我們自己的喇，經驗，是別人拿不走的。

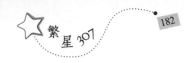

這次的比賽真的讓人很累,但再累,我們所獲得的,卻是很有價值的經驗。

佩綺的感言

從沒想過高中生活可以如此不同!接觸許多新鮮事,生命的光彩也變的更加閃亮了!參加外交小尖兵這活動,是我主動出擊的。老實說,在這之前我一直很猶豫,很怕自己無法兼顧課業及其他活動。但是,愛演的聲音勝過了一切,所以不去嘗試,就太對不起自己了!

當自己的導演

第一次嘗試寫劇本,而且是「英文」的劇本,這真的是百年難得的體驗。從零開始,一點一滴的累積;從無形到成形,我們寫出屬於自己的劇本。

Where is the treasure?

I think our treasure is this play.

當完成初步的作業後,緊接而來的是密集的排練!

業餘的專業

我們利用午休及幾堂藝能課做許多的排練。說不辛苦是騙人的!但我是心甘情願參加,所以這點苦不算什麼!回想第一次的排練,害羞、放不開,整個人在不好意思中躊躇。想做又怕丟臉,真不敬業。但幾次之後,只要一站上舞台,我們便融入那角色,拋開舊我,告訴自己:我不是Peggy,我是武術大師。漸漸的我便常無意識的作出些功夫動作……雖然我們並不專業,但我們卻最敬業!

最艱難的一段演講

這個過程對我們而言,應該是最困難且最難熬的!比賽前我們只完成五個題目中的其中三個,直到初賽結束,我們才將剩餘的完成。完

成一篇文章真的不容易，要絞盡腦汁，將每個人的段落做一個完美的呼應，真不是普通難。我們真的很努力，很用心，在每篇文章上投入最真實的誠意，寫出我們的意念與想法，完成了這件艱困的任務！！

2天的賽程

　　會有2天的賽程當然是因為我們過了第一關。第一天剛到新民高中時，看到每個學校準備的道具，真是有點嚇到：幾乎每個學校都有大型佈景和精心製作的道具。上午沒有我們的事，所以我們顯得輕鬆。下午便是我們緊張的時刻了。我們是我們那個賽程中的最後一組，而且我們那個梯次中充滿了名校：一中、女中、新竹實驗中學（聽說都是清大交大教授、或竹科工程師的的小孩……）這些充滿競爭力的學校。當司儀叫到30號時，真的很緊張耶。但一站上舞台，那緊張的感覺就漸漸消失。我個人覺得我們表現得很好。

　　而且，那裡的工作人員對我的印象超深刻的！因為我以最短的時間換好裝、梳好頭、前後加一加不到10秒吧！令我很自豪！表演最後一段時，我超開心的，因為裡面的一個教授一直露出微笑。那種肯定的眼神，真是讓我越演越有自信。成績公佈，我們那一梯次，應該入圍了一半以上吧，甚至還連號：27、28、29……當評審唸到30，睡意就飛、飛、飛不見了！

　　當晚，我們挑燈夜戰，但我們都神智不清：拼個else都拼不出來。對於明天，充滿了不安。

　　第2天，我們每個人的緊張都比昨天多了很多，因為對於演講的部分我們並沒準備得很好。看到其他學校在服裝上還特別的打扮……我們又嚇到了！我們完全是自由派。站到台上，我原本有點空白。我只記得我一直微笑，想說這樣應該比較會加分吧？但今天的演講並不是很順利，我們有忘了台詞、吃螺絲，但我們還是盡力做出最好，所以沒有遺憾。成績公佈，這次，我們沒在得獎的名單上。心中有點難過，但至少

我們完成了，我們克服了心中的恐懼，將它做完了。無論如何，我都很開心。至少在這段時間裡，我做了一件值得的事。如果不去嘗試，我可能對自己的能力一切充滿不確定。現在，我知道我可以！我永遠都是100分！永遠都是！謝謝大家給我們的祝福，如果沒有大家的支持，我們一定會很辛苦。

文繻的感言

總覺得這一切實在是太不可思議了！從9月開始一直到現在比賽已結束；從什麼都沒有到構思出一部戲及5篇演講稿，我們一步一步很踏實的前進，內容都是大家嘔心瀝血的傑作。這當中當然少不了班導和純敏的幫忙，但全部人都有參與，我覺得這讓大家成長好多，如果我們從沒做，那我們永遠不知道自己的能力是可以如此，也不知道自己的潛力這麼大。

從老師在8月底向我們說明了這活動，當時就有一種心動的感覺。我在國中時曾看到新聞上報導外交小尖兵的比賽，那時我真的好羨慕那參賽者。所以當一有機會，我馬上向老師說明了參加的意願；或許另一方面，是覺得生活太平淡了點，所以想要有點不一樣的。

很快的，9月，大家慢慢進入了準備階段。從劇情到台詞，由生疏到漸入佳境，這當中好像有一股魔力，支持著我們六人一步一步向前邁進，台詞一句一句由我們想出來，然後純敏幫我們修改通順，這不是一件簡單工程。我們付出了很多午休時間，下午的課累到打瞌睡，但我們仍堅持下去，因為這是我們4個真正想做的事。到了10月，開始忙團體演講的部份，對我們來說難度更高，因為我們得要個別站出去面對舞台，雖然大家會跟你一起站在舞台上，但感覺就是不一樣。經過不斷的利用午休排練，到最後借幾堂課來練習，隨著離比賽越近，大家的表現也都越漸入佳境，越來越能抓住那感覺，嗯！這真是一個好氣象！

很快地，比賽到了！我們利用比賽前一天下午去看場地，一走進

去，我就感受到壓力，等到我們上台試音時，我們四個都蠻緊張明天可能發生的情形，所以大家又到外面一次又一次的練習。老師也很辛苦，幫我們一次又一次的錄影。在我坐車回家的路程上，我想了好多，感覺大家的成長真是太大了，也因此更期待明天的到來！

隔天大家到會場時，見識到很多厲害的學校，但是老實說，看了前面的隊伍，還真讓我們提升了不少信心。中午過後大家忙著換裝等等，內心當然也是碰碰跳。期待加緊張，好不容易前面的實驗中學完換我們了，果然我們發揮了實力，而且神奇的是，緊張竟然只是上台前那一秒的事，上台後，一點都不緊張，反而喜歡那種在舞台發光的感覺！很順利的我們表演完了，衝到外面，大家好激動，老師也都衝過來，一起大叫、歡呼，我們六人的感覺真的不是用筆墨能形容，也不是別人所能了解的，那種把自己努力許久的成果展現出來的感動，沒有經歷過是不能懂的。果然不出意料外，我們進了第一階段！

晚上到老師家，我們還繼續奮鬥到一點多才睡，很累，但是我們願意！

後來隔天我們抽到了最有把握的題目，但因為緊張，加上強隊環伺，我們並未選入優良隊伍。剛聽到時實在蠻難過的，不過難過只是幾個小時的事而已，後來想想，我還是覺得我們很強：我突破了自己，演出了美容師的角色；一群好姐妹編出台詞和五篇講稿，這些經驗我們以前都沒過，但我們都做到了！本來以為沒做過，一定會很難，但事實不是那樣。只要有心，並且勇於去改變，那麼生命中最美的火花才會展現在你面前，這是我學到最深刻的事！

這次真的要感謝很多人，純敏很辛苦，因為我們每次練她幾乎都到，幫我們修台詞、演講稿、看我們需要改進的地方等等；還有老師也是付出好多心力，陪我們午休、課後練習，買晚餐給我們，還有很多指導；還有師丈第一天晚上還陪我們到很晚，第二天還幫我們錄影、打

氣；雅卿老師給我們的超多爆點還有服裝上建議，還有謝謝在我們練習時來看我們演出的老師們。因為有你們，我們才能這麼棒！

從願意踏出的那一步，我們就注定比別人付出更多，但也獲得更多。我也要謝謝自己的勇氣，它讓我有以後能更勇於去追求自己的夢想及自己想要的，也留給我的高中生活一段驚心動魄又印象深刻的回憶。

新銳服裝設計師訪實

楊孟晴　石緗渝　楊雅馨

前言

　　在一場偶然的機會下，班上來了一位學長，他受Sandra之邀，為我們做了短短兩小時的經驗分享。一身帥氣的襯衫搭牛仔褲，沒想到看來酷酷的學長，居然有著與他外表一樣令人印象深刻的過去。

　　我們在聽完學長的分享之後，都覺得只有短短的兩小時，對他那精采又像極小說情節的經驗來說，就像是想用吸管抽光長江三峽大霸一樣的困難，因此，我們和學長約好了時間，準備要好好用筆，記下目前才25歲、但卻有著傳奇過去的致汎學長。

　　故事是這樣開始的……

起點

　　從小在單親家庭中成長，學長對於隻手帶大他的母親懷著一份深刻的感謝。因為看到媽媽一年四季都穿著那幾件衣服，於是學長有了個念頭，希望成為服裝設計師，讓媽媽穿上自己親手做出來的衣服。

　　「每個人都會做夢，有些人是夢碎了再做下一個夢，而我是想盡辦法，從夢境中走出去。」他這麼說著。高中時期看了discovery介紹設計師生活的節目，他自此對設計師這條路更加嚮往，努力地將成績達到服裝設計系的門檻。而在這個階段他也開始有了自創品牌的想法。曾祖父的滿洲姓氏「ASINJOR」成為了他的品牌名稱。他說：「使自己的週遭都充滿著Asinjor，無論什麼都與Asinjor有關，我就不會往其他方向走。當我生活中充滿這個念頭，我就不會放棄，因為放棄的話，自己會覺得很可惜。所以我一路走來，一直不曾改變方向。」

阻礙

　　當學長決定報考實踐大學的服裝設計系時，媽媽卻告訴他，如果要當設計師可以，但希望他當室內設計師。面對媽媽的反對，學長卻還是堅持一定要選服裝設計，即使得拼命打工賺取學費也不在意。學測選填志願時，學長毅然填下北實踐的服裝設計系，卻因為英文級分不夠被刷了下來。學長的英文一直不是很好，但是史地方面優秀的成績，提高了他的總級分。懷著一份希望，學長主動打電話給北實踐設計系，並詢問是否能爭取機會面談。但當學長到達北實踐，卻因分數不夠被趕了回來。之後，學長在指考時捨北取南，報考了南實踐。

醞釀

　　學長就讀的實踐大學以服裝設計聞名，求學過程中遇到不同類型的教授，教出了優秀的服裝設計師。印象最深刻的就是嚴格型的教授，這類教授對學生十分地要求，曾經為了要讓學生不佳的作品能夠有所改進，將作品從兩樓往下丟。這樣做法非常不顧學生的面子，因此開始有些學生迎合教授的喜好。但學長不會刻意討好教授，他一向忠實呈現自己的作品，接受教授的批評指教，這樣一來，反而有很多的學習空間，努力地讓下次的作品更好。其實，並不是每個教授都喜歡學生投其所好，有教授喜歡華麗的封面、厚厚的內裝，而另一類的教授則是重質不重量，即使內容只有一頁，但是只要裡面的文字用心地寫出來的，老師也會給予於很高的評價。

　　大學時，有一位教授非常喜歡學長班上的四個同學。只要是上這位教授的課，他們四個總是坐在前頭，甚至在分組時，教授還鼓勵他們要分在同一組，缺一不可。事實上，他們四個人誰也不服誰，自視甚高，但是為了迎合教授，也只好在同一組。每當分組所繳交的作品，他們所完成的作品必受到教授的青睞，這四人組從此變得越來越驕傲……。

有一天又要上這位教授的課，而且這堂課要交分組做的作品，想當然爾，一上課，他們四個又迫不及待將把作品呈放在桌上，像是炫燿似的，隨即就離開教室。等到他們一回來，教授已經在教室對著作品開罵：「這是誰的作品？這麼醜也敢放在桌上！重做！」那四個人聽完當場臉綠，頓時才驚覺：原來教授因為喜歡他們，才喜歡他們的作品，而不是他們四人別具才氣。學長說，永遠不要看輕自己，因為看輕你的人，極有有可能是害怕你表現的比他好。

虎門盃之初試啼聲

大一下的學期末，期末考剛結束，校園裡學生稀稀落落。學長正和一個朋友在校園內閒晃，突然看見一張從佈告欄上掉下來的公告。這是服裝設計大賽的簡介。學長看著這張即將改變他一生的簡介，開玩笑地對朋友說：「我們把它偷走好不好？」朋友不表意見，但學長內心已經確定了自己想參加這個比賽的決心。

一開始學長就碰到了難題：他不會畫圖，也不懂車縫衣服，要如何參加比賽？要怎麼把腦袋裡的東西化成實物，和別人一較高下？思索許久，學長決定向學姊求救。據學長說，他拜託他學姊時，還誇下海口：「只要你幫我，我們倆個一起參賽，我保證我們兩個一定都會上！」於是學姊幫他畫完圖，兩人也真的都通過了預賽。訪談當天，致汎學長不好意思地說，因為這是虎門第一次將服裝比賽擴大舉行，為了表示友善，台灣人的作品一定不難入圍，所以他當初才會這麼不要命的敢和學姊開口。

就在通過預賽的欣喜之餘，不會拿針的學長要怎麼作出成品給模特兒穿呢？硬著頭皮，學長還是盡最大的力量把衣服做了出來。帶著自己的作品和緊張期待的心情，上了飛機，前往參加這輩子的第一個國際大賽。虎門盃不僅僅只單純是學長的第一次比賽，對他來說，這比賽也是開啟他日後其他重要比賽和更多國外經驗之旅的基石。學長告訴我們，

他還趁這個時候到處打聽，哪裡可以找到專門批發成衣的地方，以便日後參考，可見他當時眼光之遠、決心之大，也由於是這種積極的態度，才造就了學長現在事業上的成功。

　　來到虎門，參加比賽，學長看到了從來沒有看過的大陣仗。各地的參賽者帶著自己的參賽品聚集到虎門來。各式各樣的創意、樣式，都讓學長倍感緊張。當學長的衣服被穿在模特兒身上走秀給評審看的時候，他的衣服竟然還一邊走一邊掉，讓站在台下的他，真是覺得顏面盡失。事後學長並沒有贏得比賽，冠軍落在一個14歲的女設計師身上。但是學長在比賽會場所看到、接觸到的，是一個他這輩子都忘不掉的奇特經驗。就像他告訴我們的，如果沒有虎門盃，那接下來也不會有其他的比賽出現在他的生命裡。

工欲善其事，必先利其器

　　繪圖，是每一位設計師具備的基本能力。在參加完虎門盃之後，學長深知自己不擅長手畫圖，「但，總要會畫點什麼東西吧！」學長這麼說著。於是致汎學長便開始學習電腦繪圖，進而產生深厚興趣，也因此認識了一位在電腦美工方面很有名的老師。後來這位老師正幫一名教3D動畫的朋友招攬學生，便詢問學長有沒有興趣學習。學長心想：『這老師教得很好，他的朋友應該也不差吧！』在加上這名老師出身於紐約電影學院，這方面的基礎打得很好，於是致汎學長便點點頭，開始展開向另一名老師學習的路程，「工欲善其事，必先利其器。」就這樣，學長斷斷續續地學了一年的動畫。學長謙虛地對我們說：「其實我只學會如何作模型而已，一些皮毛罷了！」對學長而言，學動畫就像學醫一樣，東西不但很多而且每一樣都得很熟練，每一個動作都馬虎不得，因為只要一個小地方出了差錯就不能動了。可見3D動畫是一門多大的學問啊！後來學長上網尋找到幾個平面設計的打工機會，但在價錢和時間方面一

直沒有談妥。無意間，他在網路上發現徵求模型設計的人才，正所謂「學以致用」，此時便是大好時機，話不囉唆，學長趕緊與負責人聯絡討論工作的詳細部分。再經過一番審試之後，負責人便問學長說：「你能在2個月內完成200件不同的鑽石模型嗎？」學長深思了一會，決定先保留答案，找他的老師討論看看，畢竟200件可不是一個小數目，再加上若沒有在期限內完成，可是要付一筆可觀的違約金呢！沒想到學長的老師一聽到這消息，便笑笑地對學長說：「這只需要兩個禮拜便可完成了！」學長不可置信的看著他的老師，不解的問：「為什麼？」後來他的老師解釋，其實事情不要想得太複雜，鑽石的長相大同小異，若是藍寶石，就把第一個模型顏色改成藍色；若寶石比較大，就將它放大；若是寶石比較長，就將模型數據修改一下，以此類推。學長說：「剛開始做第一個模型也許要花上一天的時間，但第二個可能只要半天，第三個、第四個……做的時間便會越來越少。」也是因為如此，當時學長聽完老師一番分析後，便接下這件案子了。談到這，我們也開玩笑地詢問學長說：「那這次酬勞是……？」「二十萬。」學長酷酷的說。

貴人vs.經驗

在致汎學長參加虎門盃時，曾央求一同參賽的當地人，帶他去見識見識廣州廣大的成衣市場。也因為虎門盃的因緣際會之下，結識了許多人，開闊了眼界，同時也開拓了未來道路上的一扇窗。

升上大二時，致汎學長開始與同學合夥擺地攤，販賣一些自設的品牌，想當然爾，學長的品味自然是相當與眾不同。當時學長偏愛暗色系以及一些古怪的圖騰，而這些商品並不受到女孩子的青睞，再加上合夥人的好吃懶做，這筆生意也就賠錢草草了事。至於那些沒賣出去的東西呢？最後學長只好都分送給身邊的好友，說到這段經驗，學長還開玩笑的對我們說：「那些東西連送人都還被嫌棄！」

不經一事，不長一智。在當時，網路拍賣正熱門興起，學長一發

現此趨勢便緊把握機會，再加上他之前學過電腦，對於使用電腦並無太大的障礙，於是學長便開始從事網路拍賣。不一樣的是，這次致汎學長不再是像以往一般魯莽地埋頭苦幹。有了先前擺地攤的經驗，學長這次先去勘查過網路上熱門的網站所販賣的款式與風格，在經過一番市場調查後，便透過當時他在虎門盃所結識的朋友，從廣州那邊調了學長他所需要的貨。由於事前做足了功課，再加上經驗的累積，結果網拍越做越大，從無形到有形，學長開始租起一間店面。而這間店在致汎學長用心經營之下，也交出一張漂亮的成績單。最後，學長又為了另一個夢想，而將這家店頂讓了。

人生的第一個全壘打——莫斯科之戰

除了在網路上尋找打工的機會，為了讓自己的見識更加廣闊，致汎學長一直很積極地參加比賽，累積自己的經驗。在大二要升大三的暑假，學長在網路上搜尋到一個在莫斯科舉辦的創意服裝比賽。幾經考慮之下，學長決定參賽。由於這是創意服裝比賽，比的是創意，而非實用或流行，於是學長就回想當年就讀清水高中的一個事件，成為他創作的靈感。事情是這麼發生的。

有一次他去找同學時，無意間在實驗室發現一塊硬掉的抹布。學長覺得很奇怪，於是就問他同學，沒想到學長的同學竟然說，剛剛他拿來擦拭化學藥品的時候，抹布還是軟的。基於好奇心的驅使，學長就把抹布拿去研究，發現原來那條短時間內變硬的抹布是不織布。後來經過多方詢問，化學材料行的老闆依照經驗指點了學長：當不織布的材質碰上工業樹脂以及一些化學原料時，就會變硬。於是學長就將以前這個無意間的發現，應用到這次莫斯科的服裝比賽。當時學長嘗試各種方法來加強它的硬度。第一次學長剪了一小塊的不織布加上化學原料後放到烤麵包機裡頭，試著想要藉著加熱讓它變得更硬。「噹」地一聲，跳出來的不織布竟然與他預期中的一樣變得更有硬度。可是過了一會兒那塊不織

布馬上燃燒成灰燼。學長這才發現：原來不織布加上這種化學原料加熱後，遇到高溫的時候，會產生燃燒的現象。雖然烤麵包機也因為這次的實驗而報銷，可是學長也因此而發現這現特性。後來學長又再次改良而進行實驗，這次他將含有工業樹脂的不織布放到烤箱裡面烤，烤完後的不織布竟然硬到要用力才能敲碎。於是學長就充分利用不織布的這項特性，拿來將它做成盔甲，成為他當這次參賽的創意服裝素材。烤過後的含工業樹脂不織布不但夠硬，適合製作盔甲，而且質地輕盈，不會重到讓模特兒猶如穿上真的盔甲一般，有十幾斤重的負擔。最重要的一點就是，莫斯科那裡的天氣很冷，所以也不會因為太熱而使盔甲燃燒起來。

在這次的莫斯科比賽裡，有來自世界各地的人參賽，多達一萬九千多件的作品一起角逐競爭。學長通過第一關初賽拿到第三名，晉級複賽，然而，學長並沒有因此掉以輕心，直到複賽的時候只剩下30件的作品，入圍決賽。在這次的比賽中，學長憑著他過人的創意打敗了其他人，得到這次服裝比賽的第一名。由於莫斯科所舉辦的服裝比賽在服裝界是赫赫有名，再加上剛好學長這次參賽正好碰上莫斯科建城紀念，因此又擴大舉行。當時有許多服裝界的有名設計師都來觀賽，學長第一名的獎盃正是從香奈兒總監手中接過來的，當時學長簡直不敢相信：以前只能從電視雜誌上看到的設計師，此時竟然和他如此接近。而世界青年設計大賽的服裝比賽有一個歷年來不變的傳統：贏得比賽的第一名會接受知名雜誌的採訪，收錄在該雜誌裡。學長在贏得比賽後，便接受雜誌的訪問，而且照片還刊登在當期的時代雜誌東歐版本上呢！

光榮出征

在莫斯科比賽獲得優異的成績後，使得學長聲名大噪，不但登上著名的雜誌封面，而世界的名校——倫敦聖馬丁大學和倫敦藝術大學，也先後邀請致汎學長前往就讀。雖然學長有心想出國開拓自己的視野，但是外國的生活物資對於學長來說，真的是太昂貴了。況且，出國讀書無

疑得放棄國內正進行到一半的學業，這風險和損失都太大了。正當學長猶豫到底要不要出國留學時，學校幫了他一個大忙，讓他有機會在大四這年到英國倫敦去進修。

到了英國倫敦聖馬丁大學後，學長發現那邊大四所需修的學科早在實踐的大二就修過了，因為學長在那邊所需修的課不多，便提前就到工廠實習當助理，同時著手自己的設計。而後學長將自己的設計賣出。但是卻因這個緣故，又使得學長面臨一個轉捩點。原來，學長自己設計好作品後，為了不額外多花一筆印刷的開銷，就利用原本在打工的那家工廠的紙印刷，因為不懂法律上的常識---只要是用公司公物做出來的東西都是屬於公司的，學長被視為剽竊。所以工廠將學長辭退了，還給了最後一個月的薪水！而大學在得知了這個消息後，「請」學長回台灣，也就是說：學長被退學了！

在國外留學或是出國旅遊，一般人都不禁想到浪漫的異國情緣，我們當然也是耐不住好奇心，再三央求學長透露一二。相較於我們期待的心情，致汎學長卻顯得分外冷靜，只用幾句話輕輕帶過。進一步追問之後，才知道原來都要歸咎於外國人的「種族歧視」。在國外種族歧視是一項很嚴重的指控。若沒有確切的證據，外國人是可以對你提出告訴的。

雖然嘴巴上是這麼說，但在國外（尤其在歐洲），種族歧視卻隨處可見。致汎學長就舉了幾個切身的例子對我們說明。工作面試是其中一個例子。外國主管表面上一視同仁，但面試完後，由面試者的態度就可以明顯感覺到：自己錄取的機率絕對不大。一般來說，他們錄取優先順位是：白種人，黑種人，最後最後才是黃種人。

又有一次，致汎學長和他的朋友到外國酒吧，突然間外頭有人鳴槍，當下致汎學長的朋友立刻將他抱住，把他的臉藏起來並告訴他：「黑人不一定會被打到，但黃種人就難說了。」。事後，學長問了原因，雖然他的朋友只說不要問，但致汎學長心裡其實有底：這又是另一

種「種族歧視」下的差別待遇。所以，致汎學長的一席話，確實打破了很多我們對外國一味嚮往的迷思。

重新再出發

　　回到台灣後的學長一邊繼續完成他在實踐大學大四的學分，另一方面又因為自己已經有了不少在國外比賽、擺地攤、打工以及網拍等所累積的經驗，再加上他和幾位因比賽所認識的朋友，一位是Touch的香港總監、加上兩位虎門盃認識的俄羅斯女生討論後，學長開始想自己開店。於是畢業後，學長就和他的幾位好友一起到米蘭設廠，自己當老闆。

　　至於為什麼選擇米蘭？當然學長有想過到法國設廠，但因物資昂貴作罷。況且在米蘭不僅物資沒那麼貴，而且對於所需的資源、人才又比較齊，所以米蘭就成了學長的第一考量。

　　到了米蘭後，學長在那邊開始設了一家自己的店面，而在學長和他的朋友的努力下，不但在當地有了自己的品牌，而且還進軍百貨公司精品街的專櫃。

　　對學長來說，當設計師這個念頭，隨他的經驗的增長而逐漸轉型。他說：「身為一名設計師，你很容易因為設計出的衣服不受社會大眾喜愛而慘遭淘汰，但如果擁有自己的品牌，就算設計出來的衣服不被大家喜愛，只要更換設計師，自己的品牌還可以保留下來，不被淘汰。」正因為如此，讓他更堅定地朝著品牌行銷這條路發展。

　　最後，我們為清中有興趣往服裝設計方面的學弟妹請教致汎學長如何準備。致汎學長的答案卻出乎我們的意料之外。他揚起一抹微笑說：「如果你今天問我要不要讀服裝設計，我會告訴你不要，這箇中的辛苦，沒經歷過的人不會了解。」他頓了一下後，又說：「不過，要是你確定了你未來的方向非服裝設計莫屬，有任何疑題，我還是會幫你。」因為致汎學長再三說明服裝設計的辛苦，走這條路令人老得很快，既要不斷動腦，力求創新突破，又要顧及市場，考慮大眾需求，非得有十足

的毅力及耐心才撐得下去。所以，不過儘管致汎學長反對，但他還是加上一句：「如果學弟妹真的要走服裝設計這條路，我還是很樂意為他們指點迷津。」可見學長的酷勁背後，其實是很熱心的。

　　但就如學長所說：「別人都會以我以前的成功來比較我現在該有的成就。」這讓他的壓力在無形中不斷增加。目前學長全力往內地發展，也仍努力的在替自己的未來拓展更廣闊的另一片天空。我們也衷心祝福他能夠一切順遂。

給清中學弟妹的建議

　　在這次與致汎學長的訪談中，我們著實見識了許多我們還未接觸過的人事物，徹底的開拓了我們的視野。在這次訪問中，我們可將致汎學長想要傳達給清中學弟妹的訊息，大致上分為下列三項。

　　首先，學長希望我們可以多充實自己。就像他學習電腦3D，這並不是學長在課堂上所必修的，但學長卻認為這在日後可能會對自己很有幫助，所以就趁還可以有時間去做的時候，盡力去學習。另外，像他在大學時所參加的一些國外的比賽，也是一項不失為充實自己的方法，因為也就是經歷了這些比賽，使的學長開拓了視野，見識了許多別人的作品，也認識了許多來自四面八方的人，不只是被圍於自己的生活圈中。

　　第二，學長認為多結交朋友也是很重要的。就拿去國外比賽所認識的那些朋友，至今那些朋友都還有跟學長聯繫，而且當學長遇到困難或是瓶頸時，那些朋友就是一項很有用的「資源」。所以學長認為，多結交朋友真的是很好的，不但可以將自己的生活圈擴展，認識許多形形色色的人，亦可以當自己遇到不如意時，做為幫助你的良師。

　　最後，學長建議我們自己一定要確定目標，有自己的想法。「不要問教授老師要你做什麼，要問自己想要做什麼；試著了解各種領域，學習各種方法，如果你只會一項工具，當你遇到瓶頸時，你就會做不出來任何事。」這是學長跟我們訪談時所講的一段話，讓我們印象非常

深刻。他認為教授老師所給的東西建議，有時候並不見的是對的，不過當自己有問題時，試著向教授請益，通常會有不少的收穫。但最重要的是：一定要自己先清楚自己的方向目標在哪，不要一味只想請別人給你意見，畢竟這是你的人生，而不是的別人的。另外一定要將自己的視野觸角廣泛的延伸，不要只接受吸收學校的東西，有時去嘗試另一個自己所未接觸過的領域，不也是充實自己的方式嗎？

　　所以總結來說，致汎學長希望我們一定得先將自己的方向弄清楚，然後秉持著成功的信念，努力不懈的朝著自己的目標前進，過程或許辛苦，但在這過程中，收穫最多、成長最多的，一定是你自己。

語資班大事紀全記錄

207上學期大事紀

8/01	(1)新207成立，重新洗牌。新、舊成員分別為17、13位。 (2)臨時幹部出爐，執掌班務。
8/18	觀賞紀錄片「在黑暗中追夢」，同學頗受激勵。
8/23	各類組辦理轉入轉出，成員小幅變異，30位班底終於底定。
8/29	(1)註冊。 (2)孟晴正式任207班長，有效主持幹部選舉會議。各股長以自願方式決議，總計11位股長，其中最辛苦的環保股長、衛生股長最先被認領，會議效率高且氣氛和樂。
8/30	開學，正式上課
8/31	泰利颱風來襲，放假半天9/1泰利颱風來襲，放假一天
9/2	班導教過的八位男同學大駕光臨207，分享大學生活心得，同學聽得津津有味，對大學生活多了一份了解，藉著這八位學長的介紹引導，讓同學仔細思考商學院、管理學院、工學院等之課程。
9/6	207班級書單出爐，每人一學期至少閱讀10本。宣佈之初，同學倍感壓力。經班導解說讀書單的用意，激勵同學提高自我期許，化壓力為動力（詳情見子夜輾轉-降低標準一信）。
9/8	文學講座列車開動：系列講座（一）中興大學外文系　陳建民教授——希臘羅馬神話，同學全神貫注，收穫豐富。
9/9	因清中承辦大型座談會，眾多校外貴賓蒞臨，本班外掃區同學辛勤打掃，使外掃區廁所亮麗一新，但座談會結束，卻遭嚴重破壞，207同學首次見識到此一不可思議的破壞力量。辛苦外掃區同學和妙卿了。
9/12	(1)國文抽考。 (2)英文傳記寫作——拉斐爾傳。
9/12	全班秩序嚴重扣分，很有可能必須被罰中午必須靜思不得午睡，207陷入一股危機意識中。
9/19	英文抽考

9/22	班會時舉行第一次讀書會報告，妙卿、緗渝、孟慧報告得很用心、很動人，在短短的30分鐘內讓30位同學快速掌握3本書的精華，展現其效率與品質。
9/27	孟晴、佩綺升旗時間為清中敬師活動上台作相聲表演。 一個台語、一個英文，進行4分鐘的演出，博得全校熱烈掌聲。
10/03	月考完第一天，5科考卷全部發完。此次月考207成績亮麗。
10/05	巧芸、紋慈、巧珊進行第二次讀書報告，展現的內容忠實呈現207的多元化。
10/06	第二次文學講座，由中興大學外交系陳建民副教授主講聖經文學。
10/10	207來校練啦啦隊，孟慧受傷，看了三位醫生，需要休息，靜待復原。
10/12	雅馨、亮穎、淑雯第三次讀書報告，三人報告的特色是真誠、平易近人，像好友間知心的分享。
10/15	207來校練習啦啦隊，士氣高昂。
10/16	207來校練啦啦隊的人不到一半，令來校練習同學深感忿怒不平，士氣低落。
10/17	化解10/16的班級危機，康樂佩綺、巧芸、又文紛紛上台表心聲，並重新調整班級步調。
10/19	啦啦隊比賽正式登場，14個班級各有特色，207勇奪冠軍，不負這近兩個月來辛苦練習。這一路走來，佩綺辛苦了！熱心參與的同學辛苦了！謝謝佩綺媽媽、巧珊媽媽、欣蓉爸爸、欣慧爸爸贊助支持。當晚於沙鹿「說來話長」火鍋店慶功。
10/20	回顧啦啦隊現場，由班導播放時況錄影，總結一路五味雜陳的歷練。之後全班沈靜下來，進入月考準備期。 第三次語資班文學講座，由中興大學中文系石美玲講師主講——「日據時代的文學風貌」，內容深入淺出，頗受同學好評。
10/26	亭蓁、沛珊、欣慧第四次讀書報告，3位同學報告的內容十分精彩，欣慧在短短十分鐘講完一整本書的內容且條理清晰、節奏流暢，這需要深的功力，亭蓁、沛珊反芻所得的心得，引導同學有不同的切入書本的觀點。

10/28	因協調大隊接力參賽名單，207再度面臨班級風暴，扣除傷兵與隔日出賽外交小尖兵的同學，能參賽的同學已經不多了，再加上家住較遠或個人私人意願很低，造成參賽人員不足，瀕臨棄權，後有亭蓁、怡安勇於出賽，化解危機。班級競賽遇到利用假日練習、比賽，徹底考驗同學的向心力。歷經兩次風波，是個值得同學思考自我價值觀的機會。班導感觸良多，若非有負責的領導人，如佩綺及勇於幫忙及不少熱心的同學，207勢必成為只會讀書的自私班級。
10/29～30	＊ 孟晴、欣蓉、佩綺、文繻代表清中參加中區外交小尖兵初賽，這是清中史上第一遭。為期一個半月的努力，劇本、講稿從無到有，展現無限的創意。第一輪與50位參賽同學較勁，順利打敗26隊，順利晉級。10/29當晚於Sandra老師家挑燈夜戰，準備團體演說，可惜10/30上場當天並未如願，晉級優良隊伍。兩天中心情一高一低、一熱一冷，充滿挑戰。挑戰能力也挑戰情緒EQ。 ＊ 班際大隊接力賽，本班於該組第三名，盡了力，順利完成比賽。
11/7～8	第二次月考，共八科，207總成績依舊亮眼，6位進社會組前10名，22位進類組前50名，未達前100名者，要加油囉！
11/9	靜雯、香霖、怡安讀書報告，三人各有不同風格，由故事情節導入，介紹頗為詳細。
11/10	文學講座——中興大學外文系陳健民老師主講「文學導入」
11/14	國文抽考。第一輪抽考成績公佈，207有7位進社會組前10名，23位進前50名。
11/17	與小高一（107）看外交小尖兵實況錄影，分享參賽同學的經驗，暢談其中甘苦，並體驗他校英文實力，提高自我標準。
11/18	導師與國文老師貴芬前往新竹中華大學參與詩人洛夫的詩書雙藝展，並聆聽十多位老詩人朗誦詩作，帶回心得與同學分享。
11/21	英文抽考。
11/22	班導教美國詩人艾蜜莉的詩作，供實習老師及代理老師觀摩學習。
11/23	淑茵、詠淳、鈺婷讀書報告，準備充分，娓娓道來，台風穩健。
11/24	中興大學中文系陳建福老師主講「對聯」。
11/25	歷史報告——訪問清中人系列結束。
11/28	數學抽考，落差甚大，顯現出實力有待加強。

11/29	班導個談開始。利用午休及放學後與同學各別聊天,探知同學狀況,未來系所走向並期許。預計耗時一個半月完成。
11/30	佾旻、文繻、玉雯班會讀書心得報告。事前準備充分,很有品質。
12/1	外籍老師Jeff主講購物及餐廳英語,全程以英語進行,老師經驗十足,同學反映熱烈。場面熱鬧,盛況空前。不過,一輪到同學發言,大家還是很膽怯,時為可惜! 教室佈置得獎第二名,全班皆有投入佈置,恭喜大家了!
12/5	歷史抽考,實習老師檢討,過程中感受到同學對該科的用功。 班導的學生陳致汎蒞臨演講,分享他在服裝設計一路上得甘苦。以24歲青年之姿,自創品牌,並在義大利米蘭成立工作室,所設計的服裝進駐當地百貨公司精品店。他一路上的辛苦、堅持、對夢想的執著,給同學不少啟發。
12/7	班導帶同學做聖誕圈,提早享受聖誕氣息。一屋子女生吱吱喳喳,顯出少有的輕鬆自在。
12/8	為第三次月考積極準備。每一次月考,都是發光發亮的機會。
12/13	班導與國文老師貴芬同訪詩人洛夫,兩位大人不在,同學表現自重。

207下學期大事紀

1/20	12位同學訪問陳致汎學長。他目前在義大利米蘭自創服裝品牌Asinjor,所設計的服裝進駐百貨公司精品街。12位同學採訪他,分享他的創業經驗。
1/24	12位同學到導師家包水餃寫劇本,熱鬧一下午。
2/3	學期補考。儘管207成績優異,仍有個別差異,還是有人得跑這一趟。
2/6～2/9	寒假輔導。207又全班團聚。班導2/8報到。
2/13	正式上課。音樂老師換成楊芝華老師,開始挑選五月份合唱比賽歌曲。
2/17	國語文競賽與英文作文演講比賽開始報名。207自願參賽者眾多,老師傷腦筋如何協調。

2/20	國文抽考。
2/22	國語文競賽，207有朗讀：汶甄、玉雯、亮穎。作文：文繡、仲凡。字音字形：靜雯、香霖、侑旻、細渝。國語演講：孟晴。台語演講：佩綺。書法：紋慈、巧芸。
2/23	語資班系列講座1：藝術欣賞。由李定蒼老師主講。超過60張幻燈片，張張精彩。同學熱烈迴響，結合旅遊、藝術、文化，內容豐富。
2/27	英文抽考。（平均83）
3/1	英文競賽。作文有徐鈺婷、楊雅馨、林欣慧。演講有洪孟慧、謝依倫、劉詠淳參賽。
3/8	班會名人傳記報告開始。妙卿與怡安介紹幾米。英語演講依倫、詠淳進入複賽。
3/9～10	第一次月考！！
3/19	英劇社在港區藝術中心作成果公演。班導與其樂團登場表演。孟晴、佩綺主持，彥廷上台演出。歡迎家長來加油打氣氛！！
3/15	寒假小說報告。30人輪番上陣，全程以英語簡述小說內容與個人觀感。他們的發音腔調都非常不錯，但文法結構較差。但整體而言，令班導雙眼為之一亮。
3/19	英劇社於港區藝術中心公演。班導的康夫修思樂團，彥廷、孟晴和佩綺的演出都十分精彩成功。
3/20	地理抽考。
3/22	班導帶著207偷偷溜出校園，去看2棵美麗的苦苓花。並在樹下享用香甜的牛角麵包，體驗初春粉紫的浪漫。
3/23	試做全民英檢模擬試題。聽力尚可，閱讀很慘。
3/27	歷史抽考。
3/28	上演自編英文對話短劇，共14組。每組各有笑點，組員們無不全力發揮，原創十足，是很棒的語言訓練。
3/29	名人傳記報告，紋慈、巧芸介紹李遠哲，沛珊、巧珊介紹連加恩。電子簡報內容豐富。由於這二位名人對年輕人很具有啟發性，給同學一個更寬闊的視野，提高自己的期許和可塑性。實習老師紫君的分享更令人深入感受二位名人的不凡之處，生命中令人動容的力量。

3/30	外籍老師Jeff二度蒞臨清中語資班系列講座，引導同學如何用英文來寫作。全程英語教學，看得出來207吸收得很好，是有學有玩快樂的2小時。
4/3〜7	班導因種種事件陷入情緒低潮，在課堂上與同學分享。207是很冷靜的聽眾，幫了導師在談話中重新找到方向。
4/10〜11	第二次月考。檢討成績有略為下滑的趨勢，正好給207一個警惕。沒有永遠的強者，除非強者自立自強。
4/12	玉雯及文孺報告前柏克萊校長田長霖。內容頗發人深省。
4/17	國文抽考
4/18	詠淳和淑茵報告前暨南校長李家同，詳盡介紹他的價值觀及許多小故事
4/18〜27	進入合唱練習最艱辛的階段。摸不著老師所要求的，屢挫屢試，屢試屢挫。這是207師生經驗中最煎熬的一段時期，能否通過我也心存疑慮。
4/19	拔河比賽，207自信滿滿，但輸了小高一。看來體力方面還有待鍛鍊。
4/20〜22	清中60周年校慶。207攤位「七彩霓虹」，賣「好麵」和「豆花」小賺。
4/24	校慶補假，207來校練習合唱。
4/25	依英文教材需要，看「龍捲風」一片。
4/26	孟晴和佩綺報告雲門舞集創始人林懷民，資料充分，老師補充更是令人對林懷民印象深刻。雅馨和淑雯報告企業家嚴長壽，並已提及兩本著作「總裁獅子心」和「御風而上」。報告詳實，引發同學多方思考。
4/26	借英文課練唱，哭得很慘、很慘、很慘！！班導安慰，依然淚眼不斷。（這是最低點～～～～要結束低潮了！）
4/27	文學講座請靜瑜老師主講印度加拉斯坦紀行。接觸另一種文化特色令學生倍感新奇。講座後有獎徵答，獎品來自世界各地，靜瑜老師破費了。
4/28	開始進入英語話劇比賽籌備。共七校語資班參加，是為一場硬仗。共23人自願上台參加演出，5個人做道具，1個做音控。差不多全員到齊。
4/30	來校練唱，狀況改善，音樂老師會講笑話逗大家。
5/1	英文抽考，一切正常。

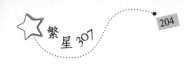

5/4	文學講座由外籍老師使出分身解術,學生反應激烈。就聽、說、讀、寫這幾方面,還是外來的和尚念經,學生聽的比較開心。
5/7	來校練唱5小時,站到腳酸。音樂老師全程陪同,進入最白熱化的階段。
5/8	數學抽考,狀況不佳,被別班超前,可見時間分配上同學似有進步空間。
5/10	合唱比賽。本班勇奪A組第一,並A、B組最佳指揮。亮穎伴奏亦可圈可點。巧珊媽媽熱心買飲料犒賞大家,令全班倍感溫馨。當晚師生於沙鹿我家牛排慶功,大家飆淚分享,場面感人。
5/11	文學講座第七場,石莉安老師主講「漫談翻譯」。她本人譯作兩本,分享翻譯技巧經驗。石老師幽默、風趣地引領同學進入文學的世界。
5/12～6/02	進入英語話劇準備階段
5/12	來自洛杉磯某中學老師參觀207的英文教學,有阿逗仔來聽課,班導上得特別High。當然,最後又是學生總贏:上得開心,學得充實!
5/15	歷史抽考
5/16	名人傳記報告,惠嵐與依倫主講台積電董事長張忠謀。半導體之父的強韌性格由此另同學窺見一二。紃渝、孟慧報告侯文詠。廣泛蒐羅其著作並深入分享。兩組報告都有紮實的準備,電子檔更是精美,令人收穫豐碩。香霖和靜雯報告幾米這位多彩的藝術家,真是讀了千遍也不厭倦。
5/24	名人報告由欣惠、亨蓁介紹超級馬拉松王林義傑,全程40分鐘,毫無冷場。由「「闖撒哈拉」「跑出生命的寬度」二書為故事基礎,分享台灣之光林義傑年輕、精采,超強毅力的人生經驗。
5/25～26	月考
6/3	前往女中參加英語話劇比賽
6/21	實習老師青燕歡送會

307上學期大事紀

7/10	高三輔導課開始
8/4	參加十人十一腳，勇奪女子組第二名（七秒鐘完成），為單純平凡的高三生活增添了一番生氣！
8/5	全班參加全民英檢
8/7～9	墾丁畢旅，25人參加，拍了許多照片，更留下了令人難忘的回憶。
8/15～29	到希臘體驗地中海風情
8/30	開學..正式成為高三生
9/7～8	第一次模擬考，壯士一去兮不赴還
9/13	高二啦啦隊比賽，高三觀摩
9/28～29	高三第一學期第一次月考
10/5	送國、英、數三科的老師30顆滿月，限量版中秋賀卡，使得每個老師都樂開懷，可以深深感受到307所給予的溫馨與貼心。
10/9	雙十節彈性放假
10/11	高三甄選說明會
10/14	補課
10/15	親師座談會，班導為此因而整整十天都得到校，真是辛苦！
10/31、11/1	第二次月考
11/6～7	第二次模擬考
11/15	捐血活動。許多同學捲起袖子，第一次捐血一袋救人命。但是班上同學有人因此發生了整隻手臂泛紫的驚險畫面，幸好數學老師的及時發現，總算是有驚無險。
11/30	做聖誕節飾品，班上充斥著濃厚的耶誕氣氛。
12/1	班導送家長洪蘭的書當作給307同學和家長的耶誕禮物。
12/11～12	第三次月考
12/21～22	第三次模擬考
12/25	耶誕告白事件開端，班上開始與班導產生異常的詭譎氣氛。
1/1	元旦放假
1/?	因班上同學陸陸續續的表示關心，使得耶誕告白事件在時間的淡化下逐漸落幕。

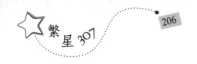

307下學期大事紀

2/2～3	學測　班導貼心相伴，地瓜與可頌加油打氣
2/5	寒假輔導課開始
2/7	歌劇欣賞【茶花女】法國文豪小仲馬名著
2/8	電影欣賞【羅馬假期】
2/9	歌劇欣賞【拜訪森林】
2/26	高三下學期開學並且寄發成績單，307的成績不錯，班上有兩位同學60級分以上，最高級分為61級分，絕大部份同學約莫在50-60級分左右。
2/28	放假一天
3/1～2	中區模擬考
3/2	繁星計畫申請
3/3	幫班導慶生，請國文老師當小天使信差，營造意外驚喜。 9位同學參加G-TELP美國英檢
3/5	四技二專截止申請 跑八百，使得班上同學都異常的疲累。
3/7	申請入學報名截止 強哥泰北義工之旅，除了3個語資班的同學之外，還有304的同學也一同參與此次講座，在強哥的妙語如珠下，全場都聽的津津有味。
3/8	婦女節 拍畢業光碟，大家對著鏡頭大聲說出，十年後的夢想
3/15	繁星計畫成績公佈，鈺婷錄取國立交通大學傳播與科技學系、欣蓉錄取國立中興大學財經法律學系
3/16	觀賞劇匠魅影、盧安達的pp檔、分享「一碗陽春麵」的心得、看「穿越邊境」的奇女子——林良恕以及楊士賢的故事
3/19	甄試申請通過第一關的名單陸續公佈，班上只有１２位同學通過第一關，但總計有六位同學放棄面試，要全力衝刺指考
3/26～27	三年級下學期第一次期中考
3/28	全班上清水街上、鰲峰山小徑，體驗春暖花的氣息。-賞苦苓花 裴蕙老師請全班吃觀音廟前，頗負盛名的阿婆粉圓 部分同學留在學校，做模擬面試，為順利上大學做準備

3/29	李定蒼主任的最後一堂藝術講座,為一連串的文藝見習畫下完美句點。
4/5～8	因應清明節彈性放假,有長達四天的連續假期。 班上有部分同學要去接受高齡93歲的忠僕號海上書城的洗禮,來自全世界各國成千上萬的書籍,勢必帶來另一波的閱讀風潮
4/9	鈺婷和欣蓉被班導偷渡到台中港忠僕號,體驗海上書展魅力。
4/11、12	高三下第二次模擬考
4/13	細賞幾米「微笑的魚」動畫
4/14	彈性放假補課日。分享班歌I Am Not A Star,悠揚迴盪
4/20	清水高中運動會
4/21	清水高中園遊會暨校園演唱會
4/23	校慶補假一天
4/27～30	高三下學期第二次期中考
5/7～8	高三第三次模擬考,高三生活倒數。
5/23～25	高三期末考
6/12	畢業典禮　含淚說聲珍重再見
7/2～3	指考日　預祝307全體　追分成功

星子的夢

前言 ★

　　有多少願望是被阻止的，當大人老是說：「等你考上大學，你就可以……」但慾望總是在現實擠壓中才特別強烈真實，一旦鬆綁，又如水銀瀉地之後不著痕跡。

　　星子的夢整理的是在大小考間跳躍激盪的慾望，我們把夢想一一釘住，要利用大學四年好好逐一兌現，希望能更有效率、更有目標的讓自己博學於文、游於藝，能周遊台灣，品味人生，最後回首望，知道實現的夢想，讓自己的青春斐然成章。

博學於文

中國經典（論語、莊子、老子、紅樓夢、三國）
外國經典（Shakespeare、Charles Dickens、Jane Austin、Oscar Wild）
天下雜誌+商業週刊
金庸全集
小說（張愛玲、白先勇、張大春、黃春明、洪醒夫、吳念真）
散文（琦君、林海音）
詩選（洛夫、鄭愁予、陳黎、夏宇）
余秋雨的書　龍應台的書　洪蘭的書
侯文詠的書　幾米的書　李家同的書

阿嘉莎.克麗絲汀推理小說
天使與魔鬼
香水
達文西密碼
哈利波特全集
納尼亞傳奇
手斧男孩全套6集
漫畫經典：家栽之人、灌籃高手、三眼神童、怪醫黑傑克、惡女、千面女郎

遊必有方

國外：出國打工
出國遊學
泰北部落當志工
交換留學生

國內：陽明山+擎天崗　　　三義賞油桐（五月）
阿里山賞櫻　　　　　　墾丁春吶
合歡山賞雪　　　　　　旗津渡輪+人力車
九份遠眺漁火　　　　　東部生態旅遊（泛舟）
溪頭空中走廊　　　　　台鐵環島旅遊
南庄、南投賞螢（五月）　離島浮潛（綠島、蘭嶼）
鹽水蜂炮試膽（元宵）　澎湖觀地形
登玉山，成為玉山勇士
台中爵士音樂節
宜蘭冬山河、傳統藝術館

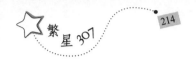

敏以求之

考托福

考證照

考英檢

考駕照

考研究所

游於藝

專精一項運動
（游泳、、羽球、桌球、瑜珈、國標舞）
專精一項樂器
（打鼓、竹笛、吉他、口琴、鋼琴）
專精一項戶外技能
（認星座、認花花草草、賞鳥）
培養一項休閒
（攝影、烹飪、直排輪、單車、素描）
專精外語
（英文、日文、西班牙文、廣東話、客家話？）
諳熟電腦技巧、
架設個人網頁、部落格
研究美國職棒大聯盟

斐然成章

觀賞舞蹈演出：雲門舞集
觀賞舞台劇：屏風表演班
當志工──山地服務隊
去國家音樂廳聽精采表演
細探故宮、科博館
當圖書館義工、工讀生
當家教賺學費和生活經驗
組樂團
在台灣各地露營
登百岳

吃遍各地小吃
聯誼活動
捐血
打工
玩社團
看演唱會
看煙火
跨年晚會

盡美矣

涵養審美觀

增加個人藝術涵養

變漂亮

勤練體力

變髮型

尋找真命天子

夜空的叮嚀

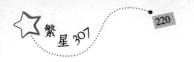

繁星307

前言

　　因為不想阻擋星子的運轉，因為想成為可靠的屏障，於是夜空只好將她的擔憂用文字攤開，寫成字字句句的叮嚀，讓星子在運轉時不致拖了軌道，成了流星，一閃即逝，再也不見蹤影。

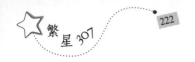

夜幕輕啟——高一的叮嚀

高一上學期，開學

各位107的家長：

　　收信平安。我是清水高中107班的導師王淑敏，有鑒於學校將於九月12日舉行親師懇談會，各位家長可能會想進一步知道班級的狀況，在此以這封信函和你做先一步的解說。

　　107班是語言資優班，授命於教育局廣設明星高中方案而成立。目前共30人，學生多來自海線學校，經由學校篩選，並詢問學生及家長意願後集合而成。語文（國文、英文）是重點發展方向，所以在配課堂數多於一般班級。其中國文旨在加強學生的文學涵養，而英文旨在加強學生聽說讀寫四項技能，故以70％英文、佐以30％中文的比例來上課，這可能也是你的孩子覺得最不同，最有待適應的一點。我已儘量配合孩子，將課程調整到他們能吸收的程度。暑假已上過4個禮拜輔導課的20位同學反應，他們多能聽懂60％到80％，少部份達100％，也只有達50％的，我們師生都在努力當中。

　　因應國文、英文堂數增加，當然部份科目課程就會減少，故此，我附上本班和一般班級的每週教學節數表以及課表給你，供你作比較。簡言之，本班刪掉生活與科技（2節）、美術（1節）、而數學少二節、電腦原本2節改成一節，這節電腦各就用來上數學補上課時數之不足。而歷史地理本共5節，改成4節。國文增加文法與修辭及現代文學各1節，共7節。英文只有遠東版英文4節、英語會話2節、英文閱讀2節、英文作文2節，共10節。其中英文會話因無外籍師資，所以用社區協同教學名義到嘉陽高中上課。

日前，我班授課老師普遍反應，學生上課情形都不錯。我會在每次月考後附上成績單與聯絡信函，告知你孩子的學習狀況。若班上有學習狀況落後，我就會附上全班小考成績。若真到這個地步，我們就要努力鞭策了！一般而言，我會提醒孩子好好規劃上課及玩樂的時間，學習有效率地運用時間。在高一這一年裡，積極培養他們獨立思考的能力。本班在升高二時，仍和一般班級可以選擇社會組或自然組，所以在高一好好思考未來發展的組別是非常必要的。我期許107的孩子是能動能靜的孩子，可以靜如處子、動如脫兔、動靜皆宜，這是我帶班的大方向。

　　祝你平安、順心

第一次月考前，時間規畫

各位家長：

　　這封信寫於月考前，因為月考成績出爐後，不僅孩子的心情會有起落，就連老師也很難不受影響。所以我想在孩子各科老師和自己的心情都受波動之前，先客觀地將想和大家分享的話寫下來。

　　早在月考前一周，107就進入備戰狀態，我也要求孩子要謹慎安排時間，用心準備小考，因為準備小考，就是準備大考。月考前一周，孩子滿辛苦的，甚至周五一連串考了3、4科小考，要說孩子不累是不可能的！

　　我和孩子分享過時間規劃的技巧。以周休二日為例，把周六、周日各劃分為早、午、晚三個時段，每個時段規劃出3小時，如此周末就有六個時段，共計18個小時可供利用。先扣除補習、家務、社團活動的時間，再排出可利用的時段與時數。接下來，把該準備的小考、作業、預習、複習等一一列出，排入可供利用的時段裡，一一做完、一一劃去。這樣做，有幾個好處。第一，孩子該讀的也讀了，該玩的也玩了，該完成的也完成了，週末變得很豐富。第二，因為扣除玩樂的時間，孩子會

更有效率地應用有限時間。把所有時間拿來念書，不見得會念到最好，讀得有效率才會讀到最好。要讀得有效率，一是靠興趣、二是靠自我期許、三是壓力。在一定時間內完成一件工作，所帶來的時間壓力當有助於提高效率。第三，孩子可藉此學會積極地安排時間，為高二高三繁忙的生活預作準備。目前，已有一些孩子正在用這樣的模式規劃他們的周末，也建議你若有些家庭活動，不妨事先告訴孩子，讓他列入時間規劃。

　　六個時段18個小時，不應該全用在讀書上，這樣書也許讀出了一些成果，卻犧牲了高中生應有的多采與豐富。同時也使孩子只重學業成績，卻忽略了獨立、思考、人際關係的能力。卡內基大學曾調查過該校畢業之後十年有成的青年才俊，問這些成功人士他們成功的關鍵是什麼？只有15％回答專案知識。超過80％的人回答，他們成功的關鍵難於良好的人際關係，協調團隊合作的能力、激勵他人的能力以及其它等等。我相信孩子與各位家長要的，是孩子全面的成長，而不只是學業上的成就。讓孩子開始著手規劃自己的時間，是很重要的一門功課。

　　所以，當月考成績出爐，不妨請同學與家長們把這當成是檢驗自己讀書方法、時間規劃的機會。考得好，我們拍手歡喜；若考不好，與其情緒低落與責備，都不如確實找出改進的方法來得積極。離下一次的月考共有6周，時間很長。孩子應趁此時間調整自己的讀書方法和時間規劃。應該一步步學習，而不是一頭栽入，投注全部的時間只為贏得第一。學業的最高峰應不能保証人生的最高峰。

　　您的孩子在成長的路上，需要您的鼓勵與陪伴，請您多觀察孩子，多聽聽他的學校生活，若有我能從中協助的部份，請不吝嗇來電，我們多討論。

　　敬祝平安！

第二次月考後，讀書態度

各位家長：

　　107的第二次段考成績已經統計完畢，提醒您多留意孩子的全校排名，並多以此作為孩子進步退步的指標，較為精確。畢竟班上只有30位同學，一直在這1到30的名次之間計較，一來不夠客觀，二來逼得孩子很辛苦，實在不必要。

　　開學至今已兩個多月，孩子對各授課老師的上課方式都已經適應，學生生活也都熟悉。及至目前，我一直在和孩子溝通的兩個主題，分別是態度和時間規劃。我鼓勵孩子讀書不求近利，但求積極、透徹、盡力。高中教材開放後，大學聯考等於沒有範圍，若以課本為閱讀範圍，對於課外便不予吸收，則大考勢必發揮的有限。以英文為例，學校月考普遍偏易，若只照課本研讀單字，只怕高三上的學測前根本累積不到4000字彙。因此，我鼓勵同學，要積極學習，不要以考不考做為要不要讀的依據。研讀知識，務求徹底，不是坐在書桌前或補習求心安而已。各科目要盡力而為，解決疑難，別擱置問題，讓問題產生滾雪球效應，愈積越大。

　　在時間規則上，同學還有待加強。面對高中種種活動、報告、考試要應付，若沒有時間規劃，高中三年將在一片混亂中度過，且回首時充滿夢想未完成的遺憾。在此提醒家長們，孩子不論在家或在圖書館讀書，每天以三小時的讀書時間是必要的，假日至少利用到2個時段（早中晚3時段各3小時）預備功課考試，目前每週一第一節都排抽考，孩子週末應有活動、有運動、有休閒、有讀書等的時間規則安排，才屬正常。

　　歷經幾次的戶外活動，我發現孩子的體力不是很好，尤其是女生，這成了孩子日後發展一個隱憂。當活動、課業增多，孩子卻沒有足夠的體力支付，則必長期處於倦怠的狀態。學校一週兩次的體育課，對於青少年鍛鍊體力而言，實在不夠。孩子的作息、飲食也都影響他們的健

康。我希望孩子不熬夜（即使週末），每日午睡，週末不濫睡（狂睡到中午），有適當的運動量。事實證明，高三要衝刺，體力很重要，而體力無法一朝一夕養成，要養成好的作息習慣才有可能。

叨叨絮絮了許多，只希望藉此多讓您了解孩子的狀況以及我和孩子的互動。若您想多了解孩子的個別狀況，或有意見待討論，歡迎您多來電，或填寫家長意見欄，我將主動和你連絡。

敬祝平安！

第三次月考後，分班選組

各位家長：

第三次月考成績如下，請您以全校排名檢視孩子的進步與退步。您也可以抓出孩子成績變動的曲線，是大起大落〈表示讀書狀況不穩定〉？還是小幅變動〈這可能是實力所在〉？並和孩子討論他的正常表現應在多少排名，例如全校第100～130名，或前50名為底限？還是努力擠進前200名？孩子需要一個努力可以達到的範圍，穩定求進步，用小幅變動來達到穩定的成長。而這些數據，應該都以全校排名作為基準。

在此將一些提醒事項和您做說明：

第一，請您要和孩子討論高二的選組問題，以孩子的學習興趣，能力為主，而不是考量哪個組別錄取率較高。選擇第一類組〈社會科〉，主攻文、法、商科；第二類組，主攻理工科；第三類組，除理工科外加上醫、農科。清中目前升學率很穩定，今年更高達92%。只要您的孩子能保持在前400名，不愁考不上大學；若放眼國立大學，前80名比較有保障。〈今年有約1/5畢業生考上國立大學〉所以孩子的興趣應為首要考量。建議您不妨看看孩子絕對不讀的學院，先刪掉，然後在可以考慮的學院中做比較，選出最愛，次愛，普通，不排斥，四個輕重來考量選第幾類組。

107班升上207後，仍維持語文實驗班，是第一類組（社會組），加強英文、國文，但不代表只主攻外文系或中文系。只要是社會組的科系，都是選擇的範圍。選擇二、三類組的同學將轉出，與其他高一同學一起編班。107的缺額將再召有能力、有意願的同學加入，補足30名。請您和孩子不要以留在107班為首要考慮，要以他的興趣、能力為考慮，這才是長遠之計。選組事關大學科系，大學科系，影響未來工作方向，雖然不是「一試定江山」，做了選擇雖仍有改變機會，但總是苦了孩子。107的感情很好，老師也都賣力教學，但我絕不鼓勵孩子用感情來考量選組。

這是這次家長信函中，我最主要和您溝通的事項

第二，有為期五天的寒假輔導，各科都有進度，並納入高一下第一次月考。寒假將有書單給孩子，建議多用時間讀課外讀物，看電影，這都有助於刺激他們的思考，多探索自己的性向。您不妨也加入孩子一起分享這份書單與快樂充實的假期，

第三，花費上百萬的語言實驗室已完工，本週開始使用。這將會大幅改變英語上課的方式，希望藉此可以增加教學成效，提升同學的英文實力。

第四，12月24日東海將有聖誕節活動。由於剛考完月考，又正值週五晚上，我建議孩子可以結伴前往，活動結束完可以搭公車回家或住宿同學家。明年聖誕不會時間如此剛好適合前往；高三更不可能。所以如果您同意，不妨鼓勵孩子，或和孩子一同去看看大學校園裡的活動，孩子感染一點節慶和大學的氣息，您也回憶青春年少的滋味。

這一學期，謝謝您的支持。93年歲末，祝您聖誕快樂，新年快樂。

高一下學期第一次月考，選組與晚自習

各位107的家長：

　　隨著下學期的到來，學生也逐漸接近選組的時間點。上學期末，我和幾位家長分享了一些我的建議，在此也提供你參考。近年來，自然組的率取率已明顯上升，加上跨組選系的優勢（自然組加考社會組數學，以便選填商學院），造成一種錯覺：自然組比較好考。這使各校形成一種風潮：自然組班級增加，社會組減少。

　　不少學生以不愛背史地為理由而選自然組，殊不知化學該背的絕不少於史地。學生數學不好，又想念自然組，我的感覺是：跟自己過不去。加上清中近兩年升學率已上衝到80%，甚至90%，在清中，成績不要太墊底，考上大學不是太大問題。只是我們應該要引導孩子不以上大學就好，而要以上優質大學為目標。要上優質大學，不論念自然組、社會組都要有一定實力的！大學科系影響就業，職業是畢業後二、三十年的志向。雖然不是一試定江山，但想清楚自己最能發揮的地方，是很重要的！英、數二科的優勢在社會組自然組都吃香，孩子對物理、化學、生物等自然科學，或地理、歷史人文科學，那一方面比較有觸感，比較喜歡？

　　為此我附上一份學群表，上面列了18個學群集各科系名稱，並就讀該學群所必備之條件。你可以請孩子影印一份與你討論。通常要孩子說出一個明確的科系並不容易，建議你可以用削去法來反向思考。你不妨請孩子把他一定不願念的科系刪掉，然後去掉完全沒概念的科系，然後以一至三顆星對剩下的科系打分數，不排斥的一顆星，和有點想念兩顆星、最想念的科系三顆星。如此便可以統計出他對那方面的校系比較偏好，進而決定自然組或社會組，會使孩子（以及爸媽）對他的選擇更篤定。

　　另外，本班近期的報告，活動都多，這大致上是高二的縮影，你的孩子只會愈來愈忙。我很鼓勵孩子留校晚自習。如果你家中讀書環境不

錯，那孩子真的很幸運。如果你平不常看見孩子在家讀書，由另一種方向想：在家如果不太讀，那至少留校不會讀得較少。若一天有好好k個三小時，成績不至於太差。當然，對於假借留校之名行校外遊蕩的學生，這是沒用的！我覺得107的孩子不至如此，他們大都還有分寸，尤其他們明白學年的成績將影響高二分班，不論社會組、自然組都會分出A段的班級，他們不會輕忽成績的。你也多鼓勵孩子，當他對自己有要求、有期望，我們當長輩的就不需再加以太多責求了，反之是給予更多鼓勵與提醒（愛心的提醒哦！）。讓他向上的動力來自內心，而不是迫於外在，這樣念書比較會主動快樂。

敬祝平安！

高一下學期第三次月考，第十名狀元

各位家長：

第三次月考已過，這個學期也快接近尾聲。第二次月考大家普遍成績下滑，因為總共10科考試，考前有演唱會、校慶園遊會，各社團活動很多，正是考驗同學時間分配與讀書定力的時刻。有數位同學成績明顯下滑，我也已經和家長各別以電話溝通過，相互了解孩子的狀況。整體而言，107的總成績仍按慣例，居全校之冠，並沒有因活動多而退居第二，表現很穩定。

也確實如我所言，這是一個考驗的時刻。當我期盼107的孩子是能K能玩的學生時，有人確實玩過了頭，有人發現物理很難念懂，有人羨慕別人有豐富的社團生活，當然也有人發揮過人的定力，在成績上更進一步自我挑戰。107每次第一名都不同人，可見其成績競爭之激烈。我認為

當活動多時，才真正考驗出孩子心中的價值，並檢驗自己的讀書態度。然而當孩子心繫社團或班級活動時，一味教孩子讀書，可能成為衝突的開始。我常設想，衝突或對立如果形成了，孩子願意把我們的話聽進去嗎？他會真的心甘情願去K書嗎？可是若教家長或我導師本人放任不管，那是絕對不可能的！面對這個為難處境，該怎麼辦？我自己看著107的同學忙著社團、園遊會等活動，我也忍不住地擔憂。所以在園遊會下午活動結束，我給每位同學一張提醒的信，叮嚀他們莫忘該做的事，以及我對他們「能動能靜」的期許。隔天課堂上，我也再度叮嚀，之後，我便不再反覆提醒。我發現我愈提醒，我自己和學生也都愈緊張，進而考試的壓力也愈大，反感就愈大。倒是孩子如果明白訂出進度，小考積極準備，月考通常就不致於大起大落。而大起大落的同學，就是時間分配不均，社團、讀書沒有平衡調節的結果。假如孩子大幅退步，我想重點在於我們能否引導孩子思考：大落之後要明白問題所在，不要模糊焦點，確實反省，訂出自己該達到的目標。假如真能做到此，大落，也是一種學習方式，有助於他日後學習狀況的穩定，也就不會白白退步，還增加親子間或師生間的衝突與對應。

在此我附上一篇「第十名狀元」和各位家長分享，詳細內文刊登在商業週刊上。我並不是鼓勵大家都只考第十名，而是告訴孩子：現實社會中，EQ是很重要的，了解並設定自己的目標是很重要的。在人生的路上學業成績會提早離場，一個人用來面對人生的，便是EQ、經驗、人際關係、自我期許等，這些特質都是平常就培養，而非進了大學才開始。其實，當孩子念了大學，與家人親近的時間變少了，自主權大了，危機才真正要開始。高中是自我意識高漲，但還受到家長、師長約束的時期，應該在這段時間裏培養好相互的關係，調配時間，學會選擇並處理人際關係，建立適當的自我期許，找出努力的目標，為此付出時間心力，打好基礎。我相信有了家長、師長的協助與信任，孩子會更加發揮

自己的特質，並充分發揮潛能。沒有一個青少年會自甘平淡，不嚮往精采的人生，他若是自認平凡，常是因為他不曾受到賞識。我相信每個孩子都有他特別的一面，端看我們有沒有慧眼去發現。

　　第三次月考之後，選組的時間也到了！在我個談學生之後，確定目前有16位要唸自然組，會轉出語文實驗班，14位同學留下來念社會組。請您也了解孩子的決定，以及為何作此決定。對要轉走的同學，我很珍惜這段相處的時光，但願這一年我的教學有正面的影響，我對他們寄予無限的祝福。也謝謝各位家長的配合與信任，讓我可以盡情發揮。對於留下來的同學，我堅持一貫的態度，高二這一年，會有更多操練，同學要有心理準備，而家長們請再繼續給207加油打氣，我們一同來用心經營孩子更多彩多姿的高二生涯。

　　臨學期末，這也是我給107家長最後一封信函，謝謝各位家長這一年來的信任與支持。孩子成長的路上，爸媽是永遠堅毅的後盾。

　　祝你闔家安康，幸福美滿。

子夜輾轉──高二的叮嚀

升高二的暑假，暑期規畫

各位207的同學及家長：

　　收信好！我是207的導師王淑敏。暑期至今已過了2個禮拜，大約再2週，各位同學就要回到學校上暑期輔導課。趁著還有2週的空檔，我想給你一點建議和說明，讓你了解207語言實驗班的屬性，並善用輔導課前的時間，為繁忙精彩的高二生活做準備。

207是社會組屬性的語言實驗班，發展重點著重在英文、國文。原107同學共轉出16位就讀自然組，註冊組經由成績排序後，再轉入新成員，加上舊有成員14位，組成30人的207班。在此，熱情歡迎你成為207的正式成員。我希望207能成為你發掘潛力、體驗成長的班級，讓我們在這2年裡，積極、快樂、充實地寫最精彩的18歲青春，並在2年後，開創一個更接近天空的起始點。

在輔導課之前，天氣如此酷熱，如果真要做些什麼，也最好排出適當的時間，明確條列出想做的事，並一一排入時間表裡，否則想望的事情終歸只是想望，無法變成成就。其實，放假又酷暑的日子很容易產生「低產能」的作息：在冷氣房裡睡到早上十點過後，起來後屋外太熱也懶得出門，就打開電腦（或電視），早餐吃得太晚，電腦打得（電視看得）難分難捨，中飯也隨隨便便、或就沒吃了！一個下午就東摸摸、西摸摸，晚上和家人看看綜藝節目，駭人的社會新聞，晚上又很晚睡，惡性循環到隔天……

千萬別這樣過兩週，好像在養神豬一樣。

假如一天結束了，睡前躺在床上，你回想今天，發現沒有好好做一件會令自己真正滿足、開心、有收穫的事，你就該更積極規劃明天。不要明天在床上時又重複今天的懊悔和沒有成就的挫敗感。

以下是我建議你可以嘗試的事。不論你做多做少，我希望你會因為有嘗試而對自己更有信心、更有成就感。Feel better about yourself，這在學習上是個很重要的動力！

1.廣博閱讀。八卦雜誌、瘦身、美容、流行書籍不在此列。

閱讀好書，或一直想讀而沒時間讀的書，或以某個作家的著作為閱讀的目標。一來，累積自己對文字的感覺，這些文學涵養很重要，而涵養要花很長的時間。二來，培養讀書習慣，讀完書，會引發一些思想上的火花。閱讀數量多了。速度才會快，閱讀速度快，好處一輩子受用無

窮。三來，讀完一本書，會帶來成就感。若你願意，知名企業寫的傳記像郭台銘、張忠謀、嚴長壽等，很有激勵人心的作用，有志於管理的同學不妨嘗試。

2.運動健身。

建議你利用傍晚的時候長距離散步或騎腳踏車，鰲峰山是很棒的散步路線，而腳踏車可以騎到郊區。用一、二個小時，去體驗流汗的感覺，如果你的觀察細微，可以在流汗之餘觀察到這路線上看到的種種人、事、物，培養觀察力（沒有觀察力就很難有文學真切的體驗）。運動是終身的好習慣，希望你及早建立。

3.廣設天線，接收資訊。八卦、娛樂新聞不在此限。

暑期是個很適合聊天的時期。建議你找已念大學的學長姐或親友，好好了解他們的大學生活，確切一點篩選自己日後想走的路。此外，也不妨找以前的同學、好友，深入地談談對未來的期許，想達成的目標。夢想會在一次次的談話中愈來愈清楚成形。你也會更有動力為之努力！

4.溫故知新。

建議同學花時間再縱覽國英數，多做題目。不要埋頭苦讀，做題比較重要，做題可以抓出思考的盲點，早一點把似懂非懂的謎團搞懂，以後才不會滾雪般愈來愈難。對英文很感興趣的同學不妨也嘗試聽民視23：00的英文新聞，邊聽邊猜，不必勉強，建立好的腔調、聽力，以後開口比較容易。

5.看好電影、展覽。

電影是很棒的第八藝術，2個小時看專業人員花數千萬、甚至上億，耗時一年以上的結晶，是很划得來的。科博館太空劇場，鄰近的港區藝術中心都有不錯的展覽，還可以吹冷氣。帶一本書，找個朋友，逛逛走走之餘，讀一下書，傍晚走走園區，這一天應會令你微笑上床。

　　青春歲月何其寶貴，應要好好把握！但願你善用自己的時光，每天都覺得自己前進一點點，讓我們一齊累計我們前進的里程！

　　加油！祝你豐富、收穫滿滿！

高二上學期第一次月考，反省成績

各位家長：

　　收信好！第一次月考結束，當你收到成績單時，我建議你有幾個重點不要錯過。

　　第一，看全校排名。。把孩子放到校排名，客觀地看他的能力。若去年清中考上的國立大學的比例是23%，以此推論：同學要排名在全校的前1/5，比較有把握上國立。所以把全校前50名作為一個努力的目標，會比全班前6名來得有鼓勵性。我在看207的總體表現時，也是統計207各有多少人進入全校前30名、50名、100名來評估。

　　第二，將第一次月考當參考指標。二年級剛分組，同學們並不熟悉自己的實力在社會組表現會如何，所以第一次月考是一個參考數字，重要的是他看到自己的校排名後，會不會評估自己第二次應要有什麼表現？是穩住名次？還是全力向前？建立適當的自我期許，不要目標太高，遙不可及，一定要找到適當的著眼點，鼓勵自己更向前。

　　第三，積極反省自己的讀書方式和應考方式。假如某科考不好，是因為上課沒聽懂？還是作題不夠？或者因為沒讀完？怎麼改進？高中科目不是花時間背就可以高分，有沒有讀通，足以決定他在大考的表現。學生上課要聽（不是在補習班才聽），小考要準備（這是每日基本功），不懂要打破沙鍋問到底（才不會讀愈多不懂愈多），多和同學交換心得（集眾人智慧），規劃讀書、休閒、運動時間（臨時抱佛腳，佛腳總有一天會斷掉），這是看成績單最重要的一點。考試的目標本在考核學生的學習狀況，知道如何改進，讓下一次會更好，而不在於爭奪名次。

除非你的孩子與班級落差很大，不然你不必太擔心。現階段高二應有的，是確定他讀書方法正確，有效率地運用時間，對自己的表現有適當的期許，對有利於性向發展的科目深入研究。我們師長應協助孩子的是，教他化學習的被動為主動：不是因為考試，我才要讀書；是因為把書讀好，我比較有可能達成我下一個目標。我不是呆呆地坐在教室裏，被動的被師長餵填知識；我要主動地把我該學好的、我有興趣的東西通盤掌握！

家長們，孩子有動力，我們就不必推著他們前進了！我們師長的態度會大大影響孩子們的想法。我與207的教師團隊，都有此共同的想法。只有被動的孩子才需要老師要求，主動的孩子需要的指導、鼓勵和支持。

我們一同為孩子積極的學習根基努力。

高二上學期第二次月考，學習總檢討

各位207的家長：

收信好。月考結束，目前孩子們都拿到了各科成績，各科任老師都反應成績表現正常，但我猜想同學大概不會這麼想。同學看到的是自己哪一科考得特別不好，我想家長的眼光可能也是這樣吧！207的課業壓力大，很大的原因是來自於同學，而不是老師。207既沒有比別班更多的考試，老師也從不予嚴苛的責求，但同學的實力與表現出的成績形成一種氣氛，同學就不敢放鬆，都很重視課業表現。這次月考與上次相較難度更高（共考九科），且在啦啦隊比賽結束後不久。面對表現不佳的科目，我倒覺得是個檢討的機會。

檢討一：同學學習過程中是否全程參與，融會貫通？

相較於國中，高中的課程絕不是死K就有好表現的。一旦同學只看自己花的時間，而不看讀書方法是否正確時，他所花的時間其實只是虛功，就是做白功。月考因為範圍小，常檢驗不出同學是否讀通，所以苦K

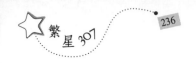

同學還有不錯的成績。但只要題目靈活，需要統整的概念，苦K的同學就莫名其妙的一敗塗地。現在及時發現，是最好的，勝過高三考模擬考時才知道自己沒唸懂。每個科目都是如此。如果孩子說：「我唸了，可是不知道為什麼考差！」那就要由此著手，他可能有唸但沒有唸通，這是我最擔心的。

檢討二：同學是否缺乏臨門一腳？

準備考試像踢足球，好不容易把球運到球門，臨門一腳有沒有踢好，是得分關鍵。有人的臨門一腳是把小考考卷再看一次；有人是把重點快速掃描一次；更有不少的臨門一腳是交卷前把考卷再檢查一次。這些同學不是沒有讀，而是缺了堅持到底的態度，堅持到射門得分後才真正放鬆。把球運到球門是得分的根本，但更得把球射入球門，才算是完整的過程。你的孩子有沒有臨門一腳的堅持？

檢討三：同學是否有真正學會時間規劃，在動靜之間有很好的協調？

這點是我帶207的終極目標。學會規劃時間，且動靜皆宜的同學，大抵上已不需要師長的擔心了！高二是高中生活最豐富的一年，擔任社團的領導人物，而且有參加不完的演出、比賽。在207更有做不完的報告，書面的、口頭的都有。就以啦啦隊比賽為例，同學若比完還一直沉溺在得獎的光環，無法回到上課的常軌，或者把全部心力投入比賽，而導致課堂上無法專心，而且心裡還把這種態度視為理所當然，那他的成績就會忽高忽低。衝高時，表示活動少，當然，生活也比較無聊；降低時，表示他忙於活動，忽略課業。這是很糟的情形。把時間劃分好，才能面面俱到。我一點也不希望207是K書一流，而活動力敬陪末座的書呆子班級。有沒有活動，讀書都是必要的實力培養，活動更是EQ的培養。

這三點檢討，不知你的孩子會看到哪一點會感同身受？在此提醒你留意類組排名，引導孩子評估自己應有的表現，並積極追求下一次表現的機會。孩子讀書的動力，應來自於對自己的期許，而不是師長的要

求，他覺得自己該有多好，他就會努力證實自己是有那麼好。歡迎你有問題多來電或藉意見欄與我聯繫，也謝謝不少家長在上一次家長信函後給予207的肯定與鼓勵，207有家長的支持，是孩子莫大的福氣。

　　祝平安順心。

高二上學期第三次月考，個談

各位207的家長：

　　這是期末最後一封家長信函。從月考前我便和同學展開個談，希望藉此多了解他們的學習狀況及未來科系的選擇，半數同學都無法明確回答，實屬正常，但若不好好思考，搜尋資料以進一步認識，只怕到高三上結束，依然迷惘。我在二上提出這個問題，希望藉此讓他們提早認真思考，二下有更明確的目標，累積所需實力，在高三上校內初選時有更堅定的決心，為自己心儀的校系努力。有關系所的明細表，我寒輔時再交由學生帶回並與家長討論。孩子多半看重家長老師的建議，然而我衷心希望我們當師長的，能先聆聽孩子分析，不要太早以就業取向，或冷門熱門來評判孩子的選擇。現今的時代變化飛快，有真材實學才是就業優質條件。科系不能決定一切。行行出狀元，唯有成為有料的專業人材，才踏得進就業的窄門。

　　我也在對談中提出對同學個別的建議和期許，這是屬於個性上的成長，不是學業上的要求。大抵而言，我希望同學能培養良好的表達能力，勇於突破自我，並尋找個人舞台。207一直都有不錯的學業表現，但日後出了社會，學業成績就幾乎無用武之地，反倒EQ、人際關係、時間規劃、抗壓性、毅力等等，會決定他是否能積極快樂的生活，所以我一直在這方面引導他們思考。高中的孩子很有想法，也很有可塑性，我們的孩子會是未來社會的中堅，因此有沒有致力於發展完整的人格，其實

比課業更重要。希望家長您不嫌棄我當導師的撈過界管太多,我不希望207只是個社會組的好班,用來日後攻佔國立大學版圖而已。他們應該有更積極遠大的目標,何況,國立大學不是一切問題的結束;上大學,真正的問題才正要開始。如果孩子這兩年用心學習生活上的智慧,那他上什麼大學都會好好過日子,我認為這比較重要。

　　歲末天寒,207與您一同迎接新春,祝您新的一年,闔家平安,事事順心!

高二寒假,假期規劃

各位207的同學及家長:

　　收信好!高二上的時光飛逝,寒期到來,扣除輔導課(1/21～2/05),真正的假日大約只有2週。這2週的空檔是同學們好好養精蓄銳、整裝待發的時間。我對孩子有些建議,在此和你分享。要讓假期發揮最大的功能,事前的謹慎計畫是很重要的。最好排出適當的時間,明確條列出想做的事,並一一排入時間表裡。千萬別讓寒假兩週成為神豬養成計劃。

　　以下是我建議同學可以嘗試的事。

1. 逛科博館、美術館、港區藝術中心、誠品、敦煌(科博館前店)(這樣已經5件事了!)
2. 看電影,建議你找同學一起看,可以討論。
　　羅素克洛系列:最後一擊、神鬼戰士、美麗境界
　　湯姆漢克系列:費城、阿甘正傳、浩劫餘生
　　文學名著系列:理性與感性、伊莉莎白、莎翁情史、傲慢與偏見
　　音樂劇系列:歌劇魅影、拜訪森林
3. 聽完蔣勳紅樓夢第五回的講解,建議你找同學一起聽
4. 讀一本傳記(最好是自己有興趣的領域的當代名人傳記,郭台銘、張忠謀、嚴長壽)

5.上一次摩門教傳教士的課，增加與老美溝通的經驗。

6.與老友敘舊

以下是同學必須做的事。

1.做完三本英文雜誌後面的全民英檢模擬試題

2.讀英文課外讀本（至少一本。）

3.背三民單字。

4.國文老師：讀5本課外書，記下書名及一本一個佳句。

5.歷史老師：寫給年輕人的簡明世界史，宮布利希著，商周出版；拿破崙的鈕釦，潘妮拉古德等著，商周出版。

6.地理老師：製作地圖

要積極規劃，積極休息。別在睡前重複一事無成的懊悔和挫敗感。

　　加油！祝你豐富、收穫滿滿！

高二下學期開學，青春不留白，讀書憑良心

各位家長：

　　收信好！207邁入2006年，高二下半年度！這個學期繁忙更甚二上。207教師群和30位同學嚴陣以待。盡全力抓住繽紛絢麗的高二黃金時段，開展個人舞台並為未來積極作準備。

　　第二期語資班系列講座已經開始。上學期主要邀請大學老師蒞臨。本學期以校內專長老師與外籍老師，共計十八場。講座為語資班同學大大拓展視野。此外，我在上學期大力推廣讀課外書之後，現已漸成風氣。同學利用班會課上台報告，一來督促確實閱讀；二來訓練同學表達能力，成效不錯。這學期升級為名人傳記報告，共計16組，以電子簡報方式呈現，藉此提昇同學報告能力。並認識更多名人的成功事蹟，以砥礪自己。您知道自己的孩子要介紹誰嗎？您覺得他會報告得如何呢？

夜空的叮嚀

才剛開學，我和國文老師就面臨難題。207自願參賽的同學遠超過報名名額。以英文演講為例，7位報名只能3位參賽。這超乎我和貴芬老師的預期。這個現象令我既驚訝又高興。因為不少自願者以前沒有過類似經驗，想參賽是為了突破自己的極限。想要有一番不一樣的作為－「青春不留白」。207能有愈來愈多人勇於爭取舞臺，令身為導師的我很欣慰，被選出來參賽和自願參賽意義是大不同的。我看到孩子在長大、成熟，化被動為主動，這是成長過程中很棒的進步。

我和貴芬老師並不以能力為挑選原則，而以學生意願來決定。重複報名國文和英文的同學須擇一參加。仍然超出名額時由同學票選參選名單，一切過程透明化。我事後和同學分享我的決策過程，我希望同學學會不要用成績、能力去評定自己和別人，更不希望同學學會用成績去假設成功的機率。有能力，沒意願是最差勁的參賽條件。機會掌握在自己手中。

2月22日學測成績公佈之後，同學間就瀰漫緊張的氣氛。有人開始緊張、疑惑，甚至喪失信心。當週我和幾位科任老師都不約而同以此為話題和同學分享。207的學業成績優異，整體表現從未令我失望。然而潛伏的危機一直都在：同學讀得太枝微末節，考究細節而看不到整體。應該說，用功的學生才會想打破沙鍋問到底。可是如果問的問題一直停留在細節（屬於背誦、記憶），那讀書就讀得「見樹不見林」。只知輸入資料，不知融會貫通。如此到高三學測，很難考出好成績。以國文、英文為例，有唸到的課文根本不會出現在考題裡。學生若只知熟背不知理解，面對新文章就沒有應變能力，下場絕對很慘。我一直對207耳提面命：「讀書，是要憑良心的。有沒有讀懂，只有自己心知肚明。」所有讀書相關的動作，若沒有達到讀書的目的－讀通、讀懂。那書就白背了，考試就失去效用了。207要一直叮嚀自己：不要把學問做死了！！

和您分享這些，希望您能分享您的孩子在207的生活。我在班上種了一盆水仙和一盆錢幣草。這兩盆可愛的植物一天天抽高。水仙開花了，

錢幣草長茂盛了。您的孩子像水仙、錢幣草一樣也一直在成長，想要長成自己希望的樣子，追求自己的理想。我何其有幸陪他們一段。請您不吝您的指教，給我和207支持和鼓勵。

敬祝生活平安順心。

高二下學期第三次月考，活動與EQ

各位家長：

收信平安。207在第二次月考完，隨即而來的是為期三天的校慶。高二是活動的主軸，要設園遊會攤位、跳蚤市場。並且4月22日當天有校園演唱會。待校慶一過，5月10日就是高二下的重頭戲－合唱比賽。207早已開始積極練習，希望能為高二光榮事蹟添上一筆紀錄。這兩項活動是全班參與，歡迎您共襄盛舉，看看207旺盛的活動力。207也為中區語資班英語話劇比賽作積極的準備。中區六所設立語資班的高中都將參賽，包括一中、女中、二中、文華、豐原及南投中興高中及本校清水高中。207有23位自願參與的同學投入演出。這齣英語話劇將在6月3日前往女中參賽。6月7日在港區藝術中心與英劇社共同發表期末公演，屆時請您蒞臨指教。您知道您的孩子在活動中扮演什麼角色？這些活動對他們來說具有何等意義呢？他們得到了哪些成長紀錄呢？建議您來親自瞧瞧，便能得知一、二。

如果說高中的生活像一條項鍊，比賽、活動、表演就像項鍊上五彩的珠子，讓他們的高中生活繽紛絢爛，課業就是串起項鍊的絲線，沒有線，絕對串不成美麗的珠鍊。這一點207一直謹記在心。高二下是高中所有活動的最高潮，這是高中生涯最後的夏天。等學期一過，暑假來臨，孩子就得沉靜下來，為各自的前程打拼。也正因此，請各位家長了解孩子所參與的活動，給予您的支持和鼓勵，這些安排也促使孩子必須應用

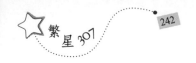

有限的時間，有效率地達成學業上、活動上的種種準備，學著做個能動能靜的全方位高中生。他們會從活動中體驗許多道理，學到很多經驗。這些都有助他日後出社會，應用在職場上。在此分享雅馨爸爸在回條上的一段話：『以前父母叮嚀我們：孩子，乖乖把飯吃完，因為中國、印度的小孩沒飯吃。現在卻要說：孩子乖乖把書讀好，因為中國、印度的小孩將會來搶你的飯碗。現在資訊全球化了，希望207也能慢慢培養世界觀。』我一直很害怕自己會把一班用功的孩子教到除了讀書什麼都不會。207有講座拓展孩子的視野，教師群齊心努力教孩子讀書做人正確的態度；我們有課外讀物的分享、報告，培養孩子的表達能力和閱讀習慣，更有用心的股長帶領班級活動。我相信全方位、全能力、高EQ的孩子，會在全球化的衝擊中站立得穩，這是207一直努力的方向。

當課業與活動雙重壓在孩子身上，你我的支持與堅持是孩子最貼心的後盾。教他們在忙碌中要忙得清楚、忙得實在，有學習也有磨練；不要忙得糊塗、忙得只剩抱怨。

本班有5位同學要參加全民英檢中級複試（寫作與口試），預祝他們過關斬將。另外25位同學，我希望他們在8月5日參加中級初試（聽力和閱讀），如果順利，則可參加10月的複試；若沒通過，則在明年二月捲土重來。我希望孩子在三上順利通過檢定，三下推甄時可以派上用場。有通過中級的同學，甚至可以向中高級挑戰。我們一起協助孩子完成英檢的認證。

2006的春天綠意十足，但願孩子的生活一如茁壯的綠樹，不斷突破自己，向上成長。祝您闔家平安。

降低標準

Dear 207：

　　今天班會結束，我的感受不太舒服，憂心大過於生氣，覺得自己需要重新調整焦距，我才不會因為深切的關懷與期待而看不清楚事實。

　　想先鄭重告訴你們：我對你們每一個人、對207，有許多期許，我的每個期許都是一輩子的事，不是成績的問題而已。我希望在與你相處的這兩年裡，會是你思考激盪最大的兩年，在激盪之後沉澱下最精華、最穩定的品質，讓你用這份優質的品質，行走你接下來的人生歲月。我希望你的一輩子精彩、豐富、有意義！

　　但我只有兩年。只有兩年，我怎能不心急？怎能不叫你快跟上來，別再東張西望了！

　　只是，不是每個人都能體會我的心急！不是每個人都願意快步趕路的！一支30人的隊伍，如果每個人步調不一，我這身為司令官的，能容忍隊伍拉多長？我想來想去，只有把我的方向、目標及原因告訴你，讓你了解，你才會加緊腳步，調整自己，讓30個人整合成一支精兵。假如一個人不願意走，我是不可能揹負著他走完全程的！

　　自發，是最大的動力，且無可取代。

　　讀書單出爐後，我要求每人每學期讀十本，並利用班會報告。我看了你們的反應，隱約覺得：不是每個人都有心要突破、要創造的，於是我得修正自己的要求。但我修正後，還是有人不滿，還是覺得很困難、有壓力。那我是不是要再修正？修正到何時會沒有壓力？會完全沒有困難？事實是：沒有要求，才會完全解除壓力！所以，我不該有任何要求囉！

　　我聯想到這個週末我的大挑戰——泳渡日月潭，3300公尺。這個夢想我想了兩三年，一直不敢付諸實行。一來是因為這件事不是非要完成不可；二來孩子還小，我擔心其中風險；再說，來日方長，何必急在一

時？就在今年剛截止報名後，我先生才和鄰居提到此事。鄰居看我們說得一付可惜得搥胸頓足的樣子，於是大顯神通，利用個人關係硬是幫我們報了名。這下真的不能不去了！於是我們乖乖地、開始認真累積3300公尺的能耐。

報名的隔天我就足不沾地，游了2150公尺；三天後，拼到3200公尺，人累到手腳像廢了一般！最困難的是，要保持住實力，所以我一直沒敢放鬆。在這之後，我很篤定一件事：不管我有沒有順利泳渡日月潭，以後只要我下水，一定游2000公尺才會上岸！這與我以往只游1000公尺，是雙倍耶！而這以後會成為常態耶！

你說，沒報名泳渡，我會我機會突破我的個人極限？會知道自己有此能耐嗎？

讀207，就是報名了日月潭泳渡！你從沒有想過自己要游3300公尺，但今天你就是必需游得過去！如此，我的要求，要不要從3300公尺，降到2500公尺，再降到2000公尺、1500公尺、1000公尺……！那你還有什麼極限可言！沒有困難，你根本不需要突破！

所以今天班會上，我才會說：降低標準，是你們最大的損失。

想要成就不一樣的高中生活，你就得拿出魄力與決心！把一天當兩天用！隨著我們日漸成長，要學、要面對的，只會越來越深奧，越要用心去思考！你怎能期待用一如往常的勁道，就有衝出破紀錄的表現？

回想起暑期輔導、開學、到今天，跟高一的生活相比，你在207有沒有感受到學習的密度變紮實了？如果有，我要恭喜你！如果沒有，你得擔憂了～～你根本沒上軌道！再拖下去，你就要脫隊了！我期望的是：當你第一次月考完，回顧九月份，當你寒假時，回顧二上，或明年七月，你回顧207這一年，你會覺得你做了很多嘗試，體驗到很多成長，自己像蛻皮一樣，變得更有彈性、更成熟，對人生更清楚自己的方向！那才是我現在為之努力的原因！

貴芬老師提醒我不要急；好同事提醒我盡力就好！我也會調適自己的心態和做法，但是請你切記：兩年之後，我會對你們說再見，把你們這些練飛已久的賽鴿放出去，尋找自己的天空。屆時，你是早已辨認出方位，期待自由飛翔的那一隻白鴿？還是自願留在鴿籠裡，只求有人餵養、寄宿的那一隻？

　　希望你有自己的答案！祝前程明亮！

P.S.再告訴你：207不是天生很優秀，是我們後天很努力，而且目標明確，一直往前去！

校慶前後，活動好多，好心疼

我摯愛的207成員：

　　今天午休，我去教室看了你們。最近這二、三週紛紛擾擾的事務，我自己的，月姿老師的……我發現以前當我在學校很不快樂時，我會很想去幼稚園找群群和芳芳；現在，我變成很想去207找你們，看看你們，和你們說說話。今天午休，我看到你們都很累、很辛苦，看得我很心疼。本來不打算再說什麼，都晚上十點多，我覺得我還是要透過信紙和你說說心裏話。

　　我知道為了合唱，你們被罵得很慘！曲子很長，進度很慢，老師又心急……孟慧哭2天了！時間永遠不夠用！中午要比拔河，11點多還沒弄好名單！大家積極參加趣味競賽，卻沒有時間可以一一搞定！英文課要演戲，找不到時間排戲。校慶完，又要借課練歌；5月5日有5個人要去比賽模擬法庭。6月3日要比中區語資班英語話劇賽。我一向都很明白活動有多麼多，但只有真的聽你們自己說，看到你們的疲態，才親自體會那種累的程度。

　　想問你們：你們抱不抱怨？假如我有魔法棒，一揮就可以拿掉這些活動，你會不會快樂點？

我清楚知道，沒有207，我會少很多工作負擔。但我同時也少了很多精采的經歷，我也不會認識你們。這三年，也就沒了成長、和什麼特別值得回憶的了！

要說我自找的，我也認了！我心甘情願，無怨無悔！

你們是我放在心頭的寶貝。我一直告訴自己，要用期許和信任來帶207。期許你們成為一個完全人、多元化的人、真心誠意的人；信任你們會好好發掘自身的價值，然後將自己發揮得淋漓盡致。我要你們認真過每一個當下，拓展自己的視野，細心體會生活點點滴滴，積極規劃掌握自己的人生。我相信你們會努力，勇敢突破自己的極限。才短短半年，我在你們身上享受到教書最甜美的成果。我看到你們慢慢自立、成長，然後獨當一面。大概沒有一個導師像我不曾盯著你們自習、小考；我很少過問你們的掃地工作。這次校慶、園遊會，我都不曾參與任何意見。連班服都是在我毫無參與之下，它就擺在我辦公桌上，還把我的名字放那麼大！（你們真是太了解我的虛榮了！）我不想用頻頻詢問顯示我的關心，在你們能自理的事上干預。我想為207做只有我能做的事，像是偷渡你們出校門去看花；和你們大爆校園秘辛，並且剖析現實世界的殘忍；或者替你們做書評，引導你去更深入思考你要怎樣人生。我很自豪我能為207做這些。然而我能放手去做的動力，是你們把自己調整得很好，你們學得很好、成長的很好，所以我可以放心去做！

讓我們假想一下：如果207沒有自治的能力，凡是需要仰仗導師來裁決，要老師陪著、盯著，才會盡學生的本份，（說白一點，像國中或高一時期好了！）我能經營出現在的207嗎？我會這麼愛207嗎？207是我的成就？還是我的負擔？

我的寶貝們，天空降下雨水滋潤大地，大地回應天空以一片碧洗的綠。我對你們的關懷能源源不絕，是因為你們用成長來回饋我、鼓勵我。我們啟動了雙贏的良性循環，這是師生關係裡最不容易的成就。

我把陳明章的一篇演講內容印給你。許多想說的、我已說過的，都寫裡面了！你記得嗎？我說過，你們是明日我拋向空中，自由飛翔的鴿子。我收回我的話。你們不會只是鴿子。你們會成為大鵬！能遠渡重洋，能任重道遠。

你們會成為你們這個時代最能創造自我價值的中堅份子。

我們一起加油！覺得累了，我的信，一如我的人，會陪著你，一直，一直。

我愛你們！

學長來訪有感

各位207的同學

我今天實在是超快樂的，有老學生來訪，讓我及時給你們一個機會拓廣交遊。看著八個學長在不同的校系，過不一樣的大學生活，你們聽我一一訪問完他們，心裡有何感想？是否也讓你對大學生活多了些認識或遐想？他們是我兩年前教畢業、史上空前逍遙快樂的的303天兵班。成員共33位清一色男生。303班當年以三娘教子聞名：三位女老師共包下國英數三重頭科目。那兩年，我過得很快樂。今天令我很高興的是，他們也過得很快樂。

訪問之後，我所做的結論，你有聽懂嗎？我們談到成績是不是判斷成就的標準，是不？我國中唸的是資優班，有多資優，說出來你會嚇死！我唸江翠國中，一個年級有42班。以一班40人來算，一個年級約有1600人。從1600人中挑出77位，分成兩個資優班。我就是那77位當中的一位。我在國中時就是被全校最優秀最認真的老師教到，每一科老師都是超強的。我見過太多會讀書的小孩，深深感覺到會讀書的孩子常常有的盲點：當讀書成了他目前生命的第一要務時，孩子若不夠敏銳，就會

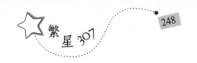

習慣用學業成績來判定別人、判定自己,使得成績成了最重要的成功元素。可是當這些學長都告訴你,大學中精采、他最enjoy的、他覺得最重要的、他最想完成的,都各有不同。他們的答案絕不會口徑一致,告訴你學業最重要。

你知道嗎?我們在校所學的知識,到了現實生活中實用性很小。我們如果總是以學業成績來看一個人的成就,當我們進了現實社會,我們一定會失去方向、失去判斷的準則、也失去自我欣賞的眼光。如果總是第一名才叫做真功夫,以後誰給所有人打分數、決定誰是第一名呢?我們一定要第一名才會快樂嗎?第一名的會修水管、會理家嗎?會賺最多錢、會最快樂、會照顧一家老小嗎?不一定,對不對?

那到底什麼最重要?

知道自己要追求什麼,也拿出毅力決心去追求,活得自己覺得有價值,這才最重要。

看著303的學長,我不能說他們都做得很好,都很有人生的目標。但看到他們勇於找尋自己真正的快樂,我覺得很欣慰。他們有欣賞自己的角度,有生活得快樂的藝術,這樣的人格比較健全,比較不會淪落成苦讀而無法化蛹的書蟲。

你們也要摸索自己的目標喔!要找到自己想追求的,拿出毅力去做!年輕人不要怕苦,苦沒什麼好怕的,怕的是人生虛度啊!

趁著今天第八節,你們也認識了實習的黃美蓉老師。你們一一上台將自己介紹給老師認識。我看著你們笑鬧輕鬆地對著別人說自己,我心裏留下一個藍圖:我要把你們今天的樣子記下來,對比你們2年之後、5年之後、10年之後的你。以後提醒你,想當年你是個……的樣子,那一定很有趣。這個過程就叫成長。我希望你們真的有長大,而不是虛長。

祝福你們!

高二期末總回顧，我眼中的你

給我摯愛的207：

　　這個夏天終告來臨，春天已逝。在高二精華的青春的一年裏，我們一起完成了很多美好的事，這將成為我教書生涯裡最不思議的一年。謝謝你們用心的付出，對207、對自己，以及對我！

　　從我帶107和114，我就一直在舖一條三年走完的道路。升上高二，我懷著祝福和傷感，送16位同學離開，到現在我還深深懷念。雖然都在同一個校園裡，但每一次遇見，我都難掩老友重逢的喜悅笑容。知道這些人要離開，我也心有盤算，要給207注入新血，於是在我另一個班114裡，不少熟面孔進207（是受我精神感召吧！）大大小小的支流，匯集成現在的207。

　　一年了！我樂見同學相處熱絡，207成為一畝良性競爭、互助互諒的良田，讓我這個當園丁的甘心樂意揮汗耕耘。我何其有幸，能有貴芬老師、月姿老師和我形成207愛的鐵三角！這都要感謝李定蒼主任的信任與成全，有他，207才有一個很棒的開始。

　　這一年，你想想自己經歷了你料想不到的事？迎向了什麼不可能的任務？你在哪些事上有了不同的體認？你發揮了自己多少的潛能？你成長了多少？我可以問上一百個問題，而且對你每一個答案，都深感好奇，因為我參與你的生命，我迫不急待想看你會如何長大。所以我想藉著這封信，告訴你我對你的一些想法，以及這一年裏，我看到你成長了多少。

　　雅馨，你是個很「精緻」的領導人。不少企業領導人是強勢領導，你是細心謹慎，週全體貼，你成了師生關係間最佳的橋樑，在協調班務的事上也井然有序，你是個很能託付的班長，永遠值得信任。這樣的特質會成為團體的要角，並且你不搶鋒頭，更令人感到207是團結的班級，而不是因為強勢領導人而表現出眾，這對207意義重大！我們傑出，是

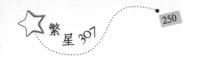

因為團隊合作，而非強勢領導。你現在的表現，是我教114時沒有料想到的。你出乎我意料地好！

　　孟晴，從107班長開始，你就給我很大的信心。你的領導風格中帶著濃烈的個人色彩，很不同於雅馨、孟慧或欣慧。你很像一塊磁鐵，會把人群吸在一起。你最令我欣賞的是你的EQ，這是安定團體很重要的力量。團體有你，我能很放心，因為你是個很好的領航者。對你，我思考很多，其中一點，就是你加入英劇社。有一次學姐不經意說：「孟晴為什麼不早一點，高一就加入英劇社？」對你，彥廷和佩綺，我都有一樣的疑問：「你們會不會遺憾太晚加入英劇社？」我想對你們三個人好好解釋：英劇社是清中絕佳的表演舞台，我之所以高一先擋著同學進英劇社，是不願看見你們一開始就全盤投入，在還沒學著規劃時間，奠定正確的學習態度、方法，甚至還沒和班級形成緊密聯結，就被英劇社的光彩吸引，而失去更多精彩。有些經驗可以兼得，有些要有先奠定基礎，才不會失衡。此外，我更不願見你們拉扯在社團與班級之間，我很肯定的一點是：如果你們三人一開始就投入英劇表演，我一定會大幅減少對你們的培育和規劃。當然這中間孰輕孰重沒有標準答案，我也無權規劃你們的未來，但如果看著你們只有同一種舞台上的精彩，我會覺得很遺憾。你們應該要有很多不同的舞台，去磨鍊與展現，想要的、不想要的都要經歷，才會比較多元化。希望在這一點上，你們能懂我苦心的安排。

　　彥廷，我不知道這些話你能不能聽得進去！現在英劇社就像你的生命一樣。但是人不能永遠只有一個的舞台，更不能永遠不下台！你要積極地去累積不同舞台的實力，才能爭取更亮眼的登台機會。彥廷，在成功的路上，奠定實力才可能享受掌聲。你一定要懂得這一點！你不能永遠只是演員演別人，你要演好樊彥廷，演好令你自己驕傲的樊彥廷。

　　佩綺，我的小而美，你太令人讚歎了！從啦啦隊、外交小尖兵到英劇演出，你都證明自己是全方位的學生，你的表現不只我看到，連我先

生都不住對你豎起大姆指，當他得知你第三次月考全校22名，他又驚訝了一次！你是能K能玩型的，你令我很放心。繼續發光熱吧！

　　仲凡，你寫了快兩年滿滿的週記，如果我把每一篇週記都可以抽出來，就可以編成一本寫作範本。你是個很有實踐力的學生，也很自律，這是很不容易的特質。對你，我有兩點建議。我希望你要更慣於「外顯」一點，不然會在歷經高考、普考、特考，披荊轉棘過五關後，成為一個只是固守本份的公務員。再外顯一點才能打破限制，積極開發潛能，進而創造不同。再來，你腸胃的問題要能有解決之道，不然你會擺脫不掉這個困擾。不要再上課遲到了！

　　侑旻，你是我進107眼睛為之一亮的氣質美女。兩年了，你的蘭心蕙質是你不可分割的特質。這段時間的醞釀，終於讓你決定放膽嘗試，這是令我最高興的！侑旻，你這一步踏得很好。我很高興看到你有不同的表現，這是多元化重要的一步。

　　巧珊、怡安，我還在等你們踏出這一步。其實怡安在慢慢地變，我覺得你頭髮變長了，紮了馬尾，變得更陽光，雖然你還是不習慣站到醒目的位置來，不過我還有一年的時間，我會耐心等待。巧珊主動地爭取了一些表現機會，其實你的實力很好，尤其是英文，可惜我給207的表現機會不夠多，關於這一點，我會在高三努力的！你也要加油，多表現自己！

　　文禎，這一年對你夠值得了吧！從你來外交小尖兵，過足了癮，我才知道你的嗜睡、愛哭，還有你真的是個認真而爆笑的人，認識你真好。你很有傻大姐的特質，溫暖而單純。

　　沛珊，我覺得你愈來愈勇敢了！你把你的份內工作做得很好，調配得宜。清明節做春捲皮時，我讀你的週記就很感動，爸爸為了犒賞你們辛苦在攤位上忙了一整天，請你們吃牛排，你說其實你們再怎麼累也比不上爸爸。我希望我的孩子也有你這般貼心懂事。

　　依倫也是這樣子的,是個很棒的女兒。這次英劇比賽,你在音效上令我們很放心!很短的時間,你臨危授命,而且盡全力表現到最好!我也要告訴你,你爭取參加英語演講,這樣的勇氣要多多用在各方面的表現,化被動為主動,這會大大影響你的發展。繼續勇敢哦!

　　妙卿,謝謝你!你是一面忠實的鏡子,永遠給我最誠實的觀點,這對於我任導師一職是非常重要的!你一向勇敢,才會高二上自願任服務股長。你非常耐磨,所以經得起試煉;用平常心,所以對艱難可以微笑以待。難怪你一直有貴人相助,其實是因為你可以誠待人之故。然而管樂一直是在你心裡擺盪的重心,你提起放下提起、放下快兩年了,希望你早日達成真正的平衡。

　　汶甄,你的轉變最大,從高一傷春悲秋,濃郁的憂鬱的氣息,到高二陽光氣息,讓我覺得一年多來在你身上的耕耘有了成果,這對我是個很大的鼓勵。我一直會在這裡,聽你說心事,像姐妹淘一樣。謝謝你這一年來任職英文小老師,幫了不少忙。朗讀比賽給了你另一個舞台,我相信你一定會全力以赴。你要再繼續陽光,更陽光哦!

　　淑雯,你雖然錯過了外交小尖兵,但是抓住了模擬法庭和英語話劇賽,高二下也綻放了不少光彩。我相信這兩次的活動應該為你蓄積了不少經驗和能量。淑雯,你的「群性」很強,我建議你應該多嘗試「個人性」的發揮機會。你有甜美的人際關係,不論在114或207,你都有一群好朋友,這是何等幸運的事!但我覺得這或多或少也限制了你,你總有一群好友一起完成一件事,但是單獨看「莊淑雯」,你有沒有「個人」發揮的舞台?你的好朋友是你最堅強的後盾,勇敢地開發只屬於你的展演空間!

　　這段話,我也想和全班分享。在潛能發掘這方面,我是個要求很多的老師。我希望把207當一個班級看時,我們很有「群性」,也就是向心力很強的班級;但是單獨看207的每一個人時,又是很有「個性」。為

此，我才一直營造「主動」的氛圍，不論股長派任、名人傳記報告、參加各項比賽等等，都首重你的意願，而非才能。只有你能發掘自己的潛能，做出對自己最佳的選擇。選擇，正是天地間最強大的力量。因為在做出選擇的那一瞬間，人成為靈魂的主人。上學期，我對亮穎說：「假如把你從207裡拿出來單獨看，你做了什麼？我希望你有更多屬於「自己」的成就。」這學期，歷鍊過合唱比賽伴奏，我覺得亮穎做到了！站到第一線去親嚐箇中滋味，是和團體一起承受的感受是不一樣的！207的寶貝們，你們試問自己，你有沒有獨秀的空間？要獨秀，就要有獨特性。廣泛閱讀、廣泛接觸人物，深入思考，勇於嚐試，有助於形成優質的獨特性。你做到了嗎？

玉雯、淑茵、靜雯、惠嵐，這也是我想跟你們說的！我還在等待為你們的獨秀熱烈鼓掌。玉雯，我覺得有點遺憾，無法全面看到你在社團方面方表現，可能這就是你獨秀的舞台，而我錯過了！你應很勝任副社長一職的，只是我沒有看到而已。我也要謝謝你還從花蓮帶雷古多給我，被人記在心上的感覺，令我飄飄然。

靜雯因為這次的話劇演出而有了不一樣的表現機會。你做得很好，我真是挑對人來掛我的名字：愛吃東西的程度不亞於我，凶的樣子也不亞於我。每次當我課堂上岔出一些非課內的議題時，你都伸直脖子很專注地聽，專注到我彷彿可以看到我的話變成字串，從兩耳進入你的大腦裡開始跑程式。我知道你在思考我的話。為此，我會認真安排我的課堂。對於任何一個老師，認真的眼睛就是最大的鼓勵，勝過熱烈的掌聲。

紋慈，你是很有思想的女生，也有一套看事情的方法。其實面對複雜的人事，你不常需要來自我的建議。對你，我最希望看到你能一直寫作。我喜歡你行雲流水，真誠的寫作風格。真誠，一直是我首重的寫作元素，透過筆尖，這是個絕佳透視自己的方式。你會一直寫下去的，對不對？

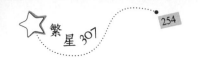

又文，我還記得高二上個談，你還在思考自己的特色為何？又文，其實你溫暖的個性就是了。你給週遭的人很大的安定感。想想看，為什麼同學有心事會想講給你聽？我覺得那透露一個訊息：你很有耐心、很專注，讓人信任，想把心裡的話告訴你！這不容易。日後你不一定會成為領導人物，但團體中有你，就多了一份安定的力量。我真高興從高一就教到你，可以陪著你一直到高三。

亭蓁，英文和游泳大概是我們最大的共通點！你從高一至今，成長了很多。高一看你，比較稚氣、閉塞，世界很小。上回看你報告林義傑，覺得你開闊了很多。從高一到高二，我看到你發展得愈來愈寬廣，對自己愈來愈有自信，同時又保有高一時的純真。祝福你如願考上外文系，你很合適。

欣蓉，國中到高中變化最大的大概非你莫屬了！從外交小尖兵，你的報到令我驚訝，然後這一路看到你突破自己，創造新經驗，你的轉變是我最想昭告學弟妹的：進高中，就要做自己沒做過的，像你一樣。你把自己分配得很好：活動、上課、補習、看書、朋友面面俱到。我不禁猜想：高三，你又要開發什麼潛能？

淑茵，你的參與似乎都有點嫌晚。其實你的活動力很強，可是一直甘於被動，有點可惜。你是很有自己想法的，但一直沒有機會把自己推往台前來，又甘心於一直當鼓掌部隊。你也從不抱怨，把自己的任務做得很好。淑茵，我不是責備你，請你不要誤會。只是看著同學一個個從台下走上自己的伸展台時，你還在台下為別人拍手，總是令我心急。你是個絕佳的後台人員，但你能做的絕不只後台工作而已。你知道的，你很有料。

鈺婷，貴芬老師對你是一個大寶庫，很早以前，你就握有鑰匙了，是不？你入寶庫挖到多少寶了？你一向有自己的安排，我能做的，就是給你很大的自由空間，不要因為好奇而過份干涉你，以及在你有問題求

問時，全力為你解答。中區文藝獎對任何一個中學生而言，都是一大鼓勵。掌握住自己的特色，好好寫下去。你的自我期許很高，我想你會領導著自己達到目標的，祝福你。

惠嵐，你喜歡這學期的經驗嗎？你比高二上更勇敢了對不對？英劇中Lucky的角色很適合你！我覺得你吸收的能力很強，但是不太有機會看到不一樣的視野。說得白一點，你很像是一直待在鄉下沒機會看到都市的風情。鄉下沒什麼不好，只是少經歷了都市很可惜，況且你適應力很強，也不擔心適應不良。多讓自己往各種活動場合去！看電影、逛大書店、看課外書、參加校外活動，都會給你莫大的功力！這是最有效率的自我提昇！往不同的世界走去吧！

香霖，你甜甜的微笑讓我覺得我好像無需擔憂你，包括合唱比賽選指揮前後，你被挑得一無是處時，我遲鈍地沒想到也許你可能需要安慰。後來，有學妹說你指揮的背影真好看時，我心想她根本不懂站到指揮的位置之前，需要怎樣的磨鍊吧！你就這樣甜甜地、若無其事地經歷這一切，真是服了你！

詠淳，你這學期也是頗有斬獲吧！其實看著你，沛珊、依倫、亭蓁等，我都有個遺憾，沒給你們足夠展現自己的舞台。你的資質很好，英文能力很強，只是我讓你展現長才的機會並不多。幸好你自願參加了演講比賽和英劇演出，要不然，我還會一直內疚下去。你要記得：「主動爭取」可以改變很多事情的發展。要勇敢一點繼續爭取！

欣慧，從高一下我就見識到你的領導長才，你是一個全方位的學生，發展得很平均，不過在207，你的展現空間似乎嫌小了點，表現機會並不多。你的報告能力是大家一致推崇的，我常想到底哪一個學院會比較適合你？我找不出答案！我希望你可以讓自己更亮眼些。我覺得你很奇怪，不當領導時看起來平平淡淡的，當了班長，又把事情做得井然有序，波瀾不驚。台下聽課安安靜靜的，台上報告吸走所有人的眼睛！我說得對不對？

繁星307

256

　　亮穎，我把你的合唱比賽點點滴滴，印成家長信函一事，事先未告知你，希望你不會介意。當我們打電話告訴媽媽任伴奏一事，意味著非常的磨鍊，要有心理準備。那次電談我才知道：原來媽媽要你彈琴是為了日後服事主。我打從心裡敬佩，覺得你一定可以撐過這一關！我沒猜錯！你被另一個磨鍊過的基督徒磨成一個更好用的器皿，你也體驗到這一路走來，意義何在。感謝主，我們都有靈性上的成長。這是高二上個談時，我很希望你能有個人的表現，你做到了！很替你感到高興。

　　緗渝，你是個幕僚型人物，智囊團的人才。你能寫、能策劃、能協助，配合度高。什麼時候你要站出來獨挑大樑？我等著你。你在社團方面累積了不少經驗，班上的活動也是參與核心，我很期待看你躍昇為領導人物。另外，我欣賞你的報告能力及深度。你掌握文字、語言的能力很好，這真是一大利器。

　　孟慧，我花了不少心思和你溝通「領導人物」的扮演，這箇中的甘苦，你是最清楚的。有時，千里馬還待伯樂賞識，能找到契合的團體，是莫大的幸福。相信你在207之外，你有機會再創很棒的團體經驗。這一年和我在207，希望令你值回票價，你是個很有「靈魂」的人，凡事想得深，但常困於人情而看不透，苦待了自己。這樣的人很難單純，但成長得很快，我很高興你來到207，成為207班底的另一核心。

　　巧芸，我希望最終能幸福的就是你。繼107憂鬱的汶甄後，我花最多處理感情問題的就是你，但是我很珍惜有這樣的機會，讓我更進一步進入你的生活。你的個性太單純、太信賴人、太感性，最終受傷的總是自己。這樣很令我心疼。你要學著築高矮合適的牆，保護自己心房裡的花園，慎留入口，別讓任何人隨意擅闖，破壞了花園的和平生活。入口只留給真正懂花愛花的人。記得：涉世未深，又一派單純，不認真調整自己，傷害會一直來臨的！勇敢點，我會一直支持你。

這半年，我扮演導師的角色多過英文老師，就我英文專業表現而言，我是無處發揮的。第四冊前半冊之前我都上得很好，我自己都很有成就感。到了合唱比賽，就全亂成一團，直到我很喜歡的第12課，我都回復不了專業的感覺，這傷我很重，也讓我對自己責備很深。但是當我看著你們承受那般的磨鍊，我真懷疑：我若再嚴格要求英文上的表現，你們會忙碌到什麼程度！然而如同仲凡對我的提醒：「希望老師能強硬一點，別對我們太放鬆。」該做而沒做的，我不放棄，我選擇延期。於是高三，我們有另一場硬仗了，希望你們挺得住。我不想再對不起我的專業科目。我花了一年，調整你們讀書態度、價值觀、做事的態度和處事EQ，我衷心希望在這些無法數字化的教導下，你們有打下良的基礎，不然這一年，是事倍功半的。我對這學期給自己打70分！失去的30分，一部份是因為我心太軟，禁不住你們的苦處而處處讓步；一部份因為繁瑣的活動，再三中斷我的計劃；再者是你們的自律仍不夠，導致破壞最後期限的人和班級規矩的人逐漸增多。我需要更明確的規定。高三，我要有教室乾淨舒服，我要打鐘後同學準時上課，我要上課時同學不在底下竊竊私語，我要同學認真用英文回答問題，並努力英文寫作，我要作業準時教齊。我會嚴正要求，不再充滿彈性。高三上，我至少要努力做到85分。

　　親愛的207，我對我自己有非常之自信與非常之自省，我希望你們也以此態度回顧高二精彩的一年，並積極展望，邁向高三。

　　我期待與307共創高峰！

　　我愛你們！

夜深露重──高三的叮嚀

升高三暑假，高品質讀書

各位家長：

　　收信好！暑期輔導結束，英檢考完，畢旅也於8/09結束，本班共25人參加，玩得很累很辛苦，兩個晚上都是一兩點睡，是個很特殊的經驗。307將要並肩向大學聯考邁進，深厚的同儕感情將有助於辛苦的路上彼此扶持

　　307趁暑假四周上課時作第一二冊複習考，並全校排名以了解個人的競爭力。我在放假期間沒有安排學生來校自習，一是因為場地並不是對所有同學都好，又悶又熱，但更主要的是，我不願意把學生圈在同一個地方，人到心不到地唸書給家長和老師看，自己也因此就覺得可以安心了。我已把接下來的讀書進度及功課都發給學生，也建議幾個讀書的地方和研討的方式。請家長留意孩子是否作息正常，這是一個指標。平均來說，早午晚三個時段，孩子應該花其中兩個時段複習考試進度，用一個時段運動，休閒，收集一些和未來相關的資訊。他會很需要您的意見和支持。趁著近日大學聯考剛放榜，這將是一個很適合分享的機會。其實這段期間，孩子若每天花高品質的8個小時在書本上，他會很穩定，開學後專心向前衝，毋需浪費心力質疑著自己的選擇。

　　此外，我也發了複習一覽表，讓同學把複習過的範圍作記錄。這些都督促孩子有效應用時間，學著自律，學著當獨立成熟，不要完全把時間交給別人掌握。若他學會，您也可以放心孩子進了大學不會玩到過頭了。其實以現在聯考的高錄取率，我們實在不擔心孩子考不上大學；有沒有考上自己真正有興趣念的校系，以及自己會不會過好大學生活才是

重點。我一直引導學生朝這方向學習與思考，希望也獲得您的支持。和學生的玩心拔河本來就不容易，讓孩子找到自己的動力向前，他就會心甘情願，而且全力以赴。若我們用外力去要求，孩子一找到空隙就會偷懶，因為他認為這是應家長老師要求而做的。這樣的讀書看不到品質，連孩子本身都會搞不清楚，明明有讀書，為什麼都考不好？讀了而沒讀通，和沒讀差不了多少。然而有沒有真正讀懂，只有孩子自己知道，我們沒有任何人可以替他下判斷。我花了很多時間去讓學生切實體會這個觀念，我希望學生拿在手裡的是釣竿，而不是我們丟給他的魚。他學會掌控時間，規劃未來，對他一輩子都受用。這看似空白的兩個個禮拜，有著非常重大的意義。這也是我希望藉這封信和您溝通的主要目的。

　　高三這辛苦的一年，還希望家長您多支持指教。敬祝您闔家平安。

學測前，推甄選校系

各位家長：

　　學測將於96年2月2日3日舉行，可稱得上是七月指考的暖身戰。在學測前，學校和同學都有一些前置作業，以利同學審慎利用每一個最佳時機，考取個人的夢想科系。

　　輔導室已公佈同學的「大學學系探索量表」結果，讓同學藉著測驗結果，更加肯定自己想要就讀什麼科系。孩子的選擇需要你的肯定，在此提供我的意見，供你作為參考。

　　一般選擇校系時，同學最重要的考量是興趣與能力，父母的考量則多了就業。能都顧全最好，例如孩子喜歡英文，也熱愛文學，念了外文系，以後可以教英文，也可以從事翻譯或外貿之類的工作。這就不用考慮太多。屆時只要看自己成績表現，選擇學校即可。但是若孩子喜歡的科系，是家長不熟悉，或比較冷門的，例如台灣文學（若舉例失當，請

家長見諒。）家長強力建議他去念財經學系，我個人認為，孩子會念得很痛苦。假如他數學很爛，他還能明正言順地說不，免得日後念不來，自己痛苦，日後也怨家長；假如他能力夠，唸得到國立財經科系，但索然無味，日後也難以發揮全力，達到傑出。所以我還是建議家長，選擇大學科系時，若無法興趣、工作兼顧，要以興趣為考量。孩子要從自己的選擇中，建立專業能力，走出自己的路來。他們的科系選擇，若達不到心中的夢幻科系，頂多只能退而求其次，選自己還可以接受，還願意唸的，不要太委曲了自己的興趣和性向。

其實，因為語資班2年的訓練，我強力建議同學，不管唸什麼科系，心中要下定一個目標，選外交系當輔系，甚至修外文系當雙學位。但這需要從大一開始，就顧好成績才有資格申請。他可以唸他最愛歷史系，然後修外文系當輔系；或去唸管理系，但雙修外文系。總而言之，他總可以兼顧興趣和專業能力。307孩子不一定最愛英文，但絕不會排斥英文，而且英文能力也有一定水準，修輔系或雙學位是一個兼顧興趣與專業的方式。我相信電腦和語言是孩子找工作的最佳配備，而他的EQ是人生發展最大利器，至於IQ，等過了大學這一關，若不再繼續唸研究所、鑽研學問，則可以往專業知識發展，沒必要像國高中一樣國英數通吃。

當你的孩子有最佳配備，我想家長你就不用懸著一顆心，擔心他日後的飯碗了。其實，熱門科系，十年後還熱門嗎？讀了熱門科系但唸得不好，會有好工作嗎？還是讓孩子自己選吧！他要學著承擔，不是嗎？

11月初輔導室就要進行推甄校內初選。通常一個大學校系，只接受同校2名學生推甄。例如中興外文，清中若有10位學生想申請，輔導室必需篩選條件符合（例如有無社團經驗、英文成績為全校20%等等），且成績最優的2名。這就是校內初選。校內初選結束，便會將結果送到大考中心，孩子推甄的科系便算確定了。我建議孩子做比較保守的選擇，不要做太高估自己的能力。先求順利達到推甄科系的學測的級分，保住一

個名額，若學測級分很亮麗，可以有更好的選擇時，還可以用申請的方式，上更好的學校。像台語俗諺說的：「先找有，再找好。」這是我的建議。307有不少學生是無懼面試場面，且在校有傑出表現，他們藉著推甄申請，更能有效展現自己的長才，出奇制勝。至於一向平平靜靜的同學，就穩穩著唸，學測和指考都是適合的管道。考好就推甄，沒考好就等7月指考。這輔導室備有詳細資料，我也會和孩子細談，請你也務必了解、關心、協助孩子決定自己的方向。

　　不論孩子是想把主力放在二月學測，或七月指定考科，一定要全力進攻學測。學測考得高，推甄申請就比較容易上，就算沒上，穩穩地念，指考也會有比較穩定的表現，這是不變的原則。

　　說了很多，都是歷年來我所累積的經驗，供你參考。然而我也想鄭重聲明，每個孩子都是獨一無二的，不是所有的選擇都適合套用同一個公式，得到標準答案。請你要和孩子細細商量。

　　願我們的孩子找到光明的方向。

第一次模擬考，穩定軍心

親愛的家長：

　　這是本班第一次模擬考的成績。發成績單的那一天，孩子們看似平靜，但內心可能是悲傷或失落的。緊接著又是月考，孩子隱藏真正的心情，又再投入書本與測驗卷中。你感覺到孩子心裏真正的感受嗎？

　　請你要和我一樣叮嚀孩子：這是模擬考，是一個讀書成效的參考指標，反映出同學讀書上的缺失。它不是一個預測，更不會是個終點。綜觀本班大致上的表現，到底好不好？我說這樣不代表什麼，因為這只是第一、二冊而已。我和孩子說明如何從分數當中去看自己該如何改進，比感嘆或驚訝來的重要。模擬考是要抓出學生的死角，不是來起伏學生

情緒的。我想對家長和老師來說也是。我也會奇怪為何誰的表現失常？誰衝出黑馬的姿態？但我都告訴自己，真正的仗還沒開始，別太早下定論。先問孩子從考試結果中找到什麼比較重要。

其實，高三幾乎沒有活動，只有一連串的考試。孩子一天少則兩科，多有五科考試，而且新舊進度都有。我常是早自習就看到他們埋頭苦寫，等我上課進教室，就看到他們體力不支，倒在桌上，或是還在寫上一節課的卷子。常常任課老師被同學抓著問問題，問到下一節上課，同學還來不急去上廁所，就又要上課或考下一科了。我看了很心疼，但都要告訴我自己心疼但不能心軟。這是另一種焠煉的過程，像高二下的合唱比賽一樣。要有集中火力的耐力和毅力，熬過一段非常時期才看得到一點點成果。我相信孩子能體會，也有此能耐，希望你也和我一樣陪著孩子走過這一段。考好的，要知道真正的考驗還沒到；沒考好的，別自怨自艾，加緊腳步，努力並且有計畫的複習。孩子該放空雜念，專心為大考準備。高三生活應該是單純又充實，好好享受這一段很純粹與知識為伍的日子。

其實細細想來，我們的孩子算很乖了，不惹麻煩，順從地接受這一連串的操練，值得我們為他拍拍手。孩子內心對自己有一定的期許，我們就為他加油打氣吧。

另外也要告訴你，下一次模擬考，火力強大四省中也會加入，這次的考試會是更具準確性。但在此之前，請你把成績上的反省交給孩子，我們老師和家長就盡量照顧好孩子的心情和身體吧！提醒你，中秋與國慶假日，和孩子好好享受家人共聚的時段，也讓孩子學著調適書本和休閒的比例，有收有放，重IQ也要培養EQ。

秋涼了，請照顧好健康，才能走長遠的路，看更美的風景。

第二次模擬考──班刊

親愛的家長：

　　這是本班第二次模擬考的成績。發成績單的那一天，國文老師也和學生分析了清中和他校的落差，令孩子有種當頭棒喝的震驚：各縣省中紛紛加入，對手變強，以曉明女中為例，他們的底標示325分，清中的頂標是315分。面對強手環伺，孩子心裡充滿了猶豫和迷惘，看到未來，只覺得一片渺渺茫茫。307的孩子個性單純，大多數在這小小的鄉鎮長大，這一次放到24270人中去看自己的排名，茫茫然的感覺就更重了！

　　我想和家長說，請還是先比較孩子這兩次的校排名，評估孩子讀書成果會比較客觀。從分數當中去看自己該如何改進，比感嘆或驚訝來的重要，要抓出自己讀書的死角。班上的級分出現真空，從60、58、57、55級分之後，就急降到52級分。導致全校前30名本班只佔3位。這是令我最意外的一點，值得警惕，我也會再多督促孩子，中上程度的同學沒有考出應有成績。數學得每天演算，各科都得多做歷屆聯考試題。英文加訂了常春藤雜誌，加強難度與解題技巧。其實和上一次相比，307的級分數是小幅成長的，範圍變大，題目變難，級分卻略為成長，表示孩子狀況還不錯。只是這一次強手加入，我們的表現整個被比了下去。下一次模擬考競爭更加白熱化。孩子要能保持一顆平穩的心，不要七上八下，草木皆兵，自己嚇自己。這陣子的心戰喊話很重要，如果孩子一直對自己抱著遲疑的態度，並不會對情形有幫助。我會多花時間個別關心孩子的狀況，讓他們穩穩地前進，請你也多予鼓勵。

　　下週一開始作推甄的校內初選，全高三生按照高一二成績分成五個梯次填選志願。先前我已經利用個談和孩子詢問過他們的志願序，請你也多加了解。本週孩子要好好收集獎狀、幹部證明、優異表現證明等，已備校內初選時資料審查之用。307的學生多落在第一梯次，週一就可以知道推甄哪一個校系，請你也多予關心。

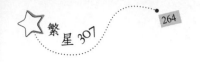

307決定在畢業前出版一本屬於自己的成長紀錄。這是我從高二下學期就一直思考要做的事情，但苦無經驗、也無經費，一直不敢有把握可以做得到。在和國文科貴芬老師長達半年來斷斷續續地討論之後，我也徵詢了班上同學的意見，決定將這想法付諸實行。因為這是清中第一個語言實驗班，而我們班一向在班級活動和經營上都有不同於以往的理念和做法，我認為如果307能留下文字紀錄，這將是他們成長歷程的回顧。如果他們清楚自己如何一路走來，就會更有能量和智慧開創自己的未來。如果這本書能達到一定的品質，我相信它能對清中的師生起一些激發的作用。因此，儘管沒有經驗，事情多而繁雜，我們還是認為應該著手去做。這也是307的一貫精神：不怕忙，只怕白忙一場。要達成此一目標，需要向各位家長的協助。我們需要募集書籍的編排印刷的費用，以及家長的稿件。也許有家長會希望學校能資助307，但以我的經驗，我並不樂觀；再則，拿人手短，我也不願在編排過程中受到太多官方參考意見，教我左右為難。請家長體諒這一點。我也不願個人獨資，這會讓孩子有錯誤的觀念。孩子應對想做的事積極參與，而非習慣由長輩出面（或出錢）解決。他們應該要學到分攤份內責任與積極解決難題。不過我們不做不樂之捐，若您有意協助，我會請同學收錢，但不登記金額。我會讓孩子帶張紙條，謝謝您的捐款。如果之後款項有不足部分，要由30位同學均攤時，請有樂捐的家長能見諒。並非每個孩子家境都一樣，我們應該讓孩子和家長自行決定怎麼做，雖然這讓事情比較麻煩，卻是出於自我意願，會來得更有意義。我甚至想建議家長，如果您的孩子有固定零用金，何不讓他自己用自己的錢來完成這本書，這也是不勞家長掏腰包的一種方式。

家長分享單元是我無法代勞的部份，每回當我看到家長在回條上的話語，對我和孩子其實都很具意義和鼓勵。我一直將這些回條留著，提醒我自己背負著家長的期許。請您也不吝分享，但不強迫中獎，我將以

實際收到的篇數處理，孩子若看到您的回饋化成鉛字印在專刊上，我相信那是意義非凡的。我有幸參與他們二至三年的高中生涯，您才是伴他一生的支柱。建議您寫下您眼中所看到孩子的成長，或是孩子參與班級活動的感想，或任何感想都可以。只要您發自內心，您的感覺孩子就會感受到。請讓你對自己孩子真心關愛推及30位孩子吧。

　　這是我的計畫，希望有您的支持。307的書若能出版，是我在他們畢業前能給孩子最後的禮物。

　　我請孩子帶一本洪蘭教授的書送給您。洪蘭教授關心教育，她的不少觀念，都是我和307分享的中心價值觀。我覺得觀念對，做任何事就不容易出錯又找不出哪裡錯。從107開始，我一直最重視正確觀念的建立，更甚於考試分數。她的書助我良多。我帶班方向對了，您的孩子就受益了。有許多事比大學聯考重要，這些觀念都一一在她書中呈現，也願於你有益。和您分享。

　　最後謝謝您有形和無形的支持。但願我們的孩子成長順利，人生踏實而幸福。

第三次模擬考，學測前提醒

親愛的家長：

　　這是本班第三次模擬考的成績。這次模擬考加入了四省中，共21948人，你可參考學生在大環境中的排名。距離學測只剩17天，我想和家長說，其實這些都可以擺在一邊，知道就好。接下來的17天裏，就身體上，孩子需要正常作息，不要開夜車，飲食良好，多攝取良好的蛋白質，並保持體力，不要感冒；就功課上，多做聯考題，加強時間掌握技巧。此時已經無法再大幅加強，能做的是溫習，學過的不要遺忘，如此而已。我知道孩子希望學測就能上，日子會輕鬆許多，但學測沒上也不

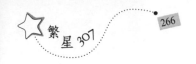

是壞事一椿，請您多聽孩子分享，至於抉擇，等考完成績公佈再想吧，現在想太多實在沒意義。

另外，您可能也聽到我和307孩子之間在耶誕節前發生的摩擦，現在大致上解決了，細部的觀念問題還有待日後慢慢分享。這段期間，感謝好幾位家長的關懷，電話、信件、甚至親自到辦公室來，您的鼓勵打氣，點滴在心頭。這場磨合是一場內心的衝突和觀念的辨正，我和孩子都在學習過難關。在此謝謝家長支持，孩子的課業學習一直很穩定，這點請你放心。

休業式後到學測還有一星期的時間，學校圖書館都正常開放，孩子可自行選擇習慣的地方穩穩地讀書、作題目，未來的事不必預測太多，盡最大的努力，做最保守的打算，這是我一貫分享給孩子的觀念。

學測後，為下一步做準備

親愛的家長：

學測及寒假輔導都已順利結束，接下來是兩週的假期。本週的寒輔，老師們大都在檢討考題及進行下學期的進度，同學也十分配合。比較特別的是數學科。數學老師在評估進度都沒問題之後，決定來一場藝術的饗宴，接續上學期義大利的講座，進入歌劇。於是本週班上看了歌劇茶花女、拜訪森林，以及電影羅馬假期。這都是經典劇作，尤有經驗的老師引領入門，我覺得307的同學真的很幸福。

2月26日開學，同時公佈學測成績，之後各大專院校作業之後，大約3月中旬會知道自己有沒有通過推甄筆試，進入面試。4月初開始就陸續推甄及申請的面試，到4月底開始放榜，就會知道自己要不要考7月的指定考科，也就是7月的聯考。因此下學期3月、4月是很混亂的時期，同學唸指考、準備甄試、打個人資料、作模擬面試、月考、模擬考全擠在一

起，真是「日頭赤炎炎，隨人顧性命」。

　　因此，我建議接下來的兩週假期裡，同學書照讀，把學測讀得不盡完善的部分再補齊之外，要花時間把簡章再看一次，和家人討論：假如學測級分不錯，通過推甄筆試，自己有沒有想要再申請別的校系？並且整理個人資料，為面試做準備。假如沒通過推甄筆試，學測級分也考不好，是要不要更把握申請機會、還是全心定下來考7月份的指考？這些假設性的問題，在3月初就會需要肯定的答案，而且接踵而來，絕對讓同學措手不及。所以應該利用這兩週假期，整理好真正的想法，好應對接下來的硬仗。

　　我告訴同學：「心到哪裡，就做到哪裡。」很想上的科系，一定要全心準備才有最好表現。但若面試的科系不是最愛，也不要放棄面試，因為這是一個難得的開眼界的機會，去看看外校的競爭對手，見識面試時的臨場氣氛。此外，在人人步調不一的節奏下，一定要堅定做自己該做的，要相信：「精心思慮之後做的選擇，就是最適合自己的選擇。」切忌坐這山望那山高，決定推甄又認為指考可能會更好，或是明明在準備指考、卻又羨慕推甄的人已經有大學可讀、很輕鬆了。這都是耗損自己心力的想法，但也都確實發生在許多同學身上。其實賭桌上的「下好離手」，是很適合用在此時的。

　　這些我都和學生細細說明了。兩週假期同學要保持一定步調讀書，也要休養生息，為下學期調整體力，還要思考未來的方向。表面上看是放假，心理其實不輕鬆。但人生就是這樣，每個時刻都需要好好經營。在此謝謝各為家長對班刊的捐款。但真心感謝家長支持，我會再繼續努力。

　　新春佳節在即，祝您平安健康，闔家如意。

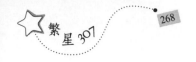

學測成績公佈，要不要申請

各位家長：

　　學測成績公佈，307整體表現亮麗穩定。下週一學校將統一收件替同學報名申請校系。每人可以申請五個校系，各系申請條件與申請辦法都清楚寫在簡章上，並且我也藉著一套「關鍵報告」的軟體協助學生挑選申請校系，雖說不能百分百可信，但確實節省了不少前後翻閱厚重簡章的時間。如果評估之後，有很令同學心動的校系，不妨掌握機會試試看；假如都沒有心動的，其實只要定下心來準備七月份的指考，也是個很好的選擇。

　　你可能會問：我的孩子適合參加申請嗎？假如孩子的學測成績超出模擬考許多，例如5級分，他不妨試試看；或者孩子有1到2科考到頂級分，而想讀的科系右正好大大參照這兩科成績，他應該要試一試；如果孩子明顯表現出疲態、無法專一讀書，早點挑到一個學校也不錯。另一方面，假如孩子覺得自己表現平平，甚至反常，或者對想讀的校系十分堅持，我會陪著孩子穩穩地準備七月份的指考，讓他能自下一次機會盡量表現出自己的實力。心甘情願，是讓他支持努力下去的動力之一。我很能體會孩子不想留下遺憾的心情，我會努力從旁協助

　　若是通過申請校系，下一步就要準備備審資料和模擬面試，孩子會很忙，作息也會被打亂。307的課都一樣在進行，不會因此停頓，孩子要能協調時間，才能應付自己的申請及學校的課業。幸運的，四月底就可以知道自己成為哪一所大學的準大學生；當然，也有希望落空、要重拾戰鬥精神應付指考的學生。因此我並不贊成把全副的心力都花在推甄申請上，那好比把所有雞蛋放在同一個籃子裏一樣。請你也要留意孩子的打算和在家的作息，若有疑問，歡迎你來電多討論。

開學到期末考中共16周有3次模擬考、兩次月考、加期末考共6次大考，進度之緊湊可想而知，孩子的辛苦也可想而知。學測試一次能力的測試，只有抓出缺點努力修正，並保持優點力求精進，指考才有可能明顯成長。孩子的動力來對自孩子的期許，和你我的支持。我希望經過高三下學期的嚴格磨練，孩子不只是成績進步、上理想科系而已，更在個性、定性及抗壓力上大大成熟增長，才不枉一番辛苦。學著在選擇的過程中，擇其所愛，並愛其所擇，這是一輩子的功課啊！

分享，未擇的路

Dear 307：

　　今天我和你們講了英詩：The Road Not Taken（未擇的路），我心中的激動澎湃難言。回顧我走過的路程，常讓我覺得驚險萬分，但每一回想，我都很肯定地這麼想：如果生命可以重來，我還是要照著箇中的甘苦重來一次，一丁點兒都不要改變！因為我自認在每個當下，我都做了最佳的抉擇，而上帝也恩待我，一路上都給我最佳的安排。我很喜歡我一路走來踏出的每一個腳印：我慶幸自己出生在窮苦人家，讓我必須學會照顧自己，並善用各種資源；我慶幸高中唸自然組卻在大二轉到外文系，讓我有機會奠定社會人文與自然科學的基礎；我慶幸我在偏遠的雲林鄉下教書，所以可以全心沉浸在淳樸的教學環境，了解成為一名真正的教師所具備的意義，並且有有勇氣達成我的使命；我慶幸自己兩次生產都離鬼門關很近，所以我更加珍惜兩個得來不易的寶貝；我慶幸一路經歷107、207、到307，淬煉我的英語教學與班級經營……這一路上攀爬的過程，很少有輕易過關的事，但正因如此，我才有機會見識高處的風景。

　　這不也正是上一個年度207經歷種種歷鍊的真意所在？

　　我愛你們，我一直相信你們有能力熬過去。

　　我對未擇的路並不遺憾，也不羨慕別人的順遂和幸運。每個人青春的18歲就只有一次！朝著自己認定的目標向前走，不論苦樂都細細品嘗、小心經營，並學著欣賞自己的處境，才不會一路上見異思遷，只是不斷羨慕別人，坐這山看那山高。我問你們為何來到清中？有人考低了落到清中，有人是高攀了清中，甚至有的純粹因為離家近而選擇清中。不論來到的原因為何，你選擇留在307，讓我和307教師群陪著你一起努力。這是個美麗的開始，我衷心珍惜。希望這個美麗的開始，可以成為你生命中的轉捩點，引導我們走向各自的光明目標。我們不再探討為何來到語資班；我們全心全意迎向下一站。那是我們選擇的命運！

　　因為選擇，我們成為靈魂的主人。

　　各位有智慧的、生命的主人，請為自己燃燒，照亮前行的路程。

p.s.建議的行事曆，供你參考。

8月5日：考全民英檢。考完可以去中友誠品書局、一中街走走，放鬆放鬆。

8月6日：讀一整個時段（約4個小時）。打包畢旅的行李，零食要帶夠，別忘了帶泳衣。

8月7～09日：畢旅樂翻天！

8月10日：敷臉休息，讀一個時段，收收心。晒黑的人多吃薏仁，加強美白。

8月11日：繼續敷臉，讀兩個時段，排讀書進度。定不下心的人可以開始跑讀書館了。

8月12～13日：補齊暑期輔導沒讀完的進度，清償書債。（班導飛往希臘）

8月14～27日：準備Sep 7～8的學測模擬考。範圍為第一、第二冊。（班導回國）

8月28～29日：補齊第一、第二冊沒讀完的進度，清償書債。

8月30日：開學（等不及和大家見面啦！！！）

　　祝　假期滿滿，收穫滿滿。

班導的叮嚀

倒數的日子，深呼吸、吐氣，像每一個大考前的日子一般，沉穩地向前進，如同千禧年的黎明和每一天的黎明，太陽昇起的姿態都是一致的。不管考前倒數看似多麼迫在眉睫，那都是漫漫人生長路中的一天。

叮嚀你：
1.正常吃喝、不吃大餐，不容易有腸胃毛病。
2.正常睡眠、不開夜車，不容易染上感冒。
3.定時定量溫故知新：每天都讀寫過但錯的考題。
4.每天把寫過的英文作文、翻譯再快速寫一次。
5.間歇小憩、休閒，不從事兩個小時以上的休閒。
6.東想西想時，寫下來，才不會變成胡思亂想。
7.豪邁地去考試，班導會來學校陪考。

願我的信任成為你的左翼
你的堅持成為你的右翼
讓這雙雪白的翅膀撐起風雨
凌空　朝理想之地飛去

臨行，再聽我一言

我的星子：

說道分離，說到倒數我們在一起的時日，「感傷」二字是不夠的。我也會猶豫、害怕、小心翼翼，一想到開展在我們面前廣大而未知的將來充滿何等的衝擊、變化和不確定，我就停住那踏出去、懸在半空中的

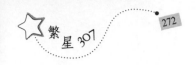

一隻腳，心想可不可以不要走，讓我停留在地就好？未知的將來像洪水猛獸，我有力量對抗嗎？

可是時日隨著指針輪轉，日曆一張張撕掉，這都不是我說了不就會停止的。儘管我不願你離開，但是，成長就是這樣：時候到了，你就要準備展翅。把會飛的鳥兒留在鳥籠，翅膀就失去了存在的意義。我所能給的，就是耳邊的叮嚀、滿心的祝福。擦乾我的眼淚，用驕傲的笑容看著你們展翅凌空，說：「這是我的孩子，看他飛得多好啊！」

所以，孩子，你放膽飛吧！鬆開你的緊握，才有飛翔的可能。我對你有百分百的信心，百分百的期許，百分百的祝福。

臨行，孩子，請再聽我一言。

別忘你心中，自己要成為的人！別忘了你的目標！你將遇見形形色色、各種價值觀的人。這個五光十色的世界何其誘人！永遠有比「勤耕」更刺激好玩的事，引誘你離開你原本規劃的道路。如果你沒將「目的地」牢記在心中，漫長的人生將成為漫無目的遊蕩，你的彼岸何在？我這麼說不是要你們只學會累積一堆看得見的學分、技能、事件、過著光彩絢爛的日子，不是每個學期專心學一樣東西，把自己變得多才多藝而已。而是希望你不斷把心中的Better Me逐漸塑出形象，然後不懈地努力，讓自己漸漸地向他一樣。這是你想要成為的樣子，這是你的目的地。隨著時空在變，人生經驗在變，你的Better Me也會漸漸改變，變得愈來愈清晰、完整、精緻。這是我一直說的「自我教育」。你心中的自我形象會一直引領你，讓你涉足花花世界卻不至迷失方向。

孩子，要懂得自我教育，知道嗎？這是讓你永遠不迷航的方向感。

之後，我希望你們要勇敢抉擇，緊握人生的主控權。我一向說：「不怕忙，只怕白忙一場。」永遠有一條、不、很多條看似輕鬆便捷的小路，讓你閃躲困難煎熬的風雨。但是，捷徑很少帶來壯闊的風景。搭直升機上了玉山頂，所有的風景就成為一盤現成的速食，來得快，但永

遠也不會銘記在心。勇敢迎向挑戰，勇敢地抉擇，勇敢不要怕忙、怕衝撞、怕改變、怕放棄當下的安逸。你心中的Better Me是你的導航燈。你既然已經知道方向，就勇敢朝該行的方向前去，不然那目標的存在是沒有意義的；它只是個摘不到的月亮，一座美麗虛幻的空中閣樓。

「因為抉擇，人成為他靈魂的主人。」

主動與被迫，也許我們都得做著同樣的事，或許還做出的成果。但在努力付出的過程當中，卻有著全然不同的心情。當你放棄選擇權，繳交出主控權，你就隨波漂流。一樣有風景可看，一樣到了某地，只是我們有什麼可期待的？期待潮水帶我們所到之處，盡是繽紛之地？難道永遠由別人掌控我們快樂的權利？原來人生只是一場順風車而已？再假如，根本沒有潮水可言，你只是一直待在原地，十年、年、卅年、一輩子……把主控權緊握在手！當環境不如我意，就奮力蓄積能量跳脫，別眷戀著不紮實的安逸。即便情勢比人強，我們至少可以決定我們面對的態度；這便造就很大的不同。

孩子，凡事操之在我。要勇敢做明智的抉擇。

最後，記得永遠都要積極創造自我價值。

「你能做的永遠比你想像的多。」團體慶幸有你，還是巴不得你不存在？你對團體，是加分還是扣分？這一加一減，是兩倍差異，這就是你的價值。你永遠有力量改變你的週遭，為你的朋友、同事、家人甚至擦肩而過的陌生人帶來安慰、喜樂、幫助，和努力生活的力量。你有能力種下種籽，然後讓種籽自己選擇發芽的時機。我們都有能力做些什麼，只是常忍不住自我矮化，說：「我做了也沒有用。」或是「大家都不做，我一個人做會有影響嗎？」會有的，一定會有的！最起碼，我們不會停留在原地和旁人一起抱怨，並把這分「怨氣」醞釀成我們每天的所處的氛圍。一旦我們動了起來，改善看不過的現狀時，哪怕力量小，我們都會覺得自己有力量，因而積極了起來，接下來才有可能吸引別人

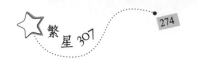

一同加入，改善環境和每天所處的氛圍。記得連加恩的那一句話：We can't do it all, so we all need to do a little.

你一定可以做些什麼，讓你自己，也讓週遭的人更好！這就是你的價值。別小看了你能發出的力量。

你有沒有想過，生命是如何彼此豐富？從我第一年教書，我只打算把教書當成一個過渡時期的職業。之後有了三丙，知道原來自己可以對人可以造成正面的影響，我便決定留在這個領域。接下來幾年，我遇見各種不同的學生，自己也慢慢被改變，充滿稜角的個性慢慢磨平。然後有了孩子，孩子從爬來爬去，到會提出一堆問題……我漸漸體會到，因為表面上看似我這當媽媽的在照顧他們吃喝，但事實上卻是他們照顧我的心，滿足我「被需要」的感覺。因為他們，我知道我有能力愛人。你們知道嗎？就某一層面來說，你們和群岳、群芳一樣，你們讓我覺得自己的工作是充滿意義的。沒錯，站在講台上的是我，滔滔不絕的是我，但是如果沒有台下一雙雙晶亮求知的眼睛，我的滔滔不絕能流向何處？當你們在卡片上祝福我生日快樂時，家長在回條上謝謝我的付出時，其實我是收穫最多的人！

這三年對我是很大的歷練，也是很大的恩典。假如不是你，我就不知道我可以熬得過去；假如不是你，我不會不間斷地嘗試新的教法；假如不是你，我整理不出我倚靠的帶班理念、我活水泉源的價值觀、我的信仰……為了把我相信的事物教到你的生命裏，我內心多少次反覆辨正、苦思，尋覓最適切的方式表達出來，深入你心裏。

為此我要謝謝307。307像一張篩網，讓我可以把自己一一掏出、分解、過篩，然後留下質精純粹。

孩子，想著我，是這麼愛你、帶你，你懷抱著多少師長的祝福！我的人生，要歸功於太多人的善意。我出身貧寒，六位兄姐工作養家，我卻得到爸媽的成全，讓我完成大學教育。我的國中老師借錢給我讀大

學，高中老師讓我免分攤房租，高三下住她的公寓，為大學聯考衝刺。連我初次就診的牙醫幫我裝假牙，都讓我自行分期還完醫療費用，我覺得整個社會都給我機會，讓一個出身貧寒、毫無家世背景的孩子有力爭上游的機會。儘管現今報紙、新聞如此地紛紛擾擾整個時局，唯恐天下不亂地、偏頗地放大著社會上的不公不義時，我仍相信事在人為，我仍相信人性裡溫暖良善的一面，以及從中散發光輝的可能性。你可以成為這種可能性，因為我就是一個活生生的例子。

307是我種下的30顆種籽，你要不要發芽、茁壯？

這是臨行前我最後的叮嚀。期盼日後，我看見307在不同的角落成為亮星，在黝黑的夜空閃爍著光芒。這世界迷惘空虛的人很多，當他們抬頭看見天邊的星，就算是只有一顆，都有受到慰藉、不孤單的感覺；單單一顆，也勝過無星的夜。

蓄積你的光芒，迎向你的時機。讓自己成為夜空中溫暖的力量吧！

愛你的 Sandra

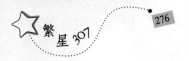

夜空的祝福

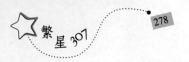

前言 ★

　　為了襯托星子的光亮，我願升為緞墨般的夜。星子們，但願你能探測夜空的深深祝福，知道自己有多麼幸福。

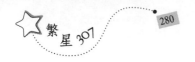

祝福307

貴芬老師

我又來了……
帶著祝福來了
我要用筆描繪祝福的樣子

首先藉莊子的鯤化為鵬
雙翅大展
所有的祝禱依著旋風的弧度
追隨直上九千里的羽翼
飛
翔

祝福　是飄浮的雲
鑲著金邊的棉花白
柔而軟的絲絮是叮嚀
串成一片片的關懷佈滿藍天

祝福　是斜斜的雨
細密穿梭的水晶簾幕
濕濕潤潤的點滴是希望
滲入地底
沁入根鬚
希望的因子隨著細胞分裂繁衍
轉化為明日的茁壯

祝福　是溫暖的光
從山的那一頭　輻射

從雲層的縫隙間　篩漏
在斑駁的樹影　搖曳
在小河的曲折裡　閃耀
隨車水馬龍的喧嘩　跳動
任由廣場的每一塊紅磚　鋪陳
無所不在

祝福　是……
藉老子的哲理
道可道　非常道
雜揉太多無可名狀之情
難以言詮
該如何道來
最終以最平凡的語言
綁住祝福
那就是……
享受人生的過程
發出自己的光采

那就
趁年輕　大膽乘風去
掌穩方向舵　勇敢冒犯風雨吧
大方秀出自己的光輝
閃耀人生

師說──給307

靜瑜老師

那年
你到鰲峰山下
無瑕青春
懷著忐忑的心
我拿起蒼白粉筆
小心翼翼寫下
人生
在十六歲純真心靈

日復一日
振筆疾書間
粉塵白了頭髮
回憶
在大街路上遊走

苦楝樹下沉思的片刻
如是我聞
智慧已然傳承
春風徐徐
葉芽長成深綠
如擦拭乾淨的黑板
殷殷教誨
已不著痕跡
必須離去
因我再也無法滿足你
對知識的渴求
只能等待
驪歌帶走我們的青春

給即將畢業的307同學：

　　想要說你們真幸運，能夠遇到淑敏老師，她是把教學當成志業來經營的老師。在她帶領下，語資班從草創時期的渾沌未明、缺乏奧援，到兩年多以後的今天，你們成長茁壯，即將擁有各自的一片天，這其中許多事務的推動，大部份出自淑敏老師的想法與規劃，雖然有時身心俱疲、有時倍感挫折，但她都能從中再出發，繼續的堅持下去。（逝者如斯，不捨晝夜！）

夜空的祝福

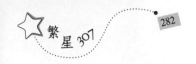

　　教書這些年來，我常在想，什麼樣的老師是「好老師」呢？能夠對考題作精闢分析幫助你們考高分的補習班級名師？還是在往後的成長歲月中，會不斷讓你回味憶起、對人生有所啟發的人師？我希望自己是後者，也希望你們永遠不要喪失熱情，與你們共勉。

我眼中的307
雅卿老師Choco

　　仔細回想
　　對307的印象是從比賽累積而來
　　啦啦隊比賽－青春活力在他們眼裡燃燒
　　舞出的不只是團結的精神
　　而是對生命的一種狂熱
　　母親節合唱比賽－他們的創意沒被考試壓力埋沒
　　認真的神情令人看了動容
　　外交小尖兵比賽－一次又一次的排練
　　他們臉上浮現的倦容卻澆滅不了
　　那求完美的鬥志
　　語資班英語話劇比賽－龐大的陣容運作起來
　　卻出乎意料的合諧有默契
　　對我而言
　　他們是Sandra的寶貝
　　語資班永遠的驕傲

秀珍老師

We cannot tell what happen to us in the strange medley of life. But we can decide what happens in us, how we take it, what we do with it-and that is what really counts in the end. — For you, the 307graduates, especially in tough times. Bless you.

With love,
Jane

亮穎媽媽

親愛的女兒收信平安：

　　轉眼你將由忙碌的高中生活，邁入豐富、多采多姿的大學生活了。

　　這三年的高中生活中，我相信你擁有滿載而歸的踏實感，只因你逐日逐日攜回，所以沒有搬不回來的感覺，但當你回顧時卻是豐盈滿溢的，這都要感謝一路引領的恩師們以及切磋激勵的良朋益友們，是他們豐富了你的生活。學校除了必修的課程外，因著老師們的用心安排，開拓了學習的視野與領域，讓你深刻體會處處留心皆學問；也從種種的活動參與，與人的互動中，讓你了解成長歷程是要經由不斷地學習與付出。

　　感謝神賞賜給我一個從小乖巧、溫順、聽神話語的小天使。從小學到現在，我知道妳在讀書方面都能善盡本分，很少讓我們操心，因你是個有責任感的孩子，但面對七月的指考，知道讀書準備之外，還要有一份企圖心，即使找到夢想的遠景，要像主尋亡羊的歷程艱辛，路徑高低不平，曠野多荊棘，甚至手腳傷裂，就是一定要找到的那份心志一樣。在競爭的升學路途中，能夠積極主動、滿懷熱誠的人一定愈跑愈有勁，甚至後來居上。考前的這一段日子，若能想想如何和這些每天背來又背回去的書本好友，建立更友好的關係，深入完整地了解他們的特，享受讀書如結交好友一般的樂趣，相信他們必定幫助你達成心願。

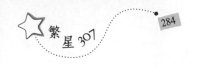

　　那天晚上爸爸帶著你們姊弟從醫院回家時，躺在病床上的我，就任由眼淚來陪伴，如果那一撞讓我因此離開你們，我會多麼不捨阿！在你們的成長軌跡中我還要繼續參與呢！所以出院後身體雖還疼痛，心裡卻是滿心感謝著神的保守與憐憫。最近每當身體疼痛時，我就會想到跟十字架的痛比起來，算是輕微了，也就較為釋懷了。畢竟主不會讓我們承擔我們所無法承受的苦，吃苦是一種磨練，也是一種自我挑戰，記得你也曾經有過這樣的經驗。

　　當時被磨練時心中苦、身體疲憊、含淚面對、彷彿難以跨越，那次的難度在於除了對於樂曲要熟練、充分詮釋樂曲並融入感情外、更重要的是同學的同心合意，那一段「心」苦又豈是三言兩語可描繪的。但等跨越後，那份甘甜滋味夠你銘心，該感激給你這吃苦頭機會的老師了吧！原來經過苦的焠鍊，滋味竟是如此甘甜。而今這一戰，要靠你單獨挑大樑，但舞台上眾人都上台各展魅力，你要如何展現？才能贏得評審的青睞以及觀眾的喝彩，就需要多加琢磨，希望那次被磨的經驗能再一次激勵你，求神加添你的智慧、心力與信心，打一場美好的仗。

　　台下的我們輕輕哼著：「那美好的仗，我已經打勝了；當跑的路，我已經跑盡了。」孩子，辛苦你了！我們永遠支持你、愛你；也等著你來跟我們高唱這一首歌。祝
　　以　馬　內　利
媽媽

仲凡爸爸

從「窮爸爸，富爸爸」，說親子

　　這裡想說，能說的，當然是咱們家的。是孩子成長的過程，也是父母的一段悲歡、快樂與辛酸的歷程。各位看倌，若不嫌棄，姑且讀之吧！

是去年，在孩子的電腦桌上看到這本書。知道它是一本年輕人的暢銷書。但是必須先聲明的是，筆者並不曾去翻閱它，當然也就不知書中是說啥的。是書面的這六個字引起筆者的注意，它牽動了內心底處、沉潛多時、且不想去觸動的一段往事。記得孩子剛出生時，就曾跟孩子的娘，懇切說過，咱們的目前情況就這樣— 兩袖清風、一無所有，但是小孩的降臨，是老天爺給我們磨練的開始。不管如何，都不能退縮，要盡到我們最大力量賦予小孩，不可讓他們凍著、餓著。

　　是當了父母之後，才開始學習如何當父母。這句話一點都不假。衣、食、住、行各項生活細節，對於新手父母來說，每一樣都感覺那麼繁瑣、卻又疏忽不得。精神與體力的負擔不說，從小孩到來後，我們夫妻倆堅持自己小孩、自己帶，沒擺在鄉下給阿公、阿嬤帶。這也使得我們近二十年來放棄了自己的時間與空間。這世上最沉重、也最甜蜜的負擔，伴隨著一家人走過風風、雨雨。

　　及長，小兒開始牙牙學語，也能東跑西跑。孩子的媽，曾跟我說，每每我下班回來，還未抵門口，兒子已衝抵門口，手指外面，聽著由遠而近的摩托車聲，大聲喊著「把拔、把拔」。不由一股暖意湧上心頭。只要休假，一家四口就會擠坐上一輛野狼機車，而後，附近縣市各大小風景名勝，就會留下一家人的足跡。窮有窮的玩法。那時的心中，只想在小兒年幼時候，能看遍花花世界。而今，在他們的回憶裡，是否留下一些，就不足討論了。

　　一直以來，要以無為而治、開放的心態，讓小孩在自由的天地裡學習與成長。從不曾以命令的口吻叫他們學這個，做那個，除非做錯事了，才會用一些處罰的手段。其實內心還是有一段掙扎猶豫的階段。因為自己的年輕歲月中，曾有不少蹉跎、浪費的片段。人總是要到了一個階段，再往回看時，才驚覺，自己竟錯過了那麼多。而今，孩子皆已成長，人生是一張單程車票，不可能讓你要求重來。想起這些，總會捫心

自問，我……是對了？還是錯了？聰明如我兒，這些恐怕得留待一些時日之後，自個兒，慢慢思考了。

想告訴孩子，人的一生，不外乎在權利與義務之間運轉。任何時期階段，都有你躲不掉、且必須去實踐的權利義務。如何在兩者之間取得平衡點、且兼顧的情況下，去執行，那就得靠個人的理性與智慧了。而這些就在你的周邊和你的學習過中獲得。如幼時，吃、喝、拉、撒、睡是別人無法剝奪你的，兒時學習是你的權利也是義務，父母會指導你，朝正確的方向走。稍長，對長輩的話開始有意見時，是讓人最頭疼的時候。總告訴自己，事緩則圓。到此階段，只能告訴你們，不能凡事都太執著，對的事也一樣，太執著，它變成有稜有角，容易傷到旁邊的人，甚至是愛你、關心你的人。開放自己的心胸，包容與接納。有很多學習的機會在你身邊，它們不曾缺席過。

任何時期的歡樂與痛苦，都將會隨時間流逝，就當它是為自己將來的戰鬥力、增加幾成的功力。而把握當下、珍惜擁有，將能獲得更多。

仲凡媽媽

時間過的真快，你將要上大學了，蛻變成一位青年了，慢慢要學著獨立，學著去面對過獨立的生活，或許有些惶恐，但你只要用平常心去面對它，很多時候並沒有那麼可怕，有困難、有心事，我永遠是你的好朋友、好聽眾，而家是最溫暖最可愛的避風港，父母的叨，你或許覺得很煩，但那都是為你好，關心你，做父母的不可能傷害自己的孩子，除非是那些沒有責任良心的父母。

你是個很自動自發的孩子，很貼心的孩子，但有時太固執、太執著，反而對自己不好，試著接受別人的善意的意見，相信你會收穫更多，人生的路程更開闊，

相信你的努力辛苦付出，必有甜蜜的成果。加油！孩子！

欣慧爸爸

　　欣慧高一進入語文實驗班後，在王老師的細心教導下，慢慢學習、成長茁壯，經過高中生的試煉，從嬌小玲瓏又帶著點稚氣的國中生，漸漸蛻變成獨立自愛、穩重的高中生。雖然曾在升高二分組時，因部分興趣而短暫進入自然組，在王老師提供意見之後，我再與欣慧商量，最後決定轉回社會組，也找到了她真正的興趣，我想這會是欣慧一個重要的轉捩點。很幸運的是，欣慧有位善於教導、樂於與學生分享的導師，王老師的處事經驗非常豐富，能夠啟發學生的思考，讓學生了解社會的動態、培養國際觀，進而從不同的角度來看待事物，面對人生應有的正確態度……這都影響著孩子們的心靈成長，帶領他們往善的方向前進。也謝謝王老師對307多方面的積極用心，如王老師細心的提供各方面的升學資訊，讓對於這方面不太熟稔的家長，知道如何陪伴孩子度過這段時間，分擔了家長的煩惱。最後期許欣慧在未來能成為一位認真、盡責、踏實，對社會有貢獻的青年。

文繻媽媽

　　成功絕不是偶然，它的過程是艱辛的。在這非常時刻，希望你能努力不懈，讓甜蜜的果實屬於你，媽媽在此祝福妳。

沛珊媽媽

　　從小你就是個乖巧、懂事的孩子，不太令人頭疼，長大後是個體貼、窩心的孩子，讀書方面從不令人煩心，不過你卻是個運動白痴外加路痴，我好怕一旦放你出去，你就找不到路回家，猶如籠中之鳥……真是令人頭痛！但又不能一輩子將你留在身邊，算了！這些以後再煩惱，當下之急，就是努力衝刺，努力！努力！努力！

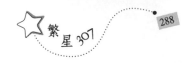

惠嵐爸爸

　　第一次學測已考過，原本惠嵐的成績可以如願推升至東海大學參加面試，可惜接獲初審未過的消息，讓女兒期望落空，也讓我們為她心疼不已，幸虧還有一次指考，期望惠嵐她不要灰心，只要按照導師的教導與計劃，照著複習進度表一步一腳印，同時也要注意自己的身體，相信付出一定會有收穫，在此藉著「平常心」這一句話勉勵307班的同學加油。

緗渝媽媽

　　高中三年每位學生都學習到許多，七月指考將近，每位學生壓力應該都很大，希望他們最後都能考上理想的大學。

孟晴媽媽

　　隔著育嬰室的玻璃，我們倆各自打著點滴，就這樣四目相望著，這是我們第一次見面的情形，而你那哇！哇！大哭的模樣，還清楚的印在腦海中，怎一轉眼我的大女兒就要高中畢業了，從牙牙學語到天真快樂的上學，到早出晚歸、昏天暗地的國中，到現在充滿自信的上高中，我的女兒真的長大了。

　　提筆寫這封信時，重新整理自己的思緒，看著一張張的生活照片，一段段的回憶如飛絮般的湧入心中，我要告訴你，也要謝謝你，因為你讓我從一個無憂無慮的女孩，訓練成一個無所不能的媽媽，也從你那學會如何你那學會如何溝通，真謝謝你。

　　晴晴，看你這樣一路走來，我最慶幸的是你碰到的朋友，都是一群益友，更有幾位知己好友，這是你的最大的寶藏，更欣慰的事也一直有良師相伴，這更是一大福氣。

　　晴，你還記得嗎？國中是我們倆關係最緊張的時候，感覺隨時都會有火山爆發的情形出現，那是我最掙扎的時期，可是上了高中，看你

練軍歌、參加童軍社、練啦啦隊、參加英劇社的表演，那種投入練習的精神，充滿信心的神情，都讓我有很大的欣慰，雖然常抱怨你不注重功課，不認真複習，但心中也暗暗為你喝采。

現在你開始要朝自己的興趣目標往前走，只希望妳依然抱持這股熱情與衝勁，不要被外在的潮流淹沒了，能常抱持一顆赤子之心、快樂、陽光的生活，這是做父母最大的希望。

最後要謝謝淑敏老師在高中三年來?我們做這麼多的付出，尤其在高一時，我常（偷）看你們在週記上的對話，讓我也有反思自己的態度，也才有今天我們母女倆能像朋友一樣可以聊天談心，真的很感恩，也祝福同學們都能隨自己的興趣，快樂地飛翔。

孟慧媽媽

老師平安：

首先感謝老師的鼓勵，讓孩子有如吃了定心丸般，再接再勵準備七月的大考，在孩子的心中慶幸自己高中能遇見好導師，是我們最感欣慰的事，再次感謝老師的教導。

對待孩子，我們做父母的，雖都有望子成龍、望女成鳳的期盼，孟慧一路走來，算是滿優秀的，成績雖都不能達到自己的標準，畢竟，她是有在努力，我們也覺得滿足了，未來的路還是很辛苦的，希望孟慧都能一一突破，尋找自己的方向。

欣蓉媽媽

記得，當初欣蓉上語資班不甚滿意，但尚能接受，看在父母的眼裡，感到十分的不捨，有如走入人生的低潮，幸好遇到王老師因材施教，培養學生學習帶著走的能力，要活用教科書裡的知識，更鼓勵學生

能靜能動，總是犧牲休閒指導同學參加校外比賽。除此之外，對學生無微不至的照顧，高中三年成為一生最好的回憶。

謝謝老師、同學們加油！加油！皇天不負苦心人。

香霖爸爸

大約兩年前，香霖回家說，有機會進語文資優班，但是擔心自己的功課跟不上別人，而猶豫不決。我帶著鼓勵的口吻跟說「有夢最美」，但如果不行動的話，夢想就永遠是一個夢而已，就把它當做是一種自我挑戰吧，因此香霖帶著一顆惶恐的心進入語資班。

從進入語資班開始，我發現香霖比以前更認真，功課不需要督促，都能自動自發，自己會做好時間的規劃與管理。兩年來她也用成績來證明，進入語資班是對的選擇。

離大考的日子，也愈來愈近，希望香霖能順利進入心目中理想的大學，當然最重要的是要注意自己的身體健康，才能保持最佳的戰力。

最後我相信「求學的道路上，只有努力，沒有奇蹟。」也用這句話跟所有307班同學們共勉之。

佩綺的媽媽

記得那年佩綺進入清水高中語資班107，她的生活步調變的多采多姿，活潑開朗，努力進取，當然也曾低潮⋯⋯難過⋯⋯但雨過天晴，她與所有的同學攜手走過了207到307的年少歲月。

三年的時光，一千多個日子，學校裡的人事物，一草一木，同學之間的歡笑、嬉戲，導師的關愛、教導與督促，各種活動的舉辦、規劃⋯⋯每當與我分享討論時，是我最開心也最用心的時刻，開心的是孩子讓我知道她的一舉一動，她的心思、想法，用心的是要我如何化解她心

裡的癥結，平息受創的心靈，並分享她的榮耀。凡此總總，讓我們的愛更加緊密的結合。

　　一連串的小考、大考、模擬考、學測、或是未來的指考，看她很用功的在加強，做媽媽的確實心疼，最近聽她說，一躺到床上就睡著，想必一定是很累，真希望能幫忙分擔，奈何幫不上忙，有些事還是要自己去承受，自己去播種，相信有耕耘，必有收穫，別忘了，自己栽的果樹，長成的果實一定是最甜的。

　　年輕人常講，青春不留白，凡走過必留下痕跡，相信你與所有的同學，痕跡一定也不留白，但留下的痕跡，要最美的、要有內涵、要有精髓，讓青春的光陰豐富、不朽，那未來的道路必是康莊大道。

依倫的媽媽

　　十年後的大文豪作家兼名嘴的王淑敏老師，及307班的帥哥和美女，你們好。感謝張文繻同學電話的邀請，提筆寫這篇記事。

　　首先要感謝王老師送的一本「歡樂學習，理所當然」書，由此可看出老師的教學有多麼的用心，書我看了再看，真是受益良多，我和依倫之間有更多的話題來探討。說到依倫她是個善解人意、貼心的孩子（鄰居、客人都這麼說。）一到放假日，別人還在睡覺時，她已在店裡幫忙我作早餐的生意，還時常借書回來給我看，凡舉哈利波特、達文西密碼、天使與魔鬼、羅馬神話、最後十四堂星期二的課……等，讓我感受到書中推理、神秘、決心的震撼。

　　依倫的專長和興趣就是讀英文、寫英文、聽英文，把英文當成生活中的一部份，一點一滴的努力累積起來的。所以當老師請外籍學者學校演說時，依倫回家跟我分享喜悅時多麼的興奮，我相信她在英文的領域裡一定能持之以恆，走出自己的康莊大道。Go！Go！

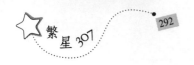

人類因夢想而偉大，築夢踏實，要怎麼收穫，就那麼栽。307班的同學都是很有實力的，也各有其特色。相信在七月份大學指定考試中，會有更好的成績。我更希望王老師在未來的日子，都是307永遠的良師益友。

國家圖書館出版品預行編目

繁星307 / 王淑敏, 30位語資班同學作. -- 一版. -- 臺北市：
秀威資訊科技, 2007[民96]
面； 公分. --（語言文學類；PG0141）

ISBN 978-986-6909-77-1（平裝）

855   96010210

語言文學類　　PG0141

繁星307

作　　　者 / 王淑敏和30位語資班同學
發　行　人 / 宋政坤
執 行 編 輯 / 詹靚秋
圖 文 排 版 / 郭雅雯
封 面 設 計 / 林世峰
數 位 轉 譯 / 徐真玉　沈裕閔
圖 書 銷 售 / 林怡君
法 律 顧 問 / 毛國樑　律師
出 版 印 製 / 秀威資訊科技股份有限公司
　　　　　　台北市內湖區瑞光路583巷25號1樓
　　　　　　電話：02-2657-9211　　傳真：02-2657-9106
　　　　　　E-mail：service@showwe.com.tw
經　銷　商 / 紅螞蟻圖書有限公司
　　　　　　台北市內湖區舊宗路二段121巷28、32號4樓
　　　　　　電話：02-2795-3656　　傳真：02-2795-4100
　　　　　　http://www.e-redant.com

2007 年 6 月　BOD 一版
定價：350 元

讀 者 回 函 卡

感謝您購買本書，為提升服務品質，煩請填寫以下問卷，收到您的寶貴意見後，我們會仔細收藏記錄並回贈紀念品，謝謝！

1.您購買的書名：＿＿＿＿＿＿＿＿＿＿＿＿＿＿＿＿＿

2.您從何得知本書的消息？

　　□網路書店　□部落格　□資料庫搜尋　□書訊　□電子報　□書店

　　□平面媒體　□ 朋友推薦　□網站推薦 □其他＿＿＿＿＿＿

3.您對本書的評價：(請填代號　1.非常滿意 2.滿意 3.尚可 4.再改進)

　　封面設計＿＿＿　版面編排＿＿＿　內容＿＿＿　文/譯筆＿＿＿　價格＿＿＿

4.讀完書後您覺得：

　　□很有收穫　□有收穫　□收穫不多　□沒收穫

5.您會推薦本書給朋友嗎？

　　□會　□不會，為什麼？＿＿＿＿＿＿＿＿＿＿＿＿＿＿＿

6.其他寶貴的意見：＿＿＿＿＿＿＿＿＿＿＿＿＿＿＿＿＿＿

＿＿＿＿＿＿＿＿＿＿＿＿＿＿＿＿＿＿＿＿＿＿＿＿＿＿＿

＿＿＿＿＿＿＿＿＿＿＿＿＿＿＿＿＿＿＿＿＿＿＿＿＿＿＿

＿＿＿＿＿＿＿＿＿＿＿＿＿＿＿＿＿＿＿＿＿＿＿＿＿＿＿

讀者基本資料

姓名：＿＿＿＿＿＿＿＿＿＿　年齡：＿＿＿＿　性別：□女 □男

聯絡電話：＿＿＿＿＿＿＿＿　E-mail：＿＿＿＿＿＿＿＿＿

地址：＿＿＿＿＿＿＿＿＿＿＿＿＿＿＿＿＿＿＿＿＿＿＿

學歷：□高中(含)以下　　□高中　　□專科學校　　□大學

　　　□研究所(含)以上 □其他＿＿＿＿＿＿＿＿

職業：□製造業 □金融業 □資訊業 □軍警 □傳播業 □自由業

　　　□服務業 □公務員 □教職　□學生 □其他＿＿＿＿＿＿

To：114

台北市內湖區瑞光路 583 巷 25 號 1 樓

秀威資訊科技股份有限公司　　　收

寄件人姓名：

寄件人地址：□□□

(請沿線對摺寄回,謝謝!)

秀威與 BOD

BOD（Books On Demand）是數位出版的大趨勢,秀威資訊率先運用 POD 數位印刷設備來生產書籍,並提供作者全程數位出版服務,致使書籍產銷零庫存,知識傳承不絕版,目前已開闢以下書系:

一、BOD 學術著作—專業論述的閱讀延伸
二、BOD 個人著作—分享生命的心路歷程
三、BOD 旅遊著作—個人深度旅遊文學創作
四、BOD 大陸學者—大陸專業學者學術出版
五、POD 獨家經銷—數位產製的代發行書籍

BOD 秀威網路書店：www.showwe.com.tw
政府出版品網路書店：www.govbooks.com.tw

永不絕版的故事・自己寫・永不休止的音符・自己唱